【劉再復文集】⑫（古典文學批評部）

賈寶玉論

劉再復 著

題贈知己摯友再復兄

古今中外，洞察人文。
睿智明澈，神思飛揚。

——高行健，著名作家，諾貝爾文學獎獲得者。

煌煌大著，燦若星辰。
光耀海南，特此祝賀。

——李澤厚，著名哲學家、思想家。

一枝巨筆，兩度人生。
三十大卷，四海長存。

——劉劍梅，劉再復長女，香港科技大學人文學部教授。

出版說明

劉再復

香港天地圖書有限公司即將出版我的文集，二零二二年出齊三十卷，這是何等見識、何等作為、何等氣魄呵！天地出「文集」，此乃是香港文化史上的盛舉，當然也是我個人的幸事、大事，我為此感到衷心的喜悅。

我要特別感謝天地圖書有限公司。「天地」對我一貫友善，我對天地圖書也一貫信賴，我曾為天地圖書的傳統題詞：「天地遼闊，所向單純，向真，向善，向美。圖書紛繁，索求簡明，求質，求精，求好。」天地圖書的前董事長陳松齡先生和執行董事劉文良先生都是我的好友。和我情同手足的文良好兄弟雖然英年早逝，但他的夫人林青茹女士承繼先生遺願，繼續大力支持我的事業。此文集啟動之初，她就聲明：由她主持的印刷廠將全力支持文集的出版。三四十年來，「天地」歷經多次風雲變幻，對我始終不離不棄，不僅出版我的《漂流手記》十卷和《潔白的燈芯草》、《尋找的悲歌》等，還印發了《放逐諸神》和八版的《告別革命》，影響深遠。現在又着手出版我的文集，實在是情深意篤。此次文集的策劃和啟動乃是北京三聯前總編李昕（現為商務顧問）和天地圖書的董事長曾協泰二兄，他們怎麼動起出版文集的念頭我不知道，但我知道他們都是性情中人，都是出版界老將，眼光如炬，深知文集的價值。協泰兄和李昕兄商定之後，請我到天地圖書和他們聚會，決定了此事。讓我特別高興的是協泰兄拍板之後，天地圖書的全部脊樑人物，全都支持此事。天地圖書總經理陳儉雯小姐（陳松齡的女兒）直接代表天地掌管此事，編輯主任陳幹持小姐擔任責任編輯。其他參與「文集」編製工作的「天地」同仁經驗豐富，有責任感且好學深思，具體負責收集書籍、資料和編輯、打字、印刷、出版等事宜，讓我特別放心。天地圖書全部精英投入此事，保證了「文集」成功問世，在此我要鄭重地對他們說一聲謝謝。

閱讀天地圖書初編的文集三十卷的目錄之後，我的摯友、榮獲諾貝爾文學獎的著名作家高行健特寫了「題贈知己摯友再復兄：古今中外，洞察人文。睿智明澈，神思飛揚。」十六字評價，一言九鼎，讓我高興得好久。爾後，著名哲學家李澤厚先生又致賀，他在「微信」上寫道：「煌煌大著，燦若星辰。光耀海南，特此祝賀。」我的長女劉劍梅（香港科技大學人文學部教授）也發來賀詞：「一枝巨筆，兩度人生。三十大卷，四海長存。」我則想到四五十年來，數十卷書籍，至今之所以不會過時，多年不衰，值得天地圖書出版，乃是因為三十卷文集都是純粹的學術探索與文學創作，而非政治與時務。政治以權力角逐和利益平衡為基本性質，即使民主政治也改變不了政治的這一基本性質。我的所有著述，所有作品都不涉足政治，也不涉足時務，所以站得住腳，贏得相對的長久性。

我個人雖然在三十年前選擇了漂流之路，但我一再說，我不是反抗性的政治流亡，而是自然性的美學流亡。所謂美學流亡，就是贏得時間，創造美的價值。今天我對自己感到滿意的就是這一選擇沒有錯。追求真理，追求價值理性，追求真善美，乃是我永遠的嚮往。我對此無愧無悔。我的文集分兩大部份，一部份是學術著述，一部份是散文創作。無論是人文學術還是文學創作，我都追求同一個目標，持守價值中立，崇尚中道智慧，既不媚左，也不媚右；既不媚上，也不媚下；既不媚俗，也不媚雅；既不媚東，也不媚西；既不媚古，也不媚今。所謂中道，其實是正道，是直道，是大道。

最後，我還想說明三點：一是本「文集」，原稱為「劉再復全集」，後來覺得此名不符合實際，因為收錄的文章不全。尤其是非專著類的文章與訪談錄。出國之前，特別是上世紀七十年代末與八十年代初的文字，因為查閱困難，幾乎沒有收錄集子之中。所以還是稱為「文集」較好，可留有餘地。待日後有條件時再作「全集」。二是因為「文集」篇幅浩瀚，所以成立了一個編委會，我們不請學術權威加入，只重實際貢獻。這編委會包括李昕、林崗、潘耀明、陳松齡、曾協泰、陳儉雯、梅子、陳幹持、林青茹、林榮城、劉賢賢、孫立川、李以建、葉鴻基、劉劍梅、劉蓮。「文集」啟動前後，編委們從各自的角度對「文集」提出許多很好的意見，所有的意見都非常珍貴。謝謝編委們！第三，本集子所有的封面書名，全由屠新時先生一人書寫完成。屠先生是《美中郵報》總編。他是很有才華的追求美感的書法家。他的作品曾獲國內書法比賽中的金獎。

「文集」出版之際，僅此說明。

於美國科羅拉多州波德
二零一九年十二月三日

目錄

附錄

上篇：

心靈與嬰兒宇宙

——用佛家文化視角看寶玉

一

一九八六年三月，我敬愛的忘年之交，也是許多人所熱愛的作家聶紺弩去世之前，他生病並發燒到攝氏三十九度，家人要送他上醫院，他卻死死地抓住小床的欄杆，怎麼也不肯走。他的夫人周穎老太太急了，求我幫助，說：「你去勸勸，也許說得動他。」我立即跑到他的寓所。那時聶老很平靜地對我說了一句讓我終生難忘的話。他說：「只要讓我把《賈寶玉論》這篇文章寫出來，你們把我送到哪裏都可以，怎麼處置都行，送到閻王殿也可以。」說完，仍然緊緊抓住小床。他去世後我寫了五篇悼念文章，第一篇題為《最後一縷絲》，寫的就是這個瞬間的事。我知道他就像一隻春蠶，《賈寶玉論》是他的最後一縷絲，不吐出來就死不瞑目。他的吐絲，沒有任何功利目的，只是生命的需求。甚麼苦難都經歷了，此時他甚麼也不在乎，只在乎吐出最後一縷絲。這是他自發的、自然的、基於天性的最後心願。如果說他也有「非吐不可」的意識，那就是他明白這縷絲在他的情感深處已醞釀得很久了，那是與他的血脈、心靈、思想以及整個生命息息相通、緊緊相連的一縷絲。

二十六年前他帶着這個「未完成」的遺憾到另一個世界。而我在這二十六年中，尤其是到了海外，每次緬懷他的時候，總是想起他最後親口告訴我的心願。我覺得自己有責任完成聶老的「未完成」，以報答他對我的忘年之愛與關懷，唯其如此才不會辜負他的期待，所以一定要寫下一篇《賈寶玉論》。儘管我在「紅樓四書」（《紅樓夢悟》、《共悟紅樓》、《紅樓人三十種解讀》、《紅樓哲學筆記》）中已有許多關於賈寶玉的論述，但是，想說的話還遠遠沒有說完，聶老留下的這個題目所蘊含的巨大精神內涵還需要進一步闡明。

二

凡是閱讀過《紅樓夢》的人都會叩問一個問題：賈寶玉是誰？他是物（石→玉）還是人？是人還是神？或是半神半人？先不說讀者、評論者給他的界定和命名，僅《紅樓夢》小說裏的人物，就給他許多種評論。在父親賈政眼裏，他是個「不肖的孽障」；在母親王夫人眼裏，他是個永遠的「孩子」；在警幻仙姑眼裏，他是個「天下第一淫人」；在眾人眼裏，他是個「呆子」；在探春眼裏，他是個「鹵人」；在寶釵眼裏，他是個「富貴閒人」；在皇帝眼裏，他是個「文妙真人」；在妙玉眼裏，他應是和自己一樣的「檻外人」；在林黛玉眼裏，他大約是個「知音人」、「知心人」。各種界定與命名都不是胡編亂造，即都說出賈寶玉的部份性情和人格特徵，我在《紅樓人三十種解讀》裏說他是曹雪芹人格的理想化，是作者的第一「夢中人」，沒有錯。我還把他放在「癡人」、「玉人」、「真人」、「檻外人」裏闡釋，也並非杜撰。賈寶玉的形象內涵太豐富，可以用多種角度甚至可以用密集的角度來觀照他、解說他。過去說一千個讀者心目中有一千個哈姆雷特，今天我們也可以說，有一千個讀者，就有一千個賈寶玉。這說明，賈寶玉這個形象不同凡響，意蘊非常，更說明，這個人物形象具有多重暗示甚至千百重暗示，不可本質化地用某個概念來規定他。聶紺弩臨終之前之所以念念不忘《賈寶玉論》，也一定是有滿腹心事與評說想向讀者傾訴。

因為賈寶玉的內涵太深廣，所以必須用多種視角觀照才能看清看明。我選擇的是釋、道、儒三個文化視角，並用上、中、下三篇闡釋「釋之寶玉」、「道之寶玉」和「儒之寶玉」。從儒的視角上看，寶玉是拒絕表層儒（君臣秩序）而服膺深層儒（親情）的「赤子」；從道的視角上說，他是不為物役也不役物、逍遙自在的「真人」；從釋的視角上說，儘管內涵無比豐富，卻可以用一個字表述，這就是「心」字。今天我們就先講「釋之寶玉」。從這一角度看，「賈寶玉是誰？」「賈寶玉是甚麼？」對於這個問題，我想斷然回答：賈寶玉是一顆心。賈寶玉是人類文學史上最純粹的一顆心。這一回答不避賈寶玉這顆心靈的豐富性和複雜性，但側重闡釋它的純粹性。在拙作《紅樓夢悟》中，我曾說賈寶玉的眼睛是創世紀第一個黎明出現的眼睛，現在我還可以說，賈寶玉的心靈是創世紀第一個黎明出現的心靈。因為誕生於第一個黎明，所以它永遠清新，沒有塵土的污染，即使日後被污染了，它也會征服污染。

我還從哲學上說《紅樓夢》是王陽明之後中國最偉大的一部心學，但它不是《傳習錄》似的思辨性心學，而是意象性、形象性的心學。而呈現大心學內涵的主要意象便是賈寶玉。王陽明把儒學內化和徹底化成單一的心學，認定心外無物，心外無天。「心者，性者，天者，一也。」（《傳習錄》語）一以貫之的是心靈一元論，《紅樓夢》也是如此一以貫之。我所以不薄高鶚的續書，就因為他保留了曹雪芹原作的心靈一元論，在小說的結尾部份，仍然把心靈視為人生最後的實在而以「心本體」的哲學落幕，保留了《紅樓夢》的形而上品格。在一百一十七回中，掛在寶玉胸前的「玉」再次丟失，當寶釵與襲人慌張尋找時，他說了一句石破天驚之語：「我已經有了心，要那玉何用！」這是一句「重如泰山」的話，是賈寶玉到地球一回並即將離家出走時說的話。這是他對人生的一次總結。其結論是說，世界的根本，人生的根本，是「心」而不是「玉」，即不是「物」，哪怕是至貴至堅的物。曹雪芹的哲學本是源自釋家的心靈本體論，高鶚沒有丟掉這個「心本體」，很了不起。

中國大文化史上，可說有三次「心學」高潮，第一次是唐代慧能（《六祖壇經》）以宗教形式出現的自性心學；第二次是明代王陽明（《傳習錄》）以哲學方式呈現的良知心學；第三次便是清代曹雪芹以文學形式展示的詩意心學。《紅樓夢》中直接引證慧能的「本來無一物，何處惹塵埃」之語，並開闢說禪悟道的專章（第二十二回：聽曲文寶玉悟禪機，製燈謎賈政悲讖語），但沒有涉及王陽明，這大約是王陽明在《傳習錄》中聲明自己與「明心見性」的禪學不同（參見《傳習錄．答顧東橋書》），而且仍然以「修身、齊家、治國、平天下」為「致良知」的目的，這顯然是賈寶玉不能接受的。因為賈寶玉的心靈完全超越家國內涵和歷史內涵，乃屬天地之心，宇宙之心。從俗諦上說，賈寶玉是貴族府第中的「富貴嬰兒」，是貴族公子中的赤子；而從真諦上說，他則是超越父母府第的宇宙嬰兒，即本是靈河岸三生石畔的「神瑛侍者」，通靈來到人間，心靈仍然包容天、地、人。所以我說賈寶玉之心乃是無限廣闊、沒有邊界的「嬰兒宇宙」。「嬰兒宇宙」這一概念借用的是吳忠超先生所譯英國物理學家霍金的物理學語言。吳先生的中譯本書名為《黑洞與嬰兒宇宙》。講的是大宇宙所派生的另一宇宙。我一直把心靈視為和外宇宙並存的「內宇宙」，它同樣沒有時空的邊界。賈寶玉這個「人」所擁有的這顆「心」，其第一特徵，恰恰是它的無限包容性。它天人無分，物我無分，內外無分。它愛一切人，寬恕一切人，接納一切人。在他的心目中，既沒有敵人，也沒有壞人。照說，那些常要加害於他的人，如趙姨娘、賈環應是他的敵人，但他卻從不說趙姨娘一句壞話。賈環把滾燙的油燈推向他，企圖燒毀他的眼睛，雖沒有毀壞眼睛，卻燒傷了臉，但他立即制止憤怒的母親王夫人去報告賈母，為弟弟承擔罪責。連企圖燒傷自己眼睛的人都能原諒，還有甚麼不能原諒的呢？這與基督原諒把釘子釘在自己的手上的行為相似，也與釋迦牟尼原諒曾砍掉自己手臂的哥利王的行為相似，均帶有「神性」、「佛性」，所以我說賈寶玉是個準基督準釋迦。

在拙著「紅樓四書」中，我猜想釋迦牟尼出家之前的狀況大約如賈寶玉（生活在榮華富貴之中但心靈已超越榮華富貴），而賈寶玉出家之後應是追尋釋迦牟尼，也許就是另一位釋迦牟尼。王國維在《人間詞話》中高度評價李煜（李後主）的詞，說他有「基督、釋迦擔荷人間罪惡」的情懷，這一句話用於賈寶玉也很恰當。

賈寶玉的心，近乎釋迦牟尼之心。說到底是一顆大慈悲之心。這種大慈悲處處表現在生活的細節上（如自己被雨淋，還只顧關心他人在雨中；玉釧不小心把滾燙的藥湯灑到他手上，他卻忙着問玉釧燙了哪裏，痛不痛），但更重要的是始終守持一種無分別心，也就是沒有等級分別、門第分別、尊卑分別、高低分別的情懷。他的前世是「神瑛侍者」，今世還是神瑛侍者。他所侍（服務）的對象不僅是林黛玉等貴族少女，也包括晴雯、鴛鴦等所謂「奴婢」、「丫鬟」以及平兒、香菱等下等小妾。因為，賈寶玉的心中根本就沒有奴婢、丫鬟、小妾等世俗概念。在他心目中，晴雯就是晴雯，鴛鴦就是鴛鴦。他一直保留着一個本真的自己，也用本真的眼睛、本真的心靈看到他人真實的存在，即不是看到被概念所歪曲的面目（「奴才」、「奴婢」等）。他對晴雯、鴛鴦等非常殷勤，卻無非份之想，只是極為尊重。所以他常顛倒世俗世界的位置，忘記自己的貴族主人（貴族公子）身份，反作侍者的侍者。他不把「奴婢」看輕，也不把「王妃」等皇親國戚看重。他的身為王妃的親姐姐賈元春返家省親，整個賈府天搖地動，誠惶誠恐，唯獨他若無其事，還是懷着一顆「平常心」和姐妹們廝混，口口聲聲叫寶釵「姐姐」，難怪寶釵要教訓他：誰是你姐姐，那上頭穿黃袍的才是你姐姐（第十七—十八回）！在寶玉的心目中，元春就是元春，親姐姐就是親姐姐，他沒有「王妃」、「帝王家」等概念。賈寶玉的心未被世俗的概念所遮蔽，也就未被世俗世界的等級觀念、門第觀念所遮蔽，因此，也就保持原有的本真之心，毫無勢利之心，這正是最美最純的心靈。

賈寶玉看他人能看到他們本來的樣子，其原因是他自己首先成為自己，自己守持本真的自己。如果他已非自己而成為功利中人、概念中人，他就一定會帶上勢利的眼睛看他人，把人分為三六九等。但賈寶玉從天上（三生石畔）下來，卻一直保留着一雙「天眼」，也可稱「佛眼」。所謂天眼，包括兩重意思，一是大觀的宇宙眼睛；一是天真之眼。他的天真的眼睛沒有雜質，沒有遮蔽，所以能排除世俗的多種偏見，真實地看人，真誠地待人，平實地做人。他貴為公子，身為寵兒，但始終保持一顆平常心，其所以有這種平常心，就因為他有一顆無分別之心。禪宗講「不二法門」，意義極為豐富，它包括慧定不二、天人不二、物我不二、內外不二等，但從心地上説，則是尊卑不二的平等。而這一法門，賈寶玉體現得最為徹底。

應當強調的是，寶玉的「不二」之心，並非理念，而是性情。也就是説，他根本就不知道甚麼「不二法門」，也不知道自己的所作所為是釋迦之念，基督之行。他的無分別心，乃是天性，乃是自發性，無意識性。換句話説，他的一切言行，全出自他的本心，他的心靈深處，他的天生所具有的佛性。所有的表現，都是自然的，不是人為的；即一切都是源於「心」，而不是來自「腦」。正因為如此，所以他在「變易」中總是被一種「不易」貫穿着。例如他對人的信賴，對「美」（少女）的崇尚，對「真」（誠實）的守持，就「不易」到底。頭腦想出來設計出來的東西會變易，但心靈深處流出來的東西不會變。一個人如果刻意做好事，或意識到自己在做好事，那就不是真做好事，而賈寶玉做了許多好事，卻不知自己在做好事。他甚至不知道自己的「天真」，如果他意識到自己在「天真」，也就不是真的「天真」了。這種自發性與無意識，便是心靈。王陽明在《傳習錄》中曾給「良知」下過定義，他説：「不慮而知，不學而能，良知也。」賈寶玉的這顆心靈，也是不慮而知，不學而能，無求而自得，無師而自通，所以它不是表現於一時一事，而是貫穿於整個人生。如果用孔夫子「一以貫之」的語言來表述，那就是寶玉天生的一顆至真至善之心，一以貫之，從誕生一直貫徹到出走之際。

賈寶玉的言論與行為，均出自本心本性，但我們卻可以從哲學的高度上看到他的心靈乃是一元的心靈。這顆心沒有二元對立，沒有「你死我活」的綜合。這正是禪宗的不二法門，佛的不二情懷，可由近及遠，不斷推演，以致物我無分，天人無分，甚至可以打破人與動物的界限，把慈悲推向大自然，推向大至獅虎小至螞蟻的生命，以致可以捨身餵虎。而在近處則不分尊者賤者，承認「身為下賤」但可「心比天高」；地位不同，但人格完全平等。擁有不二法門的大智慧才有懷愛一切的大慈悲。賈寶玉的無分別心，正是佛教不二法門的極端生命呈現，因此，他的無分別心，也正是佛心。與寶玉相比，身處尼姑庵裏的妙玉，本應最具佛心，但她卻留有明顯的分別之心。賈母到她那裏做客喝茶，她竭力奉迎，找最好的茶來款待；而劉姥姥到她那裏，她卻非常冷淡，給一杯茶喝，人走後她就把杯子扔掉，嫌劉姥姥用過的茶具髒。這種分別說明她的心仍然遠離佛心，也說明她雖聰慧過人，但其心靈遠不如寶玉的至善，更不及寶玉的大慈大悲。從哲學上說，她的血脈中還橫亙着二元對立，完全沒有「佛」的不二情懷。

賈寶玉的悲天憫人，沒有世俗緣由（功利原因），也沒有特定對象。它的大慈悲，乃是無緣無故的慈悲，無邊無際的慈悲。佛家稱這種無對象（愛一切人的無量對象）、無目的（無功利目的的無量之愛）、無原因（無動機的無量關懷）為「無緣慈悲」，這乃是慈悲的最高境界。「無緣慈悲」這一概念是前兩年我讀了甘肅省天祝藏族自治縣天堂寺第六世朶什活佛多識仁波切的著作《藏傳佛教常識三百題》（甘肅民族出版社出版）獲得的。他在此書第五十九題中說：

> 菩薩的慈悲是無緣慈悲（沒有一定的對象原因），菩薩的智慧是無相智慧。
>
> 人的慈悲是有對象的，愛子女，愛親人、仇人，都有一定的對象，都有一定的原因。平常說「沒有無緣無故的愛，沒有無緣無故的恨」。
>
> 佛家講的就是無緣慈悲，不講原因，這是三種慈悲中的最高慈悲，沒有局限性。有緣就是有局限性，把人分成好的、壞的、親的、遠的，這就有緣了，有界限了。

賈寶玉的慈悲屬於無目的、無動機、無對象，也因此而無界限、無局限的「無緣慈悲」，無故慈悲，因此，寶玉這顆心可稱為慈無量心，悲無量心，愛無量心。心在慈悲最高境界。

三

賈寶玉這種無分別的純一之心，使他在世俗世界中呈現出一種十分罕見的精神狀態，也可以說是心地特徵。這些狀態與特徵，因為太稀有，所以讓人覺得「怪異」。然而，正是不同尋常，他才「獨一無二」於人類文學之林。這些特異精神狀態，如果逐一說來，恐怕太煩瑣，這裏只說他對任何人的絕對信賴，絕對不猜忌，絕對不設防。從而容納一切人，心靈向一切人開放。

寶玉不僅沒有敵人，而且沒有壞人，更為特別的是沒有「假人」。他是一個真人，也以為他者都是真人；他是誠實人，也認定他者都是誠實人，也都像他那樣，永遠講不出假話。他通靈之後來到地球，就對地球充滿信賴，而且這種信賴帶有絕對性，一點也不懷疑，一點也不摻假。賈府上下各種人都知道他這一性格，所以常常把他視為呆子。賈寶玉對人類的信賴一直保持着，這就是莊子所說的「渾沌」。他永遠保持着這種渾沌，從不會因為遇到甚麼挫折而開竅。襲人知道他的渾沌，就利用他的這一「渾沌」哄他開導他。襲人知道寶玉心裏有她，離不開她的朝夕照顧，就嚇唬他要「出去」即要離開賈府了，寶玉立即信以為真，急得「淚痕滿面」，央求襲人留下。襲人此時才對寶玉「約法三章」：「我另說出三件事來，你果然依了我，就是你真心留我了。」寶玉立即笑而表態：「你說，哪幾件事，我都依你。好姐姐，好親姐姐，別說兩三件，就是三百件，我也依。」這之後襲人便鄭重向他提出要求「改壞毛病」、「好好讀書」、「不可毀僧謗道，調脂弄粉」等三個要求（參見第十九回）。襲人為了「開導」寶玉，編造吃酥酪肚子疼的故事，編造了兩姨妹要出嫁的故事，編造了她母親和哥哥要贖她「出去」的故事，寶玉樣樣信以為真。他不會想到人會瞎編故事，更不會想到與他朝夕相處的襲人會瞎編故事，會有這等小小的心機心術，所以襲人一「哄」他就上當，不僅要答應襲人的三個條件，而且就是三百件也肯答應。這裏，我們看到寶玉對襲人的絕對信賴。可貴的是這種信賴，不僅及於襲人一人，而且及於所有人，就連從老遠的鄉下前來認親的貧窮老太婆劉姥姥信口開河說的話和瞎編的故事，他也不懂得問個「真的嗎？」，也是「信以為真」，一信到底，所以才有第三十九回《村姥姥是信口開河，情哥哥偏尋根究底》的另一番故事。劉姥姥杜撰的是她所居村莊去年冬天下大雪後突然冒出一個「十七八歲的極標緻的小姑娘，梳着溜油光的頭，穿着大紅襖兒，白綾裙子」的冬天童話。剛開個頭，就被賈母身邊的丫鬟們打斷了，誰也不信劉姥姥的胡扯。可是賈母和其他人一走，寶玉卻拉住劉姥姥，細問那女孩是誰。劉姥姥只好再繼續胡編下去，說她「名叫茗玉。……可惜這茗玉小姐生到十七歲，一病死了。」寶玉聽了，頓足嘆惜，又問後來怎麼樣。劉姥姥又編出：「女孩父親因思念而蓋了個祠堂，並塑了茗玉小姐的像，用香火供着，但因日久年深，人也沒了，廟也爛了，那個像就成了精。」儘管劉姥姥愈編愈離譜，但寶玉還是句句聽，句句信，深信不疑並決定第二天就去拜訪祠堂，準備重新修廟，再裝小姐塑像，還要給劉姥姥一些代為燒香的錢。最後賈寶玉又問清地點村名，來往遠近，坐落何方，劉姥姥便順口胡謅出來。賈寶玉把劉姥姥的胡謅當作真情，第二天便帶着茗煙按着劉姥姥說的方向去找，從一早到日落，找了一整天，才在東北角田埂子找到一座破廟，茗煙先進去看了拍手道：「那裏有甚麼女孩，竟是一位青臉紅髮的瘟神爺。」可是寶玉還想改日再找。賈寶玉自己從不撒謊、胡謅、瞎編，也深信別人不會撒謊、胡謅、瞎編。他相信一切人，信賴一切人，一個死心眼信到底。脂硯齋在批語中透露全書最後的「情榜」，賈寶玉的考語是「情不情」，意思是說他對一切無情人無情物也報以人間情感。借用這一語言方式，我們還可以補充說，賈寶玉不僅「情不情」，而且「真不真」，「善不善」，「佛不佛」。即以真誠的態度對待一切不真之言和一切不真之人，以善良的態度對待一切不善之語和一切不善之人，總之是以「佛」的態度對待非佛不佛的萬物萬相。

寶玉的心地如此敞亮，因此心胸便向一切人敞開。他信賴一切人，也能容納一切人，他不僅能容納奴婢、戲子、丫鬟，而且能容納被視為異類的社會檻外人、局外人，例如柳湘蓮、蔣玉菡等人，甚至連妓女雲兒，他也可以坦然與之飲酒喝茶而無任何邪念邪行（參見第二十八回寶玉和薛蟠、馮紫英、蔣玉菡、雲兒的飲喝遊戲情節）。妓女是最沒有地位的社會棄兒，供人玩弄的下等尤物。但賈寶玉仍然把妓女視為「人」，而不視為玩物。寶玉對待任何人，都有一種善良到極點的態度，這種態度乃是與曹操那種「寧可負天下人，不能讓天下人負我」完全相反的立身態度。賈寶玉沒有「負我、負他」這套理念，但他所有的行為語言都表現出這樣一種做人的心靈準則，這就是重要的並非「他人如何對待我」，而是「我如何對待他人」。他人欺負我、欺騙我、損害我、負我，那是他人的事；而不欺負他人、不欺騙他人、不損害他人、不負他人，這是我的事，是我應有的品格。賈政把他往死裏打，打得傷筋動骨，打得個個心痛，可是寶玉自始至終沒有對父親說過一句怨言，也不在別人面前訴苦，他照樣像以前那樣對待父親。因為在寶玉的心裏，父親打他，打得太過頭，這是父親的事，而我如何對待父親，則是我的事，我的品格。孝敬父親，是我的心靈原則，我不會因父親的痛打而改變這一原則。

賈寶玉這種不計較他人如何對待我、只重我應如何對待他人的品格，便是至善。《中庸》所倡導的道德品質是「止於至善」。賈寶玉正是至善的生命極品。這種極品宣示的是寧可讓天下人負我，但我絕對不負天下人。這裏我想穿插説幾句關於我自己的話。二十年前我離開祖國的時候，在北美寂寞的歲月中，曾經在閱讀《紅樓夢》時受到極大的啟迪。這一啟迪就是對待自己的祖國也應像賈寶玉對待父親那樣，不管祖國如何對待我，我都應當永遠敬愛祖國、熱愛祖國。因為祖國如何對待我，那是祖國的事，而如何對待祖國，則是我的事，我的品格。我曾在老舍的《茶館》和白樺的《苦戀》裏聽到劇中人埋怨「我愛祖國但祖國不愛我」的感慨。但賈寶玉的立身態度啟迪我，不應有這樣的埋怨與感慨。因為愛不愛我，這是祖國的事；而愛祖國，則是我永遠不可改變的心靈原則，當然也是我永遠不可改變的道德原則。用賈寶玉似的心靈對待祖國，就是要用絕對真和絕對善的原則對待祖國。

寶玉以絕對真與絕對善對待他人（包括對待親人）就因為他的心靈純粹，世俗的各種灰塵都無法進入、污染這顆心靈。常説「處污泥而不染」，寶玉就是一個典範，寶玉説男人是「泥作的」（少女是水作的），男人是泥濁世界的主體，他們總是被「權力」、「財富」、「功名」等三大污泥所腐蝕，但寶玉身在又富又貴的權勢之家，卻蔑視權勢與錢勢，更不追逐功名。所以在他身上，我們看不到世俗人常有的生命機能，如嫉妒機能、算計機能、貪婪機能、仇恨機能、猜忌機能、報復機能等等，這種生命特殊性，便是佛性、神性。

寶玉的心靈特性是自然形成的，他並不知道自己身上有這種特性，也不要求他人擁有這種性情。他人會嫉妒、會算計、會貪婪、會猜忌、會報復、會仇恨，他也從不去嘲笑、去干預、去論爭、去攻擊。

他充分尊重別人的個性，包括尊重別人的「偷情覓愛」。在第十五回裏，寶玉和朋友秦鐘隨王熙鳳到鐵檻寺，之後又隨鳳姐到水月庵。其時庵中的老尼陪着鳳姐，小尼智能兒則與秦鐘調情。寶玉看在眼裏，但絕不干預他們的私事。半夜裏，滿屋漆黑，秦鐘和智能兒相抱在炕，被寶玉撞上，寶玉也止於逗笑。秦鐘深知寶玉的為人，反而挑唆寶玉求鳳姐在水月庵多住一天，好讓他與智能兒多幽會些時，寶玉也真的為秦鐘央求鳳姐，成全秦鐘與智能兒的戀情。

四

賈寶玉之心的純粹與純正，不僅呈現於對待他人，而且呈現於對待自己。他生有一雙通靈的眼睛，這一雙眼睛不僅觀世界，而且「觀自在」（《心經》語），所以他能「自看自明」；所謂自明，乃是自知之明。賈府裏的大小權貴，多少人吃喝嫖賭，「顛倒夢想」（《心經》語），但沒有一個敢於正視自己的弱點、自己的人性黑暗，唯有乾乾淨淨的寶玉，總是把自己界定為「濁物」。他宣稱：「女兒是水作的骨肉，男人是泥作的骨肉。我見了女兒，便清爽；見了男子，便覺得濁臭逼人。」這種宣言不光是對着別人，也對着自己。他是男子，所以也不例外。他喜歡靠近少女，是因為少女是「清淨女兒」，可借助她們以立身於「淨土之中」，並非是為了滿足慾望。

佛教講「觀」、「止」兩大法門，還講「觀」門四念，即「觀身不淨」、「觀心無常」、「觀受是苦」、「觀法無我」，這四念處是觀的起點，前三念是人生觀，第四念是宇宙觀。而第一觀是觀自身，這是觀門的第一步，也是最難的一步，而賈寶玉恰恰真誠地觀看自己，正視自己的「不淨」。他第一次見到秦鐘時，就「心中似有所失」，這便是他在參照物面前看到自己如「泥豬癩狗」。第七回記載這一瞬間寶玉的心緒：

那寶玉自見了秦鐘的人品出眾，心中似有所失，癡了半日，自己心中又起了呆意，乃自思道：「天下竟有這等人物！如今看來，我竟成了泥豬癩狗了。可恨我為甚麼生在這侯門公府之家，若也生在寒門薄宦之家，早得與他交結，也不枉生了一世。我雖如此比他尊貴，可知錦繡紗羅，也不過裹了我這根死木頭，美酒羊羔，也不過填了我這糞窟泥溝。『富貴』二字，不料遭我荼毒了！」

寶玉自始至終都確認自己為「濁物」。世人知道他帶着通靈寶玉來到人間，自然視他為「玉人」，而他則正視自己是「濁人」。高鶚的續書延續了寶玉這種心靈狀態。在第一百回中，賈寶玉因思念死去的黛玉，癡想黛玉能來入夢，期待落空之後，他自言自語道：「或者她已成仙，所以不肯來見我這種濁人也是有的；不然是我性兒太急了，也未可知。」離家出走之前，他與薛寶釵進行了一場辯論，論辯中他又說：

古聖賢說過：「不失其赤子之心。那赤子之心又有甚麼好處？不過是無知，無識，無貪，無忌。我們生來已陷溺在貪、嗔、癡、愛中，猶如污泥一般，怎麼能跳出這般塵網？……既要講到人品根柢，誰是到那太初一步地位的？（第一一八回）

認定自己是「濁人」，可見他視己為濁物，並非戲言。這是對自己的一種真誠的認知。對此，我曾作如下評說：

一個貴族子弟能看到自身的「糞窟泥溝」，這是很了不起的自省精神。能自看、自省，才能自明。「人貴自知之明」，能自看自明自知才真高貴。《五燈會元》卷二載有崇慧禪師對僧人解說菩提達摩，說「他家來，大似賣卜漢，見汝不會，為汝錐破卦文，方生吉凶，盡在汝分上，一切自看」。意思是說，達摩從印度來，就像一個占卜大師，只告訴你一條真理：卦文是凶是吉，其實都在你身上，全靠你自看自決。寶玉見了秦鐘後如見到一面鏡子，接着便是自看，再接着的「自思」之語，便是自己讀出的卦文，明晰、誠摯而謙卑。在偌大的賈府中，具有「自看哲學」的，只有寶玉一人。[1]

曹雪芹對自己的一個筆下人物（夏金桂）曾作如此概說，說她「愛自己尊若菩薩，窺他人穢如糞

1 《紅樓哲學筆記》第八十四則，北京：三聯書店，二零零九年。

土」，世間這種人其實不少。但寶玉的心靈恰恰與之相反，他視少女若菩薩，視自己如糞土。這不是自賤，而是自明。而寶玉的自明，除了天性之外，他還能「自審」。第二十二回，有一句話寫了「寶玉悶悶的垂頭自審」，這幾個字容易被忽略，但它卻寫出寶玉的一種極為重要的心靈狀態，這是賈府上下唯一的精神現象。賈母、賈政從未自審過，即使如林黛玉、薛寶釵等最聰慧的女子也未自審過，能「垂頭自審」的只是寶玉一人。

也只有寶玉一個人，能承認自己「落後」，心悅誠服地接受在詩賽中總是「壓尾」的評判，海棠詩社成立之後第一次比詩，寶釵被評為第一，黛玉第二，寶玉為最後，評判人李紈對着寶玉道：「怡紅公子是壓尾，你服不服。」寶玉立即回應說：「我的那首原不好了，這評的最公。」（第三十七回）賈寶玉從不與人爭風頭，爭面子，更不爭第一，天生不爭虛榮虛名。自己輸了，就為勝利者鼓掌。這之後，寶玉又和姐妹們競作菊花詩，寶釵寫了《憶菊》、《畫菊》；寶玉寫了《訪菊》、《種菊》；史湘雲寫了《對菊》、《供菊》；黛玉寫了《詠菊》、《問菊》、《菊夢》；探春寫了《簪菊》、《殘菊》。個個都寫得好，大家看一首，讚一首，彼此稱揚不已。此時李紈笑道：「等我從公評來……《詠菊》第一，《問菊》第二，《菊夢》第三，題目新，詩也新，立意更新，惱不得要推瀟湘妃子為魁了；然後《簪菊》、《對菊》、《供菊》、《畫菊》、《憶菊》次之。」這一結果，是黛玉三首奪得一、二、三名，其次才是探春、寶釵、史湘雲的詩，而寶玉連「次之」一級都沒有沾邊，屬最後一名，然而他一聽完李紈的評說，「喜得拍手叫極是，極為公道」（第三十七回）。出自內心為他者拍手叫好，為詩人，也為評判者。這種不計排名最後、衷心為勝利者鼓掌（為比自己更強的人鼓掌）的行為，乃是一種極高尚的品格。唯有純粹之心，才能在此時此刻仍然感到極大的快樂。中國歷來多的是「老子天下第一」、「不服他人第一」的酸楚心態，少的是寶玉這種不爭天下第一而為天下第一者叫好的健康心態。這便是心靈之別。

五

因為寶玉的「本質」是一顆「心」，所以他的戀情也是一種不同凡響的心戀。我曾說他與林黛玉的戀情乃是「天國之戀」（不是和薛寶釵的那種世俗之戀）。所謂天國之戀，除了指前世在靈河岸邊三生石畔的神瑛侍者與絳珠仙草的天界戀情之外，還有另一層意思是地上的心靈之戀。賈寶玉始終愛着林黛玉，其所愛並非肉體與外形，論容貌，黛玉可能還不如薛寶釵，但是賈寶玉卻對林黛玉一往情深，不僅有愛，而且還有「敬」。他一方面是兼愛者，即愛每一個人，尊重每一個人，這就是所謂的「情不情」；但從心靈深處而言，他又是「情情」，即只鍾情於一個知己，一個知音人，一個知心人，也只愛一個人，專愛一個人，這個人就是林黛玉。

林黛玉到了賈府，他們第一次見面，林黛玉就感到似曾相見，「何等眼熟」，而賈寶玉則直言不諱地說：「這個妹妹我曾見過。」（《紅樓夢》第三回）常人聽到這話，都會笑寶玉胡言，其實，這是真的，因為他們的心靈早已戀愛過了。天上神瑛侍者與絳珠仙草那段戀情早已積澱在他（她）們的心裏，或者說，早已進入他們的潛意識之中。這是一種感性神秘，現在科學還解釋不了。從第一次相見開始，賈寶玉和林黛玉就開始相戀，戀了整整一生即戀到死，沒有一天停止過。每一個白天與每一個夜晚，他們都在「心心相印」、「心心相思」，都在發生靈魂的共語與共振。賈府裏雖有那麼多美麗的少女，包括薛寶釵、史湘雲以及丫鬟、戲子這些少女，但是沒有一個像林黛玉這樣讓賈寶玉如此傾心，如此愛慕，如此投入整個心靈。因為只有林黛玉這顆蔑視功名利祿、蔑視仕途經濟的心靈和他相通相近，能讓他愛戀。薛寶釵雍容雅麗，長得豐滿，寶玉甚至癡想她身上的肉能給林妹妹一點才好，但賈寶玉只把她當作「好姐姐」，甚至也可以當作好妻子，但不能成為「知心人」，賈寶玉始終未把心交給她，也始終未和她真正地相戀過、熱戀過。因為賈寶玉這個「人」只有心靈之戀。

賈寶玉和林黛玉的心靈熱戀，正是兩千多年前希臘大哲學家柏拉圖所揭示的「精神之戀」。柏拉圖提出這一理念後，我們在現實世界中很難見到實踐者。現實生活中具有精神維度的人，也很難做到純粹的精神戀愛，他們追求的情愛理想必定也是身與心皆可投入的對象。而在人類文學史上，我們也從未看到像賈寶玉和林黛玉這樣動人這樣迷人又這樣真實的精神之戀。這是人類文學史上最純粹、最精彩並且是具有最深刻的思想內容與心理內容的精神戀愛。儘管寶玉少年時曾與襲人有過一次雲雨之情，之後經紅學家們考證，也與秦可卿有過肉慾之情，但這種偶然的、短暫的情感表象，都不是戀情與愛情，唯有寶黛這種心與心熱烈的相印、相惜、相思，才是真戀情。

因為賈寶玉與林黛玉的情愛其「本質」是心靈之戀而非世俗之戀，所以他們在相戀的過程中，一旦使用世俗語言，總是不免要「失語」（即詞不達意），因此總是要吵架。只有在使用另一種語言即超世俗的語言時，他們才能心心相契，彼此進入心靈的「狂歡」。這種語言就是禪語、詩語、淚語甚至是「空語」、「無語」（沉默的無聲語）。寶玉寫下禪偈說「你證我證，心證意證。是無有證，斯可為證。無以為證，是立足境」，這已經夠超俗了，但林黛玉還給他補上「無立足境，是方乾淨」，這才把他們的精神之戀推向徹底的審美境界（無任何世俗的支撐點）。黛玉因為愛得太甚太切，所以常常多心，此時寶玉會用禪語告訴她：弱水三千，只取一瓢飲。聽了這種心靈戀語，黛玉就會衷心高興。這種禪語詩語的含蓄、高雅、美妙、深邃，只有懂得中國語言和中國文化的人才會拍案叫絕，這是人類文學中絕無僅有的大精彩手筆。寶黛心靈之戀的淚語、詩語較好理解；禪語深些，需不斷領悟；而「空語」、「無語」則是更深邃的情感表述，也更難神會，因而容易被讀者忽略，而這恰恰是曹雪芹描述心靈之戀的絕唱，美極了，深極了，可是沒有說出口，沒有聲音，只是在內心深處的流動與相互碰撞，這正是「無聲勝有聲」的心語，也恰恰印證了慧能的「不立文字」、「明心見性」那種最高的情感真實。關於這種心靈之戀的絕妙語言，筆者曾在多年前的《紅樓悟語》中作過表述（《紅樓夢悟》第一百四十三則）：

林黛玉與賈寶玉有一節最深的相互愛戀的對話卻是無聲的。不能開口，一開口就俗。心靈之戀只可用心靈，使用的語言是純粹心靈性的，精神性的，禪性的，不可立文字，只能以心傳心，所以兩人都沒有說出口，更沒有立下文字，這是心靈之戀的「無立足境」，至深的「情」入化為「神」，至深的「色」入化為「空」。這是第二十九回（《享福人福深還禱福　癡情女情重愈斟情》）所表述的一節：

……即如此刻，寶玉的心內想的是：「別人不知我的心，還有可恕，難道你就不想我的心裏眼裏只有你！你不能為我煩惱，反來以這話奚落堵我。可見我心裏一時一刻白有你，你竟心裏沒我。」心裏這意思，只是口裏說不出來。那林黛玉心裏想着：「你心裏自然有我，雖有『金玉相對』之說，你豈是重這邪說不重我的。我便時常提這『金玉』，你只管瞭然自若無聞的，方見得是待我重，而毫無此心了。如何我只一提『金玉』的事，你就着急，可知你心裏時時有『金玉』，見我一提，你又怕我多心，故意着急，安心哄我。」看來兩個人原本是一個心，但都多生了枝葉，反弄成兩個心了。那寶玉心中又想着：「我不管怎麼樣都好，只要你隨意，我便立刻因你死了也情願。你知也罷，不知也罷，只由我的心，可見你方和我近，不和我遠。」那林黛玉心裏又想着：「你只管你，你好我自好，你何必為我而自失。殊不知你失我自失。可見是你不叫我近你，有意叫我遠你了。」如此看來，卻都是求近之心，反弄成疏遠之意。

這段對話既無聲，也無言；既無心證，也無意證；完全是超越語言、超越文字、超越邏輯、超越是非判斷的心靈交融。寶黛的對話，往往是靈魂的共振，此段心靈的對話，更是靈魂的共振。倘若用「此時無聲勝有聲」的話語來形容，這種的無聲對話，恰恰比許許多多大聲表達強百倍。老子說「大音希聲」（《道德經》第四十一章），曹雪芹則抵達到「大音無聲」。心靈中最深刻的對話反而沒有聲音。

曾有詩人說，靈魂也需要愛情。賈寶玉和林黛玉的心靈不僅一般地「需要愛情」，而是心靈本身整個地沉浸在愛情之中。柏拉圖所說的「精神戀愛」，只是哲學家的思辨，他沒想到，兩千多年後的東方大文學家曹雪芹，倒是真的創造出一雙精神戀愛的詩意形象，從而把精神之戀推上美的巔峰。

六

賈寶玉之心的至真至善至美，固然是天性，但也有一個從自發到自覺的過程。離家出走之前，他說：「我已經有了心，要那玉何用？」這是心意識的高度自覺。在此之前，他雖然處處呈現着心的純正，但沒有這種自覺意識。在第二十二回中《聽曲文寶玉悟禪機，製燈謎賈政悲讖語》，黛玉曾笑問道：「寶玉，我問你：至貴是『寶』，至堅是『玉』。爾有何貴？爾有何堅？」可是「寶玉竟不能答」。如果此時寶玉已有心意識的自覺，他一定會立即回答說，至貴者是心，至堅者也是心。或者說，如果我有甚麼貴，甚麼堅，那不是我胸前的玉，而是我胸中的心。《紅樓夢》全書回答的也是這個「林黛玉問題」，其答案也正是說，人間的至貴者、至堅者並非權力、財富與功名，而是那顆至柔但又至真至美至善的心靈。

賈寶玉的前世原是一塊女媧補天時被淘汰的石頭，通靈之後來到人間。這是首度通靈，由石化為玉又化為人，即為玉人。玉在充滿污泥濁水的人間，經歷過一番滄桑，有兩種發展可能，一是被濁水所同化而變成泥，落入泥濁世界；二是被淚水所淨化而再度通靈，也就是二度通靈而提升為「心」。賈寶玉這個「玉」完成了二度通靈，最終有了一個「心至上」的大徹大悟。寶玉進入人間社會之後，開始也被各種慾念所遮蔽，想吃鴛鴦口上的胭脂，羡慕寶釵身上豐滿的肉，都是慾望，但是經過林黛玉淚水的洗禮和生活滄桑的啟迪，他終於走向心靈深處，意識到心外無物，心外無玉，心外無天。我說《紅樓夢》是一部偉大的心史，就是賈寶玉所呈現的這種由石到玉、由玉到心、兩度通靈的心靈史。

以往我們都知道明代曾出現王陽明這一心學。這確實是偉大的心學，中國文化的卓越奇觀。《傳習錄》被稱作「精一之學」、「唯精唯一之學」，這個「一」，便是心。而《六祖壇經》也是以「心」為本為「精一」，所以才有「不是風動，不是幡動，而是心動」的心外無物的經典故事。而《紅樓夢》的「精一」形象，就是賈寶玉的心靈。林黛玉作為賈寶玉的知己，是確切意義上的「知心人」。從才智上說，黛玉總是高於寶玉一籌。賈元春省親時讓寶玉作詩，寶玉自己寫了三首，黛玉作弊替他寫了第四首，寶玉一看，立即覺得這一首比自己「高過十倍」，而元春一讀，非常高興，稱讚弟弟「果然進益了」，並特別稱讚了黛玉作弊的第四首（《杏簾》）「為前三者之冠」（第十七—十八回）。還有如上文所言，賈寶玉得意地寫了「你證我證，心證意證……」，而林黛玉一看，立即覺得「還未盡善」，於是給寶玉補了「無立足境，是方乾淨」八個字（第二十二回），一下子把寶玉的禪悟境界提升了一大步。所以我一直把林黛玉視為引導賈寶玉前行的女神，如歌德在《浮士德》最後所吟：永恆之女神，引導我前行。那麼，作為寶玉「永恆之女神」的黛玉，又為甚麼那樣深愛賈寶玉呢？這便是因為她是寶玉的知心人，她比任何人都了解，這個被視為呆子、孽障的小哥哥乃是一尊詩意的菩薩，他有一顆至柔至純至真至善的心靈。她看到這顆心靈「尚未盡善」時，願意幫助他盡善。

賈寶玉這個文學形象，其內涵太豐富，要充分描述它，絕非易事。用「性格」、「性情」、「典型」等概念來把握，難以深入；用「氣質」、「理念」、「精神」等範疇，又顯得抽象。最後，我想首先應以釋家之念解說，賈寶玉就是賈寶玉，賈寶玉就是一顆心，一顆人類文學史上從未有過的最純粹、最溫柔、最廣闊的心靈。

王陽明的心學講述的是「心」的一元論。在他的體系裏，天理良知，真情真性全統一於凝聚於心。他所說的心，不是慾望之心，而是道心，本心，真心。我說《紅樓夢》是王陽明之後最偉大的心學，但他不是王陽明似的思辨性的心學，而是意象性的心學。這就因為，《紅樓夢》的心，不是體現在概念、範疇與分析中，而是呈現在賈寶玉這顆具體的活生生的「心」中。聶紺弩一再說，《紅樓夢》是一部「人書」，一部期待讓奴隸變成人的書。但他在發表這一論點之後，還迫切希望自己寫出《賈寶玉論》，這是為甚麼？在我看來，正是他想進一步說：《紅樓夢》不僅是一部「人書」，而且是一部「心書」，一部心靈大書。

七

不知道我敬愛的聶紺弩老人會怎樣寫他的《賈寶玉論》，不知道他會用怎樣的視角和語言來把握《紅樓夢》這位主人公？我今天用釋家「心靈」這個視角來把握，不知道能否完成他的一部份心願。我只能說，僅從「心靈」上說，《紅樓夢》就不愧為世界文學的經典極品，它給世界文學之林提供了一顆前所未有的最豐富、最純粹的心靈意象。

西方文學把荷馬史詩《伊里亞特》和《奧德賽》視為第一文學經典，認為它描寫了人類童年的單純。但是我們只要以《紅樓夢》的主人公為參照系，就會發覺《伊里亞特》的主人公阿格紐斯（另一譯名阿基利斯）固然滿身英雄氣概，但他卻不懂得尊重對手。他用戰車把對手（敵人）赫克托耳的屍體拖着走並繞特洛亞城三匝，這種行為語言就顯露出他的心靈不夠純正的一面。與阿格紐斯相比，寶玉的心靈則是覆蓋一切人的無緣慈悲和無限慈悲，也是莊子的「無對」，即沒有對立、對手、對抗。「無對」不是不明是非，而是不爭是非、不執是非，從而不辱對手（這一點，我將在「道之寶玉」篇中進一步闡述）。荷馬史詩之後，莎士比亞和托爾斯泰筆下都創造過極為純粹的心靈，如《羅密歐與朱麗葉》中的朱麗葉，如《戰爭與和平》中的娜塔莎。但她們的單純更多表現為情愛的單純，而寶玉的心靈則是面對社會人生各個層面的單純，而且是無爭無相的單純。就心靈的純粹而言，恐怕只有我國《山海經》中的女媧、精衛、夸父等形象可與賈寶玉相比，所以《紅樓夢》也以《山海經》的補天故事為開端。小說跳過數千年歷史，直接連上《山海經》，可惜《山海經》中的意象雖然單純，卻不夠豐富；雖有力度，卻無深度廣度。寶玉的形象把《山海經》的神話演化為柔性史詩，也把文學中的心靈意象創造推上巔峰。另一部可與《紅樓夢》並提討論也是塑造童心的小說《西遊記》，其主人公孫悟空也是石頭所化，通靈之後雖能七十二變卻始終保持一顆不變的善良單純之心。但是神通廣大的孫行者沒有情愛，完全疏離世俗生活的複雜系統，因此，它的心靈雖單純卻缺少縱深內涵，也無法與寶玉之心相比。

筆者一再說明，以「心靈、想像力、審美形式」為基本要素的文學，「心靈」乃是決定文學高低成敗的第一要素。《紅樓夢》之所以成為中國文學的第一經典，便是它塑造了一顆無比豐富又無比純粹的心靈。聶紺弩一生獻給文學，經歷無數苦難而在即將離開人世之前，所以會以整個身心牽掛着《賈寶玉論》，我相信，一定是他感悟到人間一切金光玉彩，都不如一顆至真至善之心所具有的無量價值和無量輝煌。

二零一二年九月七日
美國科羅拉多

中篇：

渾沌兒的讚歌

——用道家文化視角看寶玉

一

在《賈寶玉論》的首篇，我已講明，從「釋」的視角上說，儘管賈寶玉內涵非常豐富，卻可以用一個字表述，這就是「心」字。從「道」的視角上說，寶玉則是一個不為物役也不役物、逍遙自在的「真人」。

「真人」是莊子思想中的「大概念」。甚麼是「真人」？《大宗師》篇中用多種角度做了定義。「真人」與「至人」、「神人」、「聖人」等大稱謂，在莊子的表述系統中，其名雖異而「實」則相通。《逍遙遊》說：「至人無己，神人無功，聖人無名。」莊子使用不同名稱，內涵也有所區別，但實際上都在表述一種他認定的具有最高境界的理想人格。只是在不同的語境中，他選用的稱謂有所不同而已。大體上，「聖人」多用於政治語境；神人多用於宇宙語境；而「真人」、「至人」則多用於哲學語境、精神語境和道德語境。四種高人，都是莊子的理想人格，都處於最高境界之中。

境界是講層次的，所以才有現代哲學家馮友蘭先生對境界作從低到高的「自然境界」、「功利境界」、「道德境界」、「天地境界」之分。在莊子的思想系統裏，也有境界的高低之分。在他看來，儒家因為「人為」而境界不高。他們只知效一官，比一鄉，合一君，信一國，這不是逍遙遊的境界，所以入道的宋榮子竊笑他們。超越儒家而進入高一層境界的宋榮子是「舉世譽之而不加勸，舉世非之而不加沮」，完全拋棄了榮辱得失之計較，開始脱俗而回到自然人格。比「宋榮子境界」更高的是「列子境界」，是通過「御風而行」的自然功夫而抵達「道通為一」的逍遙境界。但這還不是最高境界，因為列子雖能御風而行，卻仍然「有所待」，即受制於自然風的法則。比這更高的境界是連「風」也不依賴，即不仰仗任何外部對象，「無所待」，而以自己的大智慧與天地獨往來，「與天地齊一」，從而把握天、地、人根本意義的真人境界、至人境界、神人境界。處於這種最高境界者，便是理想人格、卓越人格。

我們通常都把莊子與「禪」連成一體，稱作莊禪思想。這兩者確有相通處，但也有區別。最大的區別是莊子有理想人格的追求，而禪則沒有，禪重在瞬間的生命神秘體驗，能「明心見性」就好，不管他是甚麼人。禪最後的理想是返回平常心，做「平常人」，而非真人、至人、聖人、神人等。在現代社會中，莊子的「理想人格」可能有兩種發展方向，一種是不斷擴張而走向尼采式的「超人」；另一種是不斷修煉而成為擁有高境界的「平常人」。尼采鼓吹得道後做「超人」，慧能主張得道後仍做「平常人」，東西方這兩種不同的精神指向，孰高孰低？歷史定會作出公正的判斷。

寶玉屬於東方世界，他既是莊，又是禪，他呈現的理想人格是經過禪的洗禮的。從思想文化史上說，印度傳入的佛教經過老、莊（道家文化）的洗禮而化為「禪」（中國化的「釋」）；而老莊也受禪的洗禮而變得更人間化與生活化。賈寶玉這個「真人」，便是莊與禪交融而成的日常生活化的「真人」。這個「真人」，表現為「聖人」時，並非儒家堯舜似的「聖王」理想人格，而是道家許由似的「不王」理想人格；表現為「神人」時，他則不是神仙似的虛無縹緲的非人形態，而是有血有肉、出污泥而不染的脫俗性格；表現為至人時，則是「真」的極致，「誠」的極致，「善」的極致，「美」的極致。他不僅沒有仇恨、嫉妒、貪婪、算計等多種生存技能，而且是一個不知有目的（功利目的）、有手段（生存策略）、有敵人、有壞人、有假人的特殊生命存在。所以他成了曹雪芹的理想人格，即曹雪芹的「夢中人」。

在拙著《紅樓人三十種解讀》中，筆者已說明了賈寶玉乃是曹雪芹的「夢中人」即理想人格：

《紅樓夢》的主人公（賈寶玉）也是藝術昇華的結果，他做了許多夢，擁有許多夢中人，而他本身卻是曹雪芹的首席夢中人。賈寶玉既是曹雪芹的靈魂投影，又是曹雪芹塑造的理想人格。曹雪芹與賈寶玉並不相等，換句話說，賈寶玉這個文學形象與賈寶玉的生活原型（曹雪芹）並不相等，前者更理想，更帶夢的色彩。作為現實主體、生活原型，曹雪芹生活雖然潦倒，但他並沒有出家當和尚，並非「情僧」。他既未銜玉入世，也未離家出世。賈寶玉最後的「解脫」只是曹雪芹的夢。因此，賈寶玉正是曹雪芹的審美理想。他希望自己有寶玉似的人生，寶玉似的情愛，寶玉似的性情，寶玉似的大慈大悲，寶玉似的昇華與結局。按照「假作真時真亦假」的結構，甄寶玉與賈寶玉二為一體，兩者都以作者為生活原型，但這兩個形象，只有一個是作者的夢中人——審美理想，這就是賈寶玉。[1]

這裏應當強調的是，賈寶玉作為曹雪芹的理想人格，是莊子式的理想人格，不是儒家式的理想人

1 《紅樓人三十種解讀》第八頁，北京：三聯書店，二零零九年。

格。如上所述，不是堯舜式的「聖王」人格，而是許由似的「真」、「至」人格。《紅樓夢》後四十回寫寶玉出家後，皇帝賜予他「文妙真人」的封號，稱寶玉為「真人」，倒是有見地，但「真人」前頭加上「文妙」二字，卻有問題。因為莊子理想中的真人乃是自然人格，而非儒家理想中的「社會人格」與「文妙人格」。賈寶玉早已超越儒家的「文妙」境界，當然也超越皇帝價值系統中的「文妙」所指。總之既是「文妙」，便非「真人」；既是「真人」，便不「文妙」。賈寶玉恰恰是一個進入社會但未被社會所同化、所異化而保持自然天性的道家理想人格。

二

在莊子的定義裏，「真人」最重要的特徵乃是「自然」，不是「意志」；是「順應」，不是「強求」；不是「有為」，而是「無為」。與尼采的「權力意志」正好背道而馳。莊子中的《大宗師》篇用多種角度定義「真人」，這也正是莊子理想人格的核心內涵。在定義中，真人首先是具有一種不強求的立身態度，即「不逆寡」（不反自然而行），「不雄成」（不以強硬的方式去完成某個事項），「不謨士」（不用機心待人處世）。把成敗得失看得很淡，得而不喜，失而不悔，因此能「登高不栗，入水不濡，入火不熱」。而這，正是賈寶玉的基本性格。賈寶玉和任何人都可以相處，戲子、妓女（雲兒等）、遊俠（柳湘蓮）、流氓（薛蟠等）也可以成為朋友，因為他五毒不傷（即所謂「入水不濡，入火不熱」）。而能五毒不傷，又因為他與他者的關係是一種自然的「空境」或「逸境」，既不逆反，也不執着，自然相處而已。莊子還說：「古之真人，不知說生，不知惡死，其出不欣，其入不距，悠然而往，悠然而來而已矣。」儘管生死是人生大事，但對於真人來說也無所謂，任憑造化安排，適逢其時自然地來去罷了。《大宗師》又曰：「不忘其所始，不求其所終；受而喜之，忘而復之，是之謂不以心損道，不以人助天。是之謂真人。」這段話說的也是真人沒有強力意志，沒有刻意之心，他既接受一切已經發生在身上的事情，又不着意去強求還沒有發生的事情，不用機心去損害天道，也不用人算去擾亂天機。莊子還反覆說明，真人乃是真我，所謂大宗師（真人的另一稱謂），乃是善於法「道」、法「自然」、執行「天地與我並生」、「萬物與我為一」的個體生命師表與真人坐標。而這個「大宗師」用現代的語言表述，也就是不為物所奴役、不為物所遮蔽、不為物所支配的大自由之我，即抗拒物化、異化的大逍遙之我。

賈寶玉所以樂於接受薛寶釵給他「富貴閒人」的命名，就因為有「閒」才有「真」，閒即「無心於事，無事於心」（南懷瑾語），昨天經歷過的事可以放下，明天尚未發生的事也可以放下，「不將不迎」。唯其不將（不執着於過去），才沒有復仇之念（寶玉被父親痛打後沒有一句微詞，屬「不將」）。唯其「不迎」（不執着於未來），方沒有妄想、妄求與恐懼。真人的「不迎」，包括對死亡的不迎與不懼（寶玉不忌諱談「死」）。

「不為物役」是莊子體系中的核心思想，只有擺脫「物役」，才能「逍遙」，才有自由；也只有擺脫「物役」，才有生命之真，才能構成理想人格。莊子的「物」，是個極為豐富的概念，說「物」是物質、物象、物品（例如財物、器物、食物等），當然也沒有錯；但莊子的「物」，就其廣義而言，乃是指身外的各類存在，特別是被社會化的各種存在，例如「家」、「國」、「鄉」、「黨」、「權力」、「財富」、

「桂冠」、「功名」、「理念」、「概念」等等。「不為物役」難的是從一切身外存在物的束縛中超越出來、解脱出來。莊子之了不起，就是在二千三百多年前，就發現人被「物」所異化的巨大現象，並發出振聾發聵的「不為物役」的呼告。這是世界思想史上最早的反異化的聲音。賈寶玉雖然沒有「不為物役」的直接呼告，但他的行為語言、立身態度，卻全是擺脱「物役」的「覺悟」和對權力、財富、功名、八股等異化物的反叛與拒絕。

我們不妨從他所警覺的狹義之物（物品、物件、物質等）説起。賈寶玉在出家之前，對慌張地尋找玉石的薛寶釵和襲人説了一句「批評」話：「原來你們都是重玉不重人啊。」賈寶玉與她們相反，是重人不重物。他認為物只能為人所用，而不是人為物所用。所以，當晴雯要脾氣而撕扇子、摔盤子時，他不僅不生氣，反而笑着對晴雯説：「你愛打就打，這些東西原不過是借人所用，你愛這樣，我愛那樣，各自性情不同。比如那扇子原是扇的，你要撕着玩也可以使得，只是不可生氣時拿他出氣，就如杯盤，原是盛東西的。你喜聽那一聲響，就故意的碎了也可以使得，只是別在生氣時拿他出氣。這就是愛物了。」晴雯聽了果然撕扇子，寶玉説：「千金難覓一笑，幾把扇子能值幾何？」（第三十一回）這一道理，寶玉告訴晴雯，還告訴賈環。賈環為賭博輸錢與鶯兒慪氣哭了起來，寶玉教訓他説：「大正月裏，哭甚麼？這裏不好，你別處頑去。你天天念書，倒念糊塗了。比如這件東西不好，橫豎那一件好，就棄了這件取那個。難道你守着這個東西哭一會子就好了不成？你原是來取樂頑的，既不能取樂，就往別處去再尋樂頑去。哭一會子，難道算取樂頑了不成？倒招自己煩惱，不如快去為是。」（第二十回）此一道理，與對晴雯撕扇子一事所發表的思想相似。兩件事，兩席話，講的都是人與物的關係。寶玉的意思是，人是中心，人是主體。物應當人化，為人所用，而人卻不可物化，為物所役。賭場、扇子，都是物，都是人製造出來的「東西」，人被自己製造出來的東西所主宰、所擺佈，便是異化。被異化了的人，往往忘記製造東西（物）的目的是為了人自身——為了人的快樂與幸福。製造賭場也是如此，不管是輸是贏，只要有益於主體的快樂就好，千萬不要為「物」而生氣而生煩惱。這種哲學，雖不算解脱，但至少可稱為通脱。

扇子、賭器等東西只是低檔物，而高檔的「物」則是「玉」。但賈寶玉也拒絕被玉所役，所以他才會在與林黛玉首次見面時狠命地摔玉，稱他所佩的「玉」是「勞什子」。他把林黛玉這個「人」看得很重很重，把所佩之「玉」看得很輕很輕。他絕對不允許讓玉（物）成為「情」（與林黛玉的戀情）的障礙與負累。「摔玉」的行為語言說明他早已把「物」看透。賈寶玉真是天生的反物化、反異化的先覺者。

更為難得的是，賈寶玉不僅不為狹義之物所役，而且更不為廣義之物所役。他對廣義之物即身外的社會存在一直保持很高的警覺。賈寶玉嘲諷朝廷中那些「文死諫」「武死戰」的文臣武將，嘲諷的便是這些人自以為「忠君愛國」卻不知自己被「君」、「國」、「皇權」、「皇統」等漂亮而沉重的外物所役。歷代文人與百姓也將這些敢於「死諫死戰」、為皇帝皇家犧牲賣命的文臣武將視為楷模，給予樹碑立傳，殊不知這些烈臣猛士完全沒有個體生命的存在意識，完全沒有獨立人格與自由精神。他們完全是一些被帝王權威這種外物所統治、所支配、所奴役的異化生命。對此，賈寶玉發了一段大議論說（第三十六回）：

人誰不死？只要死的好。那些鬚眉濁物只知道「文死諫」「武死戰」這二死是大丈夫的名節，便只管胡鬧起來；那裏知道有昏君方有死諫之臣，只顧他邀名，猛拼一死，將來置君於何地？必定有刀兵，方有死戰，他只顧圖汗馬之功，猛拼一死，將來棄國於何地？……那武將要是疏謀少略的，他自己無能，白送了性命，這難道也是不得已麼？那文官更不比武將了：他念兩句書，記在心裏，若朝廷少有疵瑕，他就胡彈亂諫，邀忠烈之名；倘有不合，濁氣一湧，即時拼死，這難道也是不得已？……可知那些死的，都是沽名釣譽，並不知君臣的大義。比如我此時若果有造化，趁着你們都在眼前，我就死了，再能夠你們哭我的眼淚，流成大河，把我的屍首漂起來，……這就是我死的得時了。

賈寶玉敢於嘲諷和批判「文死諫」「武死戰」這種愚忠行為和傳統理念，說明他對「人為物役」的認知與抗議已達到很強的力度和深度，這是兩千多年來中國作家與中國詩人從未抵達的力度與深度。

除了對「文死諫」「武死戰」的強烈嘲諷之外，他一以貫之的「富貴閒人」的閒散態度，也是對「物役」的反抗。所謂閒散，也正是對人們孜孜以求的光輝耀眼的身外種種存在物的輕蔑與放下，他不走仕途經濟之路，蔑視科舉八股，反感一切「仕途」的規勸，正是他意識到這一切全是令其失去真我的異化力量。在「世人都說神仙好，唯有金銀忘不了，唯有嬌妻忘不了」的時代潮流中，賈寶玉保持自然天性，不為潮流所役，成為潮流的「檻外人」，正是這種稀有人格與卓越人格，也才使賈寶玉成為曹雪芹的「夢中人」。

三

所謂「保持自然天性」，在莊子的「道眼」裏，便是保持一種本真本然的渾樸狀態，也就是「渾沌」狀態。莊子用一個著名的故事說明這一思想：「南海之帝為儵，北海之帝為忽，中央之帝為渾沌。儵與忽時相與遇於渾沌之地，渾沌待之甚善。儵與忽謀報渾沌之德，曰：『人皆有七竅，以視聽食息，此獨無有，嘗試鑿之。』日鑿一竅，七日而渾沌死。」（參見《莊子．內篇．應帝王》）

莊子保持渾沌狀態的思想，與老子的「絕聖棄智」思想相通。在道家先驅者看來，人因為有了私智，便用私智作為器具而進行各種佈滿心機的功利謀略活動，結果便遠離自然妙道，喪失本來就有的淳樸、自由與安寧。老子的「復歸於樸」，正是返回渾樸渾沌即返回自然的呼喚。莊子「渾沌之死」的故事，是反對人工的刻意開鑿，也是返回自然的呼喚。老子、莊子這一思想常被解釋為對知識與智慧的拒絕，可是如果作此極端的解釋，就會使人滿足於蒙昧狀態，其負面效果不堪設想。然而，如果理解其真諦，明白莊子乃是在提醒人們不可喪失生命本真本然狀態，即無功利、無謀略、無計算的狀態，倒會產生巨大的保護天性的作用。如果用莊子的開竅不開竅之語言來表述，那麼，人的生命過程，確實需要「開竅」的一面，即開鑿智能、機能和獲取知識的一面；但是，人類往往把這一面絕對化與極端化，遺忘「不開竅」即保持天真天籟赤子之心這一面的極端重要性與無量價值。這一面使人能夠超越社會的污濁與人世的黑暗，也使人不會在功利活動中愈陷愈深而迷失，即不會遺忘自由、自在、逍遙的價值。

曹雪芹顯然喜歡莊子的思想，《紅樓夢》屢次寫寶玉讀莊的故事，但是，曹雪芹畢竟是偉大的作家，他沒有用莊子的哲學去演繹自己筆下的人物，也沒有把莊子的思想硬套到寶玉身上。他寫寶玉這個真人形象，完全從現實出發，突出了賈寶玉的「渾沌」性格，把這個「真人」寫成「鹵人」。所謂「鹵」，便是愚魯、渾沌、不開竅。在《紅樓夢》中，曹雪芹特安排一段情節，讓探春直呼寶玉為「鹵人」，此一細節不可忽略。在《紅樓夢》第八十一回《占旺相四美釣游魚　奉嚴詞兩番入家塾》中，曹雪芹寫探春與李紋、李綺、岫煙四美人在沁芳亭釣魚，寶玉也來湊趣，他掄着釣竿等了半天，那釣絲兒動也不動。剛有一個魚兒在水邊吐沫，寶玉把竿子一晃，又唬走了，過一會兒又是釣絲微微一動，寶玉高興得用力一兜，把釣竿往石上一碰，折作兩段，絲也振斷了，鈎子也不知往哪裏去了。在大家的笑聲中，探春對寶玉說：「再沒見像你這樣的鹵人。」對於這一情節，我曾評述道：「用『鹵人』來稱賈寶玉，實在是再貼切不過了。他豈止在釣魚時是個鹵人，整個人生中他都是鹵人。」（《紅樓人三十種解讀·鹵人論》）

寶玉之「鹵」（渾沌不開竅），表現在各個方面。除了前邊講的對於「生存技巧」永不開竅而沒有常人常有的嫉妒、貪婪、撒謊等機能之外，賈寶玉還有一種最大的「不開竅」，也是讓賈政最生氣、最感到絕望的「渾沌」，這就是對人人皆開竅人人皆嚮往的「榮華富貴」和「飛黃騰達」，他竟然沒有感覺，沒有興趣，沒有追求的熱情。不僅沒有，而且鄙薄、鄙視、蔑視。他本是一個最有地位的貴族子弟，榮國府的頭號「接班人」，但他偏偏對財富、權力、功名這套價值體系無動於衷。《好了歌》中的世人，全都忘不了金銀、嬌妻、功名，可是最有條件擁有這一切的賈寶玉卻偏偏對這一切「不知不覺」，這是讓賈政們何等失望的愚魯啊。

讓賈政不僅感到失望而且感到絕望的賈寶玉之「渾沌」，不僅是「根本」上的渾沌（關係到賈氏貴族大家族興衰存亡的渾沌），而且渾沌得非常頑固，非常堅固。不僅賈政的棍棒打不破這「渾沌」，而且薛寶釵、襲人等美人的脂粉香氣也化解不開這「渾沌」。在《紅樓夢》的情節中，寶釵與襲人，就像北海之王儵與南海之王忽，感念「渾沌」的情意，遺憾「渾沌」的不開竅，因此處心積慮地開鑿寶玉的渾沌。可是，任你開鑿勸誡，寶玉還是寶玉，鹵人還是鹵人，渾沌還是渾沌。心機一點也不生長，巧智一點也不增添，怎樣也成不了賈氏貴族豪門的「接班人」。

《紅樓夢》第九十回，王夫人對自己的兒子賈寶玉有一段意味深長的評價。她說：「林姑娘是個有心計兒的。至於寶玉，呆頭呆腦、不避嫌疑是有的，看起外面，卻還都是個小孩兒形象。」王夫人說寶玉始終是個小孩兒，是個赤子，是個渾沌未鑿的自然人格，全然沒有錯。老子所說的「復歸於嬰兒」，對於賈寶玉來說，是不存在的問題，因為他的渾樸始終未改，嬰兒狀態一以貫之，無須回歸。老莊創造了許多求道者，但寶玉無須求道，他本身就是「道」，就是「自然」。如果說，釋之寶玉是一顆心靈，那麼，道之寶玉，便是自然。所謂真人、鹵人，也就是與自然的根本妙道冥合齊一的天地境界中人。

讀《紅樓夢》可以有千百種讀法，此時我們把它讀作「渾沌」的讚歌，給「不開竅」予一種積極的理解，那麼賈寶玉這個形象的精神內涵就會更深刻地展現出來。

四

要說「個性」，那麼，賈寶玉才真正富有個性，他的「這一個」，前無古人，恐怕也後無來者。這是一個永遠無法複製的形象。「真人」、「至人」、「神人」等，尚可以找到「普遍性」，而要找到像寶玉這樣一個一鹵到底，而且鹵得如此奇特的人，卻不可能。也就是說，他沒有普遍性，不能算作「典型」。

賈寶玉除了上述那些「不開竅」內涵之外，還有另一個巨大的「不開竅」，這就是他永遠不知道所作所為的所謂「目的」。莊子認為，遠古的渾樸之人，便是沒有目的的幸福人，他們「行不知所之，居不知所為」（《莊子．庚桑楚》）。「不尚賢，不使能，……端正而不知以為義，相愛而不知以為仁，實而不知以為忠，當而不知以為信，蠢動而相使不以為賜。是故行而無跡，事而無傳。」（《莊子．天地》）儘管從歷史主義角度上看，這是返回原始狀態的空想，但從倫理主義的角度上說，這種「不知目的」卻是對「機心」的拒絕。賈寶玉雖沒有這種思維邏輯，但他天然地揚棄「目的論」。他從天外來地球一回，通靈而經歷人間生活，只是為經歷而經歷，為生活而生活，一切言語行為都沒有預設的目的，做甚麼好事都不知道自己在行「仁義」。他為讀書而讀書，為詩歌而詩歌（即為藝術而藝術），為愛戀而愛戀。他戀愛，但戀愛僅止於審美與高興，並不是佔有（不是為了「結婚」或佔有對象）；他生活，但不追求生活的奢侈享樂；他讀書，但並不為是為了進入科場謀取功名；他寫詩，只因為快樂就在寫作中，並不是為了獵取任何桂冠，所以在詩社的比詩中，儘管他屢屢被評判為最後一名（即壓尾），不僅放在林黛玉之後，甚至也放在薛寶釵、史湘雲之後，但他仍拍手稱快，衷心讚揚李紈（評判者）評得極公平，衷心地為勝利者鼓掌。因為他沒有寫詩之外的任何功利目的。這個賈寶玉，唯知「過程」，不知「結果」，對於「結果」，他永遠是個渾沌兒。對於「目的」，他也永遠是個渾沌兒。他的行為是自發的，自然的，一切均是內心的需要，生命本身的需求。賈寶玉在賽詩中的表現，常會讓「世人」感到困惑：為甚麼失敗了還那麼高興？為甚麼被評為「壓尾」了還那麼鼓掌？這裏的答案正是寶玉的生命密碼，這就是寶玉乃是一個無目的、超功利的生命存在。因為他沒有目的，所以就超越勝負的計較，就擺脱成敗的焦慮，歸根結底，就是進入一種「忘我」、「無我」的至高境界。常聽有見識的現代學人說，為藝術而藝術、為學術而學術的境界才是最高境界，這也正是無目的的境界。

賈寶玉的「渾沌」，從哲學上說，乃是對「目的」的渾沌，對「結果」的渾沌，對爭名奪利的渾沌。現代社會使人愈來愈聰明，但太聰明乃至太精明之後，便是對「目的」格外開竅，事事有動機，樣樣求報酬，對功利與榮耀格外敏鋭與執着，因此運動場就變成戰場搏鬥場，學術場也變成名利場。在「目的」刺激下，戰場與名利場上便充滿權術、心術、手段、策略和血腥的較量。原來應有的快樂消失了，取而代之的是一味企圖壓倒對方、獨佔天下的「機關算盡」。

康德關於美是「無目的的合目的性」的命題，不斷被闡釋，如果我們通過賈寶玉的心性去理解，則會頓開茅塞。賈寶玉的寫詩正是無目的、超功利的審美創造，不管是失敗或者勝利，也都高興，而不在乎「結果」的快樂恰恰又符合「實現生命價值」這一總目的。

賈寶玉人生的快樂有兩種源泉：一是寫詩；二是戀愛。如果說，他是為詩而詩，那麼也可以說，他是為戀愛而戀愛。歡樂全在寫詩與戀愛的過程中，並無「得獎」與「結婚」等世俗目的。除了與林黛玉熱戀之外，他和襲人、寶釵、麝月、鴛鴦、香菱等，也有戀情，屬於「泛愛者」。而這些戀愛，他都沒有「佔有」的目的，即沒有功利的目的，對所有對象都止於欣賞，止於傾慕。他不僅自己為戀愛而戀愛，揚棄「佔有」或婚姻目的，而且希望少女們也如此，因此，他才發出女子一旦嫁人就會變成「魚目」、「死珠子」的驚人之論。在他的潛意識裏，顯然認為女子嫁給男人從而踏進男人的功利污濁世界是個致命的錯誤。

賈府中有兩個「富貴閒人」，老的是賈母，少的是寶玉。如上所言，所謂閒，乃是「無心於事，無事於心」。那麼，寶玉真的可稱為「閒」了，因為他凡事都不求其目的，而賈母則閒而不閒，因為，她心中有事而且事事有目的，例如她往寺廟燒香拜佛，並不是像寶玉那樣純粹去遊玩，而是在富、貴、閒三字之外，還求一個「壽」字。求「壽」是她的目的，存此目的，她這個閒人便不得閒心，終於不及寶玉的得大自在。

寶玉往往不求道而得道。他身上的「不爭之德」不僅是「德」，更是「道」。他的不爭，包括不爭奪（不謀權力、財富、功名等）、不爭辯（不爭是非）、不爭寵（不計榮辱成敗）等。老子在《道德經》中首提「不爭之德」（第六十八章），但他的「不爭」卻帶有策略性，所以才說「以其不爭也，故天下莫能與之爭」，就如堯舜退讓不爭，便贏得天下人心，別人就無法與之相比。這其實是「術」（策略）

不是道。而賈寶玉的「不爭」則是純粹的「不爭」，徹底的「不爭」，無目的的不爭，既不爭天下，也不爭人心。在他那裏，「不爭」既不是目的，也不是策略，於是，他就把策略性轉換為本體性，成為一種「道」，一種境界。既是「道」，那就「不可道」，即不是概念，不是言說，但它處處都在，時時就在。他不爭名奪利，貫穿一生；他不爭辯爭執，也貫穿一生（除了婚後和寶釵爭辯過一次「赤子之心」外，從未與他人爭辯過）。他心中不是沒有是非（他心之明亮，賈府裏無人可比），只是不屑於糾纏是非。他不爭寵，連「王妃」姐姐省親「駕臨」到面前了，他也不在乎。只是「因家中有這等大事，賈政不來問他的書，心中是件暢事」（參見《紅樓夢》第十六回）。這一點，連平時高傲之極的林黛玉都不如他。黛玉在元春的大輝煌照耀中，竟然也寫出「香融金谷酒，花媚玉堂人」的媚上之句，並且萌生出一個俗念：「安心今夜大展奇才，將眾人壓倒。」（《紅樓夢》第十七—十八回，此細節以往的紅學研究有所忽略）像林黛玉這種清高之人，也難免俗，更難將「不爭之德」一以貫之，唯獨寶玉，從未有過「將眾人壓倒」的目標。元春在眾人中獨「寵」（牽掛）寶玉，但寶玉一點也沒有「受寵若驚」之感。姐姐還是姐姐，往昔她如同「教母」，現在她來考詩試詩，愁的只是交不上好卷子，幸而有釵、黛幫忙作弊，混過一關，如此而已。這有甚麼好爭？有甚麼可「大展」可「壓倒」的？以此事而論，黛玉的腦子確實比寶玉強（比寶玉靈活、聰明），但就心靈而言，寶玉卻比黛玉更純粹、更「逍遙」、更「得道」。

五

賈寶玉形象的精神內核雖與莊子相通，但寶玉對莊子並不是全盤接受。曹雪芹很了不起，他對儒、道、釋等三大文化，均了解極深。對於三者的表層，他都有所保留與質疑，所以他才讓其人格化身賈寶玉採取相似的態度。寶玉一方面充滿大慈悲，近似釋迦（深層釋），另一方面又常「毀僧謗道」（表層釋）。襲人規勸他不要「毀僧謗道」，只涉釋之表層而非「釋」之深層。就儒而言，寶玉對儒所衍生的宗法禮教和君臣秩序及儒式科舉等確實深惡痛絕，但對儒所規範的親情禮儀卻嚴加遵守。而對於道，其表層的代表賈敬，走火入魔地煉丹吞沙，只被當作喜劇角色，而作為思想家的老子莊子卻深受尊敬。然而，即使對於思想家莊子，寶玉也給予很自然的質疑。《紅樓夢》第二十一回寫到，寶玉「因命四兒剪燈烹茶」，自己看了一回《南華經》。正看至《外篇．胠篋》其文曰：

> 故絕聖棄智，大盜乃止；擿玉毀珠，小盜不起。焚符破璽，而民樸鄙；掊斗折衡，而民不爭；殫殘天下之聖法，而民始可與論議。擢亂六律，鑠絕竽瑟，塞瞽曠之耳，而天下始人含其聰矣；滅文章，散五彩，膠離朱之目，而天下始人含其明矣；毀絕鈎繩而棄規矩，攦工倕之指，而天下始人有其巧矣。

對於莊子這一「絕聖棄智」以至連文章藝術也要棄絕的觀念，寶玉無法接受，於是，他就「趁着酒興」，意趣洋洋提筆續曰：

> 焚花散麝，而閨閣始人含其勸矣。戕寶釵之仙姿，灰黛玉之靈竅，喪滅情意，而閨閣之美惡始相類矣。彼含其勸，則無參商之虞矣。戕其仙姿，無戀愛之心矣。灰其靈竅，無才思之情矣。彼釵、玉、花、麝者，皆張其羅而穴其隧，所以迷眩纏陷天下者也。

這一續篇，刻意把莊子美惡不分的思想推向極端，使其落入「行不通」的境地。寶玉實際上在質疑相對主義的莊子：先生，按照您的美醜不分的理念邏輯，那麼，襲人、麝月、寶釵、黛玉等美麗少女也算不得美，把她們棄之，絕之，焚之，散之，戕之，灰之，也無所謂了。這能行得通嗎？現在我把你的相對論推向極端，看您荒謬不荒謬？當然，這是寶玉的激憤之語，林黛玉讀了之後，便寫了一絕句嘲諷他：

> 無端弄筆是何人？作踐南華莊子文。
> 不悔自家無見識，卻將醜語詆他人。

林黛玉的思想總是高出寶玉一籌，她對莊子的理解也比寶玉深邃。她知道莊子的無是無非、絕聖棄智的真意，並不是寶玉所斥罵的那麼簡單。但我們也應承認，寶玉的叩問並非完全沒有道理。在文學藝術領域裏，可以廢棄是非判斷的政治法庭，也可以廢棄善惡判斷的道德法庭，但不可以廢棄美醜判斷的審美法庭。沒有審美判斷，也就沒有文學藝術。而在世俗生活領域裏，因人間是非各有不同的尺度，所以不可輕易地把人群劃分為好人壞人，許多是非需要時間與歷史的檢驗，而在更高的精神層面上，作家則不僅需要理解「好人」，也需要理解「惡人」，這才有所謂大悲憫。但是，即使是信奉不二法門的佛教，它還是要講究「淨」、「染」之分。曹雪芹大約受其影響，也把世界分成以少女為主體的「淨水世界」和以男人為主體的「泥濁世界」。這種劃分，乃是超功利的審美判斷。賈寶玉在尊重一切人、寬恕一切人的襟懷下，也作此鮮明的劃分。所以，才發出「少女水作」、「男人泥作」的驚人之語。他對莊子的質疑，說明他並非渾濁一團、漆黑一片。該「渾沌」處，他渾沌；該開竅處，他比別人更為開竅。因為有美醜淨染判斷，他才成為一個詩人。

然而，林黛玉批評賈寶玉「無見識」即未能充分理解莊子，也有道理。她也許知道，莊子的哲學正是美學，正是超是非判斷（政治法庭）、善惡判斷（道德法庭）的審美形而上。莊子關心的不是政治、道德，而是個體存在的境界問題。他不計利害、是非、功利，消除物我、主客、人己，不是毀滅美，而是保護美，即讓美與天地並存。莊子講「天地有大美而不言」（《知北遊》），講「無不忘也，無不有也，澹然無極而眾美從之」（《刻意》），都在說明唯有超越世俗的功利判斷而對人生採取審美態度才能贏得「至樂」。賈寶玉未能認識到這一層，誤以為莊子美醜不分，錯斷了《南華經》的真意。其實，賈寶玉到地球一回，本身採取的正是莊子式的審美態度。其人生境界正是高於功利境界和道德境界的審美境界。林黛玉乃是引導賈寶玉精神提升的「女神」，她的批評一定會使寶玉更加明白莊子的真實內涵。

我曾說過，寶玉是個準基督、準釋迦。並說釋迦牟尼出家前大約就是賈寶玉這個樣，而寶玉出家後大約會走向釋迦。

然而，近兩三年，徘徊在我腦中心中的新問題卻是寶玉出家後會走向釋迦還是走向莊子，與這一問題相關的是寶玉最後是走向宗教還是走向審美？如果釋迦是中國釋，那就是禪，而莊禪是可以統一起來的。莊的立身態度是審美關照態度，禪也是如此。從這個意義上說，走向釋迦也可以說就是走向審美。但莊禪畢竟不同。禪只重「心」，而莊則既重「心」又重「身」，貴靈性也貴情性。相比之下，莊比禪更重生，儘管莊有「泯生死」的宣告（但又有「保生全身」和「安時處順」的意念）。賈寶玉和林黛玉的「喜散不喜聚」不同，他更愛熱鬧，更愛生活，屬於「喜聚不喜散」。寶玉和寶釵的「冷人」性格不同，他渾身都是熱，是徹頭徹尾的「熱心人」，因此，雖是「閒人」，又可稱為「無事忙」。這種立身態度從根本上說，完全不同於佛教那種否定和厭棄人生的體系性觀念。這種根本區別折射到情感上，便顯出很大的差異。佛教要求消滅情慾，而寶玉卻對人生、生命充滿眷戀。因此，秦可卿去世時，他悲傷得吐血；鴛鴦去世時，他痛哭；晴雯去世時，他寫出驚天動地的祭文（《芙蓉女兒誄》）；黛玉去世時，他更是喪魂失魄，整個生命狀態完全改變。這種情感態度，更近「儒」（下一篇再敘），但也不是反莊。莊子固然看透生死（所以有妻死鼓盆而歌的故事），但他並不否定人生，所以，才有「與物為春」（《德充符篇》）、「萬物復情」（《天地篇》）、「與天和者，謂之天樂」（《天道篇》）等接近儒家「人與天地合」的情感表述。

從上述這些思路，也許可以說，賈寶玉出走後雖會走向釋迦，但恐怕不是傳統的、原始的釋迦，而是中國化的釋迦，即慧能似的釋迦，而且又是「我與萬物合而為一」的莊子。也可以說，不是走向宗教，而是走向審美；不是佛化，而是自化；不是宗教性解脫，而是審美性超越。這倒是莊子所嚮往的「真人」、「至人」，又是慧能式的平常心、平常人。可惜，這也只是曹雪芹的「夢」而已，況且是永遠「圓」不了的夢。

二零一三年四月十五日
美國科羅拉多

下篇：

逆子、孝子、浪子、赤子

——用儒家文化視角看寶玉

一

在《賈寶玉論》中，筆者曾說：從儒的視角上看，寶玉是拒絕表層儒（君臣秩序）而服膺深層儒（親情）的赤子。這句話說得更完整一些應是：寶玉是拒絕與反抗表層儒的逆子與浪子，又是服膺深層儒、充滿血緣之親情的孝子與赤子。寶玉這個形象，極為豐富，他的多重暗示幾乎難以說盡。其性情中逆子與孝子的矛盾場，浪子與赤子的共生結構，不斷展示。

關於表層儒與深層儒的劃分，完全得益於李澤厚先生。他在《波齋新說》的附錄《初擬儒學深層結構說》一文中這樣表述：

所謂儒學的「表層」結構，指的便是孔門學說和自秦、漢以來的儒家政教體系、典章制度、倫理綱常、生活秩序、意識形態等等。它表現為社會文化現象，基本是一種理性形態的價值結構或知識／權力系統。所謂「深層」結構，則是「百姓日用而不知」的生活態度、思想定式、情感取向；它們並不能純是理性的，而毋寧是一種包含着情緒、慾望，卻與理性相交繞糾纏的複合物，基本上是以情—理為主幹的感性形態的個體心理結構。這個所謂「情理結構」的複合物，是慾望、情感與理性（理知）處在某種結構的複雜關係中。它不只是由理性、理知去控制、主宰、引導、支配情慾，如希臘哲學所主張；而更重要的是所謂「理」中有「情」，「情」中有「理」，即理性、理知與情感的交融、滲透、貫通、統一。我以為，這就是由儒學所建造的中國文化心理結構的重要特徵之一。它不只是一種理論學說，而已成為某種實踐的現實存在。

「儒」經此劃分，我們再看寶玉，就會覺得籠統說賈寶玉「擁儒」或籠統說寶玉「反儒」，都過於本質化即過於簡單化。實際上，寶玉是二者的集合體。說寶玉「反儒」，不錯，他確實對表層儒家思想所衍生的君臣秩序、典章制度以及「文死諫」「武死戰」等儒家生命典範深惡痛絕；說寶玉「擁儒」，也對，他確實以情為本體，把親情看得很重，完全符合儒家「親親」、「尊尊」的要求。從表層儒看寶玉，他是個逆子。父親賈政罵他為「孽障」，視他為「眼中釘」，便是覺得他未能遵循儒家的「教化」，不能投入儒家經典的訓練，拒絕走「學而優則仕」的道路。本應當熟讀「四書五經」，他卻與黛玉私下讀《西廂記》等雜書；本應按儒統的指示「立功、立德、立言」，他卻視此為「酸論」，完全拒絕儒家指明的人生目標。賈政乃是賈府裏的孔夫子，他是儒家文化的正典範本，看寶玉處處不順眼，既不修身，也不齊家，更不能指望他治國平天下，完全是個廢物，完全是個逆子。所以才藉口痛打寶玉，把他往死裏打（「下死笞楚」）。

可惜賈政只知道自己是個孝子（他確實是孝子，當他痛打寶玉之後，一旦受到賈母譴責，立即跪下接受母親的斥罵），不知道寶玉也是一個孝子。僅以被打一事而論，寶玉被打得皮破血流，但他對父親卻沒有一點反抗反駁，之後也沒有一句怨言，更不說父親一句壞話。賈寶玉固然害怕父親，對父親有「畏」，但他畏中卻有敬，因此，與其說「畏懼」，還不如說「敬畏」，《紅樓夢》第五十二回，寫了寶玉即將出門去看望舅父王子騰（故事發生在被父親痛打之後），前呼後擁的有奶兄李貴和周瑞、錢啟等六人。小說寫道：

> 寶玉在馬上笑道：「周哥，錢哥，咱們打這角門走罷，省得到了老爺的書房門口又下來。」周瑞側身笑道：「老爺不在家，書房天天鎖着的，爺可以不用下來罷了。」寶玉笑道：「雖鎖着，也要下來的。」錢啟李貴等都笑道：「爺說的是。便托懶不下來，倘或遇見賴大爺林二爺，雖不好說爺，也勸兩句。有的不是，都派在我們身上，又說我們不教爺禮了。」周瑞錢啟便一直出角門來。

老爺（父親）在，要下馬；老爺不在，也要下馬，這是規矩。中國的親親、尊尊，不僅有「情」在，而且有情的規矩在，其倫理情感「落實」到行為規範裏，這才是中國儒家情感文化的關鍵之處。賈寶玉明知父親不在家，但還是要下馬表示敬意。這一細節，說明他已把「尊尊」（敬）當作一項重要的心靈原則與行為原則。

與此相似，第五十四回還寫了另一孝敬的故事。這是榮國府元宵節家宴的時候，賈珍、賈璉等分別奉杯奉壺在賈母面前下跪，而平日最受賈母寵愛、可以在賈母面前撒嬌的寶玉也連忙跟着跪下。同樣也很受寵的史湘雲便悄悄推他取笑道：「你這會又幫着跪下作甚麼，有這樣，你也去斟一巡酒豈不好？」寶玉笑說：「再等一會兒再斟去。」在這一細節中，我們可以看到，寶玉不僅是個「孝子」，而且是個「賢孫」。關於這一細節，筆者曾作如下評述：

史湘雲的意思是説，像你這麼得寵的人根本用不着多此一舉，但寶玉還是覺得愛歸愛，禮歸禮，應當遵循大家庭的禮儀，賈寶玉這一跪拜行為語言，説明他的情感態度還是尊儒的，或者説其日常生活的行為模式和情感取向，還是屬於儒家的。賈寶玉對待其他親者與兄弟姊妹的態度，包括薛蟠這個呆霸王，也是充滿親情，甚至連仇視他的趙姨娘，他也從未説過她一句壞話。從以上這些例子可以看到，賈寶玉既是「情不情」，又是十足的「親親」，儒的「親親」哲學和以情感為本體的倫理態度也進入他的生命深處。《紅樓夢》之所以感人，正是看破色相之後仍有大緬懷，大憂傷，大眼淚，即放棄一切身外的追求，但仍有對「情義」的大執着，不僅有愛情的執着，還有親情的執着。因此，籠統地説，《紅樓夢》反對儒家道德和反對儒家哲學就顯得過於簡單了。至於説賈寶玉是「反封建」，那更是「本質化」了。

如果僅從寶玉「下馬」與「下跪」兩個細節看，賈寶玉簡直是個循規蹈矩的封建家族的「孝子賢孫」，但是，真把寶玉界定為「孝子賢孫」，又是另一方向的簡單化與本質化。曹雪芹的偉大，恰恰在於他沒有把人看成「扁平」，而用現實主義方法，把寶玉的人性真實、生命真實全面寫出來了。這個圓形的真實生命非常豐富、非常廣闊，他既有「循規蹈矩」的一面，也有「反規抗矩」的一面，亦循亦抗，亦尊亦反，全都是真實生命的一部份。就以對父親而言，説寶玉「怕」父親，對；説寶玉「敬」父親，也對；

説寶玉愛父親，對；説寶玉恨父親，也沒錯。能記得在父親的書房前，一定要下馬，心裏確實有父親；可是最後離家出走，不辭而別，又是從根本上背叛父親。古有訓：「父母在，不遠遊。」而這個寶玉，父母尚在，他不僅去「遠遊」，而且去作「雲遊」與「神遊」，雲中作揖之後，便消失得無蹤無影，這不是大逆不道是甚麼？人本來就是豐富的，從事文學創作，最怕的是把人和人性寫得太簡單了。現實中人，本就豐富複雜，更何況文學中人。以現實中人而論，倘若以評「紅」的王國維為例，那麼，他的生命是何等豐富啊。在政治上，他確實保守，是貨真價實的保皇派，拒絕剪辮子，與張勳的復辟辮子軍勾勾搭搭是真的，然而，他又是最先進的學問家與思想家，他的學術眼光是那個時代最先進的德國哲學，這也是真的。因此，界定他為「封建遺老」不對，但界定他為時代先鋒也未必貼切。賈寶玉也是如此，界定他為封建的「孝子賢孫」，不對；界定他為「反封建的戰士」，也不對。賈寶玉就是賈寶玉「這一個」，他不是概念，不是政治標籤。他是活人，既是孝子，又是逆子；既是赤子，又是浪子；既是好孩子，又是紈絝子弟；其性格是多重走向，其性情又有多重暗示。

二

《紅樓夢》中的人物，有兩位可稱作儒家文化的生命樣品。一個是賈政，一個是薛寶釵。寶釵甚至可稱為儒家文化的生命極品，既忠誠又漂亮。而作為君子儒，賈政既有齊家原則，又有親子之愛，他痛打寶玉，乃是「恨鐵不成鋼」。賈政與薛寶釵都對寶玉既愛又「恨」，都痛感寶玉不爭氣，不正經，都認為寶玉讀書的大方向不對。

林黛玉剛到賈府，聽王夫人説起寶玉，便想起「素聞母親説過，有個內侄乃銜玉而生，頑劣異常，不喜讀書，最喜在內帷廝混」。其實，寶玉不是不喜歡讀書，而是不喜歡讀賈政和寶釵心目中的「正經學問」，即那些讓人愈讀愈世故、愈讀愈「世事洞明」和「人情練達」的書籍。至於能保持真性情的詩詞歌賦和《西廂記》一類的書籍，他卻非常喜歡讀，而且讀得很多很廣很投入。寶釵説他「每日家雜學旁收的」，倒是實話。賈政、寶釵感到失望的不是寶玉不讀書，而是寶玉讀錯書。寶玉這一表現，賈政可説是「深惡痛絕」了。第九回中，寶玉要上學並向賈政報告，賈政卻冷笑説：「你要再提『上學』兩個字，連我也羞死了。依我的話，你竟玩你的去是正經。看仔仔細細醃臢了我這個地，醃臢了我這個門。」又對着寶玉的跟班，痛斥寶玉：「他到底念了些甚麼書？倒念了些流言混話在肚子裏，學了些精緻的淘氣。」更絕的是賈政始終不承認寶玉是個「讀書人」。第七十八回寫賈政年邁，「名利大灰」，比較冷靜地看兒子、孫子，並讓寶玉、賈環、賈蘭一起作《姽嫿詞》，賈政命題之後，自己也浮上一段內心獨白。此獨白揚棄情緒，較為客觀，但仍然不認為寶玉是個讀書人。獨白中道：「……他二人（指賈環、賈蘭）才思滯鈍，不及寶玉空靈娟逸，……那寶玉雖不算是個讀書人，然而他天性聰敏，且素喜好些雜書。……」雜書不算書，好讀雜書者不算讀書人，這是賈政的偏見。晚年他雖寬容些，但還是改變不了偏見。這之前，寶釵也是認定讀雜書不如不讀書，不讀比讀好，因為讀了會壞了性情。第四十二回中，寶釵對黛玉作了推心置腹的談話，就説「雜書不可讀」：

> 男人們讀書不明理，尚且不如不讀書的好，何況你我？連作詩寫字等事，這也不是你我分內之事，究竟也不是男人分內之事。男人們讀書明理，輔國治民，這才是好；只是如今並不聽見有這樣的人，讀了書，倒更壞了。這並不是書誤了他。可惜他把書糟蹋了，所以竟不如耕種買賣，倒沒有甚麼大害處。至於你我只該做些針線紡績的事才是，偏偏又認得幾個字。既認得了字，不過揀那正經書看也罷了，最怕見些雜書，移了性情，不可救了。

在讀甚麼書、為甚麼讀書等「大方向」上，寶釵與賈政是一致的。應當承認，這兩位賈府中的老少孔夫子，都有一種清醒的價值理性，這就是深知雜書（包括詩詞）不利於賈氏貴族王國的生存與延續。寶釵會寫詩，賈政也懂詩詞，兩個對詩賦及雜書都有真知灼見，這就是他（她）們知道這些書會移情變性，使賈氏子弟失去「修身齊家治國平天下」的信念。寶釵的理性表述得極為典雅，只說雜書難以使人「明理」卻會使人「移了性情」，而賈政則總是惡聲惡氣。第二十三回中，賈政偶然聽到襲人的名字，怒問「是誰起這樣刁鑽的名字」，寶玉承認：「因素日讀詩，曾記古人有句詩云：『花氣襲人知晝暖』，因為這丫頭姓花，便隨意起的。」王夫人忙向寶玉說道：「你回去改了罷。——老爺也不用為這小事生氣。」賈政道：「其實也無妨礙，不用改。只可見寶玉不務正，專在這些濃詞艷詩上做功夫。」說畢，斷喝了一聲：「作孽的畜生。還不出去！」在王夫人眼中的小事，在賈政眼中卻是大事。他比王夫人更懂得這些「濃詞艷詩」的本質和危害，所以大喊大叫起來，趕着寶玉「出去」！把寶玉罵為「畜生」，還勒令「出去」，這種絕對的專制態度，讓我們想起古希臘的柏拉圖把詩人和戲劇家驅逐出理想國的獨斷。關於柏拉圖的這種獨斷，林崗和我合著的《罪與文學》，曾作這樣的評說：「柏拉圖是理解詩的，但是他更愛他的『理想國』，他知道他設計周密的理想國會瓦解在詩的手裏，所以必欲除之而後快。……柏拉圖是個藝術修養非常高的人，他很明白詩對人的心靈的潛移默化，詩寫得愈好，就愈能征服人心；而人越沉迷於詩離理性和善就越遠。……柏拉圖覺得詩是建設『理想國』的障礙。因為詩讓人玩味悲傷，欣賞痛苦，一個追求善的人應當遠離詩，而一個深明事理統治萬民的『哲人王』也應該驅逐詩。因為善與理性王國的實現，只能依靠理性。柏拉圖以一個洞曉人心的哲人的角色表示對詩的蔑視。」

十幾年前我們對柏拉圖的這些評語，移用於賈政也挺合適。賈政的文學修養甚高，深知他的賈氏理想國會瓦解在「濃詞艷詩」之中。除此之外，賈政的焦慮與獨斷還有另一個時代原因，筆者曾指出：

唐代科舉制度衝擊門第貴族制度之後，經過宋明直至清，社會風氣已有很大的變化。清朝雖然還保持部落貴族制度，但是科舉仍在積極進行，在社會上，人們已看重才幹，不那麼看重血統，即使是賈府這種貴族之家，也不是個個貴族子弟均可以繼承爵位，也需要靠讀書獲得功名，才能榮宗耀祖，僅靠祖宗吃飯只會讓人瞧不起。賈寶玉不喜歡讀聖賢書，把心放到詩詞、雜書之上，這等於斷了讀書做官的希望，也意味着賈政的子輩斷了豪門雄風，這對賈政便是致命的打擊。整個賈府，雖然秦可卿、王熙鳳也感受到後繼無人的危機，但感受最深、焦慮最深的是賈政。唯有他，明白賈府斷後的嚴重性。[1]

以上的講述，可以看到，父與子，寶玉與寶釵，關於理念的衝突的背後是一個更為巨大的關於「齊家治國」即關係到家國命運的大事。因此，賈府的孔夫子（賈政、寶釵）的憂慮與焦慮是可以理解的。賈政把寶玉視為「作孽的畜生」（孟子認為「無君無父為禽獸」，在賈政看來，不聽話的寶玉也屬「無君無父」之列）也是可以理解的。

三

然而，在賈政的獨斷裏，他忽視了賈寶玉並不排斥儒家的原典正典——孔子、孟子、大學、中庸。寶玉自始至終尊重「四書」，早在與黛玉第一次見面時（第三回）他就對探春說：「除『四』外，杜撰的也太多。」第三十六回，更寫了寶玉氣憤之下暴露出一個心思：「除了『四書』外，竟將別的書焚了。」賈寶玉獨尊「四書」而鄙視其他經書，原因是在他看來，唯「四書」是原典，是正典，是原型之書；而其他的所謂「正經書」則是偽典，偽型之書。在第十九回中，曹雪芹借襲人之口說出這一秘密。襲人勸誡寶玉時如此說：「凡讀書上進的人，你就起個名字叫做『祿蠹』；又說『明明德』之外無書，都是前

1 《紅樓人三十種解讀》第一七二—一七三頁，北京：三聯書店，二零一零年。

人自己不能解聖人之書，便另出己意，混編纂出來的。」」襲人透露出來的信息非常要緊，它說明賈寶玉確實沒有否定「明明德」等聖人之書，即儒家原典，他否定的只是「混編纂」出來的打着聖人旗號而實際上是懷抱「祿蠹」功利之目的的偽型之書。儒家原典尊重人的情慾，到了宋儒那裏就變成「存天理，滅人欲」，原型文化與偽型文化之間真有霄壤之別。孔子本身「食不厭精」，到了宋儒那裏卻變成「餓死事小，失節事大」。在孔孟那裏，價值系統坐標是「天、地、君、親、師」，到了後來就變成「文死諫」「武死戰」；《論語》、《孟子》、《大學》、《中庸》，本是「做人」的修養書，到了明清王朝時代，就變成八股更變成謀取功名利祿的器具。賈寶玉攻擊「四書」之外全是「杜撰」，從理論上說，他是忠實於原典，反叛任意擴張和變質的偽典，幾乎是個「原教旨主義者」。可惜賈政看不到這一點，一味打擊寶玉。

今天看來，賈寶玉的思路倒是和「五四」新文化運動一些主將的思路相通。在「五四」新文化運動主將們的心目中，也是有兩個孔子，一個是原型孔子，一個是偽型孔子；也有兩種經典，一個是孔孟原典，一個是宋儒及近代儒的偽典。他們要打倒的不是先秦時期的那個教育家孔子，而是被後人偽型化了的孔子。正如李大釗所說：

> 掊擊孔子，非掊擊孔子本身，乃掊擊孔子為歷代君主所雕塑之偶像權威也。非掊擊孔子，乃掊擊孔子專制政治之靈魂也。[1]

1 《李大釗選集・自然的倫理觀與孔子》第八零頁，人民出版社，一九五九年。

李大釗這種劃清原型孔子與偽型孔子（歷代君王所塑造之孔子）的思路，雖然不能代表陳獨秀的思路，但陳獨秀們也從未整個否定孔子的價值。他一方面批評分開論，針對「……顧實君謂宋以後之孔教，為君權化之孔教，原始孔教為民間化之真孔教。三綱五常屬於偽孔教範疇」，他表明：「愚以為三綱五常說不徒宋儒所偽造，且應為孔教之根本教義。」[1]然而，另一方面他又一再聲明：「所謂君道臣節名教綱常，不過儒家之主要部份，而亦非其全體。」[2]「孔學優點，僕未嘗不服膺。」[3]李大釗把原型孔子與偽型孔子分開，陳獨秀則認為偽型孔子與原型孔子也有關聯。其實兩種說法都有道理。賈寶玉看到「四書」之後被「杜撰」即被偽型化的現象，其思路接近李大釗。他不是反對孔子本身，而是反對利用孔子、把孔子偶像化工具化，以致把孔子（「四書」）當作進入科場名利場的敲門磚。寶釵們勸告寶玉應當「留意於孔孟之間，委身於經濟之道」，他聽了之所以反感，也是因為孔孟已變質成爭奪權力財富功名的器具。他說寶釵「好好的一個清淨潔白女兒，也學的釣名沽譽，入了國賊祿鬼之流。這種是前人無故生事，立言豎辭，原為導後世的鬚眉濁物。不想我生不幸，亦且瓊閨秀閣中亦染此風，真真有負天地鍾靈毓秀之德」！對寶釵的一番好意竟如此義憤填膺，針對的當然不是孔孟本身，而是那些利用孔孟而謀取功利的「國賊祿鬼」，他恨寶釵竟看不透那些偽孔子，那些打着孔子旗號的沽名釣譽之徒。

1 《憲政與孔教》，見《獨秀文存》一，第一零七——一一零頁，安徽人民出版社，一九八七年。
2 《獨秀文存》二，第三二九頁。
3 《獨秀文存》四，第四八頁。

四

儘管筆者傾心於賈寶玉和林黛玉，但對賈政也有理解的同情，所以在多年前就寫了《小議賈政》的短文，為賈政摘掉「封建主義衛道士」、「偽君子」等帽子。儘管他也曾因私情而推薦賈雨村，但總的說來，還是個「正人」，清廉嚴正，品行端正，是一個不走邪門歪道的人。他讓我最不能接受的地方，是在寶玉面前總是擺出那副刻板刻薄的「父親相」、「壽者相」。父道尊嚴固然可以理解，但把這種尊嚴訴諸面具、棍棒和辱罵（全是語言暴力）卻不妥當。

我之所以同情賈政，還因為賈寶玉儘管心靈極為純粹，在「真諦」上不愧為曹雪芹的「夢中人」（理想人格），但在「俗諦」上即在現實生活中，他的確又是一個貴族的紈絝子弟，「遊手好閒」的豪門浪子。才一週歲，家裏要試他將來的志向，把世上所有之物擺得無數，給他抓取，他竟一概不收，伸手只把脂粉釵環抓來。人生之初，他就如此「好色」，進入童年、少年時代，他更是只在「女兒國」裏廝混，既想擁有寶釵之仙姿，又想擁有黛玉之靈巧，既到秦可卿那裏作「淫幻」夢，又與花襲人初試雲雨情。見了鴛鴦就向她討嘴上的胭脂吃，見了寶釵胸前豐滿的肉，則癡想移植一塊給林妹妹。作為富貴閒人，以「閒」懸擱功名利祿之思誠然寶貴，但「閒」得不知人間煙火、生計艱難也確實過份。《論語》說：君子應有三戒，「少之時，血氣未定，戒之在色；及其壯也，血氣方剛，戒之在鬥；及其老矣，血氣既衰，戒之在得」（季氏第十六）。寶玉的優秀，是他從未涉入「鬥」與「得」（貪婪）的惡性循環之中，但少年時代缺乏「色戒」意識倒是事實。所以一經賈環挑撥，便釀成賈政「下死笞楚」的慘劇。

曹雪芹很了不起。他作為天才作家，小説雖也寫大夢大浪漫，但基本寫法則是逼真的現實主義，每個人都寫得極為真實。寫賈寶玉更是寫得極為豐富又極為自然。賈寶玉是人，不是神。他的心靈純正得近乎神性，但他的身體畢竟也有七情六慾的要求。一個活生生的年輕生命，生活在一個大富大貴之家，並被許多聰穎美麗的女孩子所包圍，他的種種「紈絝」行為也可理解。

在「俗諦」上，筆者既同情賈政，也同情賈寶玉。但應看到，賈政帶着強烈的功利之心要求寶玉時所用的尺度並不是儒家原典的尺度，而是宋儒的尺度和他那個時代迎合仕途經濟需要的清儒尺度。以對待詩與《詩經》的態度而言，孔子親自刪詩留下三百首編成《詩經》，並說：「詩三百，一言以蔽之，思無邪。」（為政第二）孔子那個時代，詩是貴族社會交往的通行證，《左傳》、《古史辯》（顧頡剛）、《管錐編》（錢鍾書）中均有説明。而賈政因當時的「科舉」沒有詩試一項（如果在唐代就不同了），就專橫獨斷地一概驅逐詩歌，以致牽連到《詩經》，這顯然是被科舉迷住了心竅。第九回裏，賈政問跟隨寶玉上學的李貴等，這段故事不妨照錄於下：

> 賈政因問：「跟寶玉的是誰？」只聽外面答應了兩聲，早進來三四個大漢，打千兒請安。賈政看時，認得是寶玉的奶母之子，名喚李貴。因問他道：「你們成日家跟他上學，他到底念了些甚麼書！倒念了些流言混語在肚子裏，學了些精緻的淘氣。等我閒一閒，先揭了你的皮，再和那不長進的算賬！」嚇的李貴忙雙膝跪下，摘了帽子，碰頭有聲，連連答應「是」，又回

說：「哥兒已念到第三本《詩經》，甚麼『呦呦鹿鳴，荷葉浮萍』，小的不敢撒謊。」說的滿座哄然大笑起來。賈政也撐不住笑了。因說道：「那怕再念三十本《詩經》，也都是掩耳偷鈴，哄人而已。你去請學裏太爺的安，就說我說了：甚麼《詩經》古文，一概不用虛應故事，只是先把『四書』一氣講明背熟，是最要緊的。」李貴忙答應「是」，見賈政無話，方退出去。

賈政對詩詞的偏見竟然殃及《詩經》，把寶玉讀《詩經》視為「掩耳偷鈴」的「哄人」行徑，這顯然是違背孔子的尊詩態度而一味只顧拿「四書」當敲門磚的急功近利態度。因此，我們用儒家文化視角看寶玉，絕對不能用賈政的眼光來看寶玉，倒是應當揚棄賈政的偏見而回到儒家原典的眼光。如果我們用《論語》的眼光與尺度看寶玉，就會清楚地看到，儘管賈寶玉屬於道家的理想人格而不屬於儒家的理想人格，但仍然可以斷言，賈寶玉不失為尊重儒家原典並屬於孔子所讚美的「君子」與「仁人」，而且是真君子，真仁人。

作為儒家第一經典的《論語》，它要求的理想人格，包括「治世」與「做人」兩個方面（內聖外王）。賈寶玉與「治世」無關，他完全置於「治國平天下」之外，毫無聖王人格的味道，和儒家理想人格沾不上邊。但是就「做人」而言，他卻是一個孔子反覆定義的君子與仁人。

關於「君子」與「小人」之分的講述，可以說是瀰漫整部《論語》，俯拾皆是。「君子喻於義，小人喻於利。」（里仁第四）「君子周而不比，小人比而不周。」（為政第二）「君子坦蕩蕩，小人長戚戚。」（述而第七）「君子泰而不驕，小人驕而不泰。」（泰即尊嚴。子路第十三）「君子和而不同，小人同而不和。」（子路第十三）「君子上達，小人下達。」（憲問第十四）「君子求諸己，小人求諸人。」（顏淵第十二）「君子固窮，小人窮斯濫矣。」（衛靈公第十五）「君子成人之美，不成人之惡，小人反是。」（顏淵第十二）還說「君子矜而不爭，群而不黨」、「君子負而不諒」、「君子不器」、「君子恥其言而過其行」等等。我們不必用孔子的話作為絕對尺度去丈量寶玉，但從總體上完全可以說，寶玉之為人，處處與孔子的君子要求相通相合。這裏應當特別提到的是孔子所言的一種君子特徵，即對任何人都不存在敵意的「四海之內皆兄弟」的博大的情懷，這種情懷在寶玉身上可說是大放光彩。《論語》曰：「君子之於天下也，無適也，無莫也，義之與比。」（見里仁第四。意思是說，君子對待天下，從不存敵意，也不刻意羨慕，僅以情理作為行事準則）又說：「君子敬而無失，與人慕而有禮。四海之內，皆兄弟也——君子何患乎無兄弟也？」（顏淵第十二）在中國文學塑造的正面形象群中，賈寶玉可以說是唯一具有「四海之內皆兄弟」大情懷的人，他愛一切人，容納一切人，寬恕一切人，心目中沒有敵人，也沒有壞人（《賈寶玉論》頭篇已有論述，此略）。魯迅曾批評賽珍珠（布克夫人）把《水滸傳》譯為《四海之內皆兄弟》不妥當，因為水滸英雄僅把山寨之內（一百零八將）的同夥視為兄弟，而對寨外的各類生命則常常亂砍亂殺，甚至「不分青紅皂白，排頭砍去」（魯迅語），並無真正的「四海皆兄弟」的胸襟。《三國演義》中的英雄劉、關、張於桃園結義後成了兄弟，可是桃園之外，特別是集團之外則只講「利」而不講義。劉璋以為劉備是同宗兄弟，結果自取滅亡。在賈府之內，能有「四海之內皆兄弟」情懷的也只有寶玉一人。寶釵這個「冷人」，沒有這種寬廣心胸自不必說。黛玉「懶與人共」，喜散不喜聚，也談不上甚麼「四海」。而賈赦等勢利權貴則相去十萬八千里。即使正派人賈政，也是內外有別，等級分明，他痛恨寶玉與戲子等底層人物為友，不僅不把「三教九流」視為「兄弟」，連視為「人」也不肯。在他眼裏，寶玉與琪官（蔣玉菡）、柳湘蓮、雲兒等為友，簡直是斯文掃地。這個賈府中的儒統代表，根本不理會老祖宗孔夫子要求的真君子，恰恰需要具有「四海之內皆兄弟」的博大情懷。

賈政不僅不知道自己的兒子是個真君子，而且不知道他又是個真仁人。

《論語》中論「仁」處也比比皆是，恐怕不下一百處。李澤厚先生在海外（尤其是最近十年）的主要研究成果之一，是揭示中國文化與西方文化的根本區別乃是「一種文化」（中國文化只有現世文化、人文化）與「兩種文化」（西方擁有人文化與神文化、現世文化與彼岸文化）的區別。而這種區別的源頭來自中國的「巫史傳統」。推動這一傳統的形成，有兩位功勳卓著者：一位是周公，他把巫理性化為制度，從而實現了由巫而理的轉變；另一位是孔子，他進而把外在制度內化為「仁」（內化為道德），從而實現了從理到仁的轉變。《論語》便是以「仁」為核心價值的倫理體系。中國只有天道，沒有天主，而這天道又具體化為孔子創造的道德文本。所以孔子在《論語》中一再定義「仁」，定義很多，但關鍵之處他又回答得極為簡明且斬釘截鐵。《顏淵第十二》中，樊遲問仁，孔子曰：愛人。樊遲問知，子曰：知人。另一處又曰：「弟子，入則孝，出則悌，謹而信，泛愛眾，而親仁。」（學而第一）倘若以「愛人」、「泛愛眾」作為「仁人」尺度，那麼，我們把寶玉界定為「仁人」便極妥當。只是《紅樓夢》一開篇，曹雪芹借賈雨村之口，對「仁人君子」的定位太高。在此定位中，仁人君子乃是「大仁」之人，與「大惡」之人相對立而成為歷史的另一系列。寶玉只屬「生於公侯富貴之家」的「情癡情種」，與生於詩書清貧之家的逸士高人同屬中道之人。這些中道人才，無法與堯、舜、禹、湯、文、武、周、召、孔、孟、韓、周、程、張、朱相比，但可與前代之許由、陶潛、阮籍、嵇康、劉伶、王謝二族等相提並論。曹雪芹暗示，賈寶玉不屬於大仁大惡，但屬許由、陶潛、阮籍、嵇康一流人物。其實，這一層面的風流人物，正是莊子所夢想的「真人」、「至人」，但用儒的語匯描述，也可稱為「仁人君子」（不理會賈雨村的排列定性）。如果我們放下這些各自描述理想人格的概念，把寶玉還原為活生生的現實中人，那麼，寶玉就是寶玉，他就是一個至真、至善、至美的人，就是一個帶有釋之佛心（大慈悲）、道之逍遙（大自由）、儒之仁厚（寬容正派）的好人精彩人。

三論結語

以上三篇，我們分別從釋、道、儒三種文化視角來審視賈寶玉和描述賈寶玉，但這只是為了分析的需要。而賈寶玉這個形象本身則是一個完整的存在。用《道德經》的話（「大制不割」）說，寶玉是一個不可分割的大制，說他是「準釋迦」，是「真人」，是「仁人」，都是一種描述，但不管怎麼描述，寶玉就是寶玉，寶玉是中國偉大作家曹雪芹創造出來的人物形象，是他的審美理想與人格理想，也是他提供給人類世界一個前所未有的文學巨製。

西方文藝復興運動之後五百多年，地球上一切最偉大的發明和創造都是歐洲提供的。不僅科學技術，連最精彩的哲學、歷史學、倫理學、文學、藝術，也是歐洲提供的。就文學而言，歐洲提供了《神曲》（但丁）、《哈姆雷特》（莎士比亞）、《堂·吉訶德》（塞萬提斯）、《悲慘世界》（雨果）、《浮士德》（歌德）、《戰爭與和平》（托爾斯泰）、《卡拉馬佐夫兄弟》（陀思妥耶夫斯基）等，相應地又提供了朱麗葉、羅密歐、奧賽羅、麥克白、哈姆雷特、堂·吉訶德、冉阿讓、浮士德、安娜·卡列尼娜、阿廖沙等不朽的、讓人永遠闡釋不盡的偉大文學形象。在這五百年裏，儘管地球的精華向西方（歐洲）傾斜，但中國還是提供了一座與上述高峰同一水準的「並列高峰」（雨果語），一個也是永遠不朽、永遠讓人說不盡的偉大作家、作品和文學形象，這就是曹雪芹和他的《紅樓夢》及主人公賈寶玉。一切都會消失，唯有《紅樓夢》與賈寶玉是永存的。

着筆至此，我又想起聶（紺弩）老念念不忘《紅樓夢》是一部「人書」，他曾假設「五四」新文化運動要是能把《紅樓夢》作為一面旗幟就好了。這是何等深刻的見解。我明白，他說的「人書」，乃是「人的解放」之書，而賈寶玉又是這部人書的第一主角，當然也是「人的解放」的旗幟與符號，它既蘊含着曹雪芹的夢想，也蘊含着聶紺弩的夢想。這是關於人的所有夢想。人如寶玉，人如黛玉，人如妙玉。人生而銜玉，人本身就是奇蹟。因此人生而平等，人生而自由，人生而尊嚴，人生而多彩多姿；人生而不是奴隸，人生而不是牛馬，人生而不是丫鬟，人生而不是小妾；人生而不應有家禽的恐懼，人生而不應有「精神奴役的創傷」（胡風語），人生而不應有前世留下與今世強加的罪名，人生而不應充當權力、金錢、功名、概念、八股教條的囚徒與器具。

《紅樓夢》這部「人書」包含着西方文藝復興的全部內涵，賈寶玉這個形象則暗示着「人的解放」的全部要點。聶（紺弩）老所以在臨終時會有「春蠶到死絲未盡」的遺憾，正是他充分意識到賈寶玉這個形象所負載的是千百萬心靈的歌哭，所象徵的又是千百萬生靈的呼喚與期待。

二零一三年四月十八日
美國科羅拉多

附錄

讓「紅學」回歸文學與哲學

——在香港三聯書店「紅樓四書」發佈會上的講話

到海外，無論是寫作《漂流手記》十卷，還是寫作「紅樓四書」（《紅樓夢悟》、《共悟紅樓》、《紅樓人三十種解讀》、《紅樓哲學筆記》），首先確實是生命的需要：不講述就不暢快，就沒有明天。這之外的第二目的是想說明：中國有一部名為《紅樓夢》的偉大小說，是人類精神水平、審美水平的坐標，它與荷馬史詩、希臘悲劇、但丁《神曲》、莎士比亞《哈姆雷特》、歌德《浮士德》、托爾斯泰《戰爭與和平》、陀思妥耶夫斯基《卡拉馬佐夫兄弟》等經典極品一樣，可以標誌人類文學的最高水平。為了說明這一點，必須緊緊抓住並細讀《紅樓夢》文本，闡釋其精神內涵與審美形式，把《紅樓夢》研究從考古學、歷史學、政治意識形態學那裏拉回到文學，此項工作可稱作「文學歸位」。此外，在精神價值領域中，我一直覺得文學體現廣度，歷史體現深度，而哲學則體現高度。因此，我又進入哲學，在哲學的制高點上觀照《紅樓夢》，以更好地把握《紅樓夢》的精神內涵。以往雖然也有學者觸及《紅樓夢》的某些哲學內容，但還未能從哲學高度上把握《紅樓夢》的精神整體與精神內核。因為具有哲學視角，我便發現《紅樓夢》是一部偉大的意象性心學，與王陽明的心學相通相似，但王的心學是論述性心學，而《紅樓夢》則是形象性心學，形態完全不同。王陽明是哲學家的哲學，曹雪芹是藝術家的哲學。後者是類似鹽化入水中而化入小説中的哲學。

為了把《紅樓夢》研究的重心從考古學、歷史學和政治意識形態學拉回到文學與哲學，我借助禪宗，打破了「法執」，即打破研究方法上的已有格式，用悟證取代考證、實證與論證，淡化邏輯「法門」，強化直覺、直觀的方式，用莊子（直覺）代替惠施（邏輯）。這樣，在方法上首先贏得了一種解放，避免陷入封閉的概念系統中。在「紅樓四書」中，我寫了類似我國詩話、詞話的六百則悟語（《紅樓夢悟》中三百則，《紅樓哲學筆記》中也有三百則）。這些悟語，明心見性，沒有思辨過程，但力求擊中要害，也力求每則都有文眼文心，不落入空談。寫作悟語時，我常常處於「至樂」狀態。「至樂」是莊子使用的概念，這是形而上快樂——抵達某種精神高度或深度之後的快樂，不是世俗之樂。這種快樂類似佛教所說的「佛喜」。佛喜、道喜、形而上感悟之喜，都是有所發現的快樂。有了「至樂」，生命狀態就大不相同，連吃飯睡覺走路，感覺也不同。

去年，國內《書屋》雜誌發表了朱愛君博士（美國新新大學助理教授）對我的訪談錄。其中有一段關於《紅樓夢》的答問，香港和海外的讀者可能還沒有讀到，我抄錄一段，以呼應上邊的講述。

問：你能否概述一下你的《紅樓夢》研究在原來紅學的基礎上有哪些新的拓展，或者說，有哪些新的發現與新的方法、新的視角？

答：這個問題本應留待讀者去評説。我只能説我自覺想做的（也許以前的研究者尚未充分做或尚未充分發現的）幾點：（1）想用「悟證」的方法去區別前人的「考證」方法與「論證」

方法。我不否認前人的方法與成就，只是自己不喜歡重複前人的方法，不喜歡走別人走過的路。禪宗與《紅樓夢》對我最大的啟迪，是要破一切「執」，放下一切舊套，包括方法論上的「執」與「套」。何況《紅樓夢》本身就是一部悟書，連曹雪芹自己也說有些情思只能「心會」，不可「口傳」，只能「神通」，不可「語達」。這是第五回在解釋「意淫」時說的。除了意淫，《紅樓夢》中的許多深邃情思都難以實證、考證、論證。真理有實在性真理，也有啟迪性真理。各大宗教講的都是啟迪性真理，不可證明，也不可證偽。許多大哲學家，都把世界的第一義視為不可知、不可證，如康德的「物自體」，黑格爾的「絕對精神」，老子的「道」，莊子的「無為」，朱熹的「太極」等，都只是形而上的假設，很難考證與實證，文學中的深層意識（潛意識）、心理活動、想像活動、夢幻印象、神秘體驗等也都難以實證。《紅樓夢》中這類描寫很多，通過悟證，往往可以抵達考證與論證無法抵達的深處。（2）揭示《紅樓夢》不僅是大悲劇，而且是一部大荒誕劇，它不僅呈現美的毀滅，而且呈現醜的荒誕。荒誕是與現實主義、浪漫主義等概念同一級的文學藝術大範疇，不是諷刺、幽默等一類的藝術手法。二十世紀的西方文學，其主流之一是荒誕小說與荒誕戲劇。荒誕作家有兩大類，一類是側重於表現現實的荒誕屬性（如加繆、高行健、閻連科）；另一類是用理性哲學對反理性現象的思辨（如貝克特）。荒誕對於曹雪芹，不是藝術理念，而是現實屬性。他天才地揭示了社會現實中那些不可理喻的價值顛倒、本末顛倒。（3）提示《紅樓夢》這部文學大書所具有的極其豐富的哲學內涵，這不是哲學理念，而是浸透於文本中的哲學視角、哲學思索和美學觀念，尤其是大觀哲學視角與通觀美學。（4）說明《紅樓夢》係中國文學第一正典（經典極品）和它作為人類文學最高水平坐標之一的理由，如永恆性、史詩性、宇宙性等理由，進一步確立《紅樓夢》在世界文學史上的崇高地位。

此外我還希望告訴朋友們的是，在哲學上，我作了關於「心靈本體」、「靈魂悖論」、「大觀視角」、「中道智慧」、「澄明境界」等一些特別的講述。下邊且舉兩例。

關於「靈魂悖論」。通過哲學闡釋，我的「紅樓四書」揚棄了關於釵黛「褒此抑彼」、「你是我非」、「你死我活」的思維模式，更是否定把兩者的緊張視為「封建與反封建」的政治解說，而認定林黛玉與薛寶釵乃是《紅樓夢》作者靈魂的悖論。林黛玉（包括賈寶玉）負載的是中國文化中「重個體、重自然、重自由」的一脈內容；薛寶釵（也包括賈政）負載的是中國文化中「重秩序、重倫理、重教化」的另一脈內容（這也可以說莊禪與孔孟兩脈的對立）。兩者都是曹雪芹靈魂的一角，都符合充分理由律。

關於「中道」智慧。《紅樓夢》體現了大乘佛教最高的智慧，即中道智慧。「假作真時真亦假，無為有處有還無」，這種超越真假、超越有無的哲學便是中道哲學。《紅樓夢》一開始就讓賈雨村談論三種人性：「大仁」、「大惡」與超越這兩極的「中性人」。《紅樓夢》主人公賈寶玉乃是中道智慧的體現者，他愛林黛玉，也愛薛寶釵（超越意識形態）；他愛秦可卿，也愛秦鐘（超越性別）；他愛晴雯，也愛王夫人（超越等級）。大乘的「中道」，在境界上比儒的「中庸」更高。中庸帶有「實用理性」，更現實一些，它作為一種調節人際關係的有效理念，導致和諧，但也因此犧牲了一些原則，包括犧牲某些「正義」。而中道則不考慮世俗的利益，它超越世俗的正、反標準和道德法庭，在更高的精神層面上觀照人間的矛盾與衝突，對一切人、一切紛爭均投以悲憫的眼光。《紅樓夢》因為以中道哲學為基石，所以它寫好人不是絕對好，寫壞人也不是絕對壞。正因為如此，我才說《紅樓夢》是一部無是無非、無真無假、無善無惡的藝術大自在，它高於功利境界，也高於道德境界，是一種可以替代宗教的審美境界。

《紅樓夢》的哲學兼容儒、道、釋三家哲學，尤其是莊禪哲學，但它又不是這些哲學概念的形象轉達，更不是哲學說教。它的了不起，既在於具有深厚博大的哲學內涵而無哲學相，又在於它能揚棄儒、道、釋的表層功夫而吸取其深層內涵的精華。它表面上「毀僧謗佛」，把「女兒」二字放在「元始天尊」與「釋迦牟尼」之上，但在深層上，卻佛光普照，讓《紅樓夢》全書浸滿大慈悲精神。它嘲弄賈敬所體現的道教煉丹術，卻充分肯定莊子的大逍遙與大浪漫。它在表層上憎惡儒的「文死諫」「武死戰」等愚忠愚行和以儒為主題的八股文章，但在深層上卻洋溢着親情，連「逆子」賈寶玉也不失為「孝子」，對父親的鞭笞毫無怨言，離家出走時還從空中向父親深深鞠躬。因為有自己獨特的視角（大觀視角）、獨特智慧（中道智慧）、獨特選擇（深層選擇），所以《紅樓夢》才成為獨一無二的哲學存在。莊子以散文形態表述哲學，曹雪芹以小說形態表述哲學，但歷來的中國哲學史只講莊子，不講曹雪芹，在哲學史冊上，《紅樓夢》是缺席的。我想通過對《紅樓夢》的講述強化對其文學價值的認識，也想以此為《紅樓夢》在哲學史上爭一崇高地位。

正如「說不盡的莎士比亞」，我們也可以認定中國有一個「說不盡的曹雪芹」。《紅樓夢》作為偉大的文學作品，經得起從各種角度進行密集檢驗，無論從心靈視角、想像力視角、審美形式視角，還是從哲學視角、歷史視角、心理視角，我們都可以在《紅樓夢》中開掘出極其豐富的內涵。對於《紅樓夢》，可以有一百種讀法，一千種讀法，我的生命讀法、哲學讀法、悟證讀法只是其中一兩種而已。我相信《紅樓夢》在一百年，甚至一千年後還可以講述出新的語言，開掘出新的寶藏。

二零一零年二月香港嶺南大學

《紅樓夢》是他的祖國與故鄉

——《亞洲週刊》江迅專訪錄

江迅

千古「紅樓」，絕世經典。二十一年前，劉再復離開北京而移居海外，揣着兩部心愛之書浪跡天涯，其中一部就是《紅樓夢》。劉再復說：「德國天才詩人海涅曾把《聖經》比喻成猶太人的『袖珍祖國』，我喜歡這一準確的詩情意象，也把《紅樓夢》視為自己的袖珍祖國與袖珍故鄉。有這部小說在，我的靈魂永遠不會缺少溫馨。」

劉再復的「紅樓四書」：《紅樓夢悟》、《共悟紅樓》、《紅樓人三十種解讀》、《紅樓哲學筆記》最近在中國香港和大陸由三聯書店出版，四書共九十萬字，寫作時間前後歷經十五年。他說：「我講述《紅樓夢》，只是為了拯救自己的生命和延續自己的生命」；「我出國以後，覺得特別孤獨，一讀《紅樓夢》，好像有幾百個人和我在一起，特別是那些少男少女純真的生命和我在一起，整個心情真的不同了，走路、睡覺、吃飯的感覺也不同了。不讀《紅樓夢》，呼吸就不暢快，思緒就不踏實。我不講述《紅樓夢》，生命就沒勁，生活就沒趣，心思就會不安寧；講述完全是為了確認自己，救援自己，是生命需求，心靈需求。在國外，我內心有一種窒息感，我知道別人幫不了我，只能自救，當然也要靠書本救贖，給我最大救援的是禪宗和《紅樓夢》，兩者思想相通。」

劉再復從美國重臨香港三月有餘。在香港，他展開一系列演講。三月三十一日他在嶺南大學作「美國同行朋友們的長與短」演講。三月二十三日，他在香港城市大學作了「李澤厚與中國古代美學」的演講，在這一中國文化客座教授講座系列中，他已於三月九日、十九日分別演講「《紅樓夢》與西方哲學」、「『雙典』中的女性物化現象」。

劉再復此行香港，先是受嶺南大學香港賽馬會「傑出當代文學客座教授」項目邀請，與中文系主任許子東教授及德國學者顧彬教授合開「中國當代文學史」課，於二月二十五日作了「文學藝術中的天才現象」的全校性演講。這之前的一月三十日，三聯（香港）書店舉辦劉再復的「《紅樓夢》與西方哲學」演講。

劉再復的課程，主要講述他新書的內容。最近出版了「紅樓四書」之外，他還出版了《李澤厚美學概論》，他的《雙典批判》（對《水滸傳》、《三國演義》價值觀的批判）也已完成。五月，他會去福建走走。六月初，他將前往大連、成都等處。之前具有指標意義的是，兩年前，六月三日他去了北京。去國十九年後，終於首度重返北京。當下，中國內地許多大學都邀請他前去講學，希望他講《紅樓夢》。

《紅樓夢》熱在中國內地依然延燒。三月，劉心武的《〈紅樓夢〉八十回後真故事》（江蘇人民出版社、北京鳳凰聯動文化傳媒有限公司）出版，這是繼《劉心武揭秘〈紅樓夢〉》系列作品之後，推出的又一部紅樓探佚新著。仍在三月，劉心武再度登上中央電視台《百家講壇》，秉承「文本細讀」的理念，以十五講篇幅，將八十回後真故事及紅樓中人的跌宕命運呈現於觀眾面前。在講座文案的基礎上，擴展修訂《〈紅樓夢〉八十回後真故事》。對《紅樓夢》一系列謎題背後的真故事，劉心武娓娓道來，再攀央視收視率高峰。

劉再復說：「康德所定義的美是超功利的『無目的的合目的性』。我寫『紅樓四書』，也沒有現實的功利目的，沒有任何功名之需、市場之需，但又合目的性，即合人類的生存、發展、延續的總目的，也合個人提高生命質量、靈魂質量的總目的。王國維說，美是無用之用。我寫作『紅樓四書』也是無用之用。」三月，他在香港接受了《亞洲週刊》的訪問。

問：怎麼理解你說的《紅樓夢》涵蓋中國三大文化儒、道、釋的內涵？

答：曹雪芹對儒、道、釋涵蓋的不是表層內涵，而是深層內涵。他揚棄表層內涵。李澤厚先生把儒家分成表層內涵和深層內涵，這非常重要。表層內涵是典章制度、倫理綱常、意識形態那套東西。但儒家還有深層的內涵，如孝敬父母、重親情、以情為本體、樂感文化等。

道家的表層內涵是術，即煉丹術、畫符咒那一套，深層的是莊子、老子的思想，很深刻。大乘佛教、禪宗也有表層內涵，外三寶即佛、法（經典）、僧，屬於表層內容，禪宗把它改成內三寶即覺、正、淨，這是深層內容。慧能很了不起，把佛事三寶變為自性三寶，把外在的求佛求法，變成內在的自覺與徹悟，不用燒香拜佛，心誠就行，成了無神論了，把三寶統一成心誠，強調是心靈。

《紅樓夢》對君君臣臣父父子子，對「文死諫」「武死戰」這套愚忠秩序，對科舉制度很反感，深惡痛絕。在這個層面上，說賈寶玉以至說《紅樓夢》反儒，這是對的。但是，籠統地說《紅樓夢》是反封建、反儒家整體則不準確。儒對人際溫馨、日常情感、世事滄桑的注重以及賦予人和宇宙以巨大情感色彩的文化精神，明顯地進入賈寶玉的日常生活和倫理態度中。

問：能不能以賈寶玉作個例證，再講詳細一點？

答：這個嘲諷儒家立功立德的「逆子」賈寶玉，卻是個「孝子」，他對父母十分敬重。在他身上，有深厚的血緣倫理，不僅有父子、母子親情，而且有深厚的兄弟姐妹親情。他被父親打得皮破血流，竟沒有一句怨言，挨打後照樣敬重父親。他出門去舅父家，幾個僕人前呼後擁，即將路過賈政書房，當時賈政不在家，但寶玉堅持要下馬。僕人說老爺不在，可不用下馬。寶玉笑答，門雖鎖着，也要下馬的。他很孝順，說明儒家的日常生活的行為模式和情感規範，進入了他的深層心理。

賈寶玉對待其他親者與兄弟姐妹的態度，包括薛蟠這個呆霸王，也是充滿親情，甚至對仇視他的趙姨娘，他也從未說過她一句壞話。賈寶玉既是「情不情」，又是十足的「親親」。儒的「親親」哲學和以情感為本體的倫理態度進入他的生命深處。《紅樓夢》把道家的道與術分開。對於「術」，它嘲諷得很厲害，賈敬吞丹砂而死，連術也不行。但賈寶玉卻充滿莊子精神，充滿大逍遙、大浪漫、大自在精神。莊子的《齊物論》使兩千多年前中國平等思想就已佔領了世界精神的制高點，與禪的不二法門相通。

問：你說《紅樓夢》除了可作為人類精神水平的坐標，還可作為中國作家師法的最高文學坐標，為甚麼？

答：中國作家應當面對《紅樓夢》這一座文學巔峰，以它為參照系看文學，也看自己。中國當代作家至少有兩點與曹雪芹距離很遠：一是學養；二是靈魂。曹雪芹的中國文化素養那麼深厚，文學素養那麼廣博全面，真令人驚嘆。

在小說文本中，文學的各種形式：詩、詞、賦、誄、畫、曲、詠嘆調，無一不精通，無一不精彩。對儒學、莊學、佛學的理解與認識，更是他人難以企及。一九四九年後成為主流的我國當代作家，多半出身戰地記者，戰事緊張，學養準備不足；上半世紀留下的作家，學養好一些，偏偏又在政治壓力下自我否定，學養用不上。八十年代出現的新作家，倒是急於學習，但多數是急於追逐西方各種主義與潮流，學養仍然不足。還有一個靈魂問題，浸透在《紅樓夢》中的大慈悲精神、打破一切等級尊卑觀念的大慈悲精神便是靈魂。還有充滿全書的反俗氣、反泥濁的蔑視功名、財富、權力的高尚精神，也是靈魂。當代作家缺少這種大靈魂。

問：你讀《紅樓夢》的方法，是以悟證來替代考證、實證，怎麼理解？

答：我閱讀《紅樓夢》不是用頭腦閱讀，而是用生命閱讀。用頭腦閱讀，是知性認識，是邏輯推理。用生命閱讀，則要放下概念，明心見性，抵達心靈深處。《紅樓夢》本身是一部悟書，充滿悟性佛性，我們只能用悟對悟，有些東西是無法考證，無法實證的。

人類世界有兩種真理，一是實在性真理，一是啟迪性真理，後者只能去直覺、去感悟。比如《紅樓夢》說的「意淫」，內涵極為豐富複雜，你怎麼實證，怎麼論證？但可以悟證。

二零一零年五月

「紅樓」助我開生面

——劉再復談「紅樓四書」的寫作

江迅

千古「紅樓」，絕世經典。正如西方有「說不盡的莎士比亞」，中國也有一個「說不盡的曹雪芹」、「說不盡的《紅樓夢》」。二十一年前，劉再復離開北京而移居海外，揣着兩部心愛之書浪跡天涯，其中一部就是《紅樓夢》。幾乎天天讀《紅樓夢》的他，在海外孤獨歲月中，享受與偉大靈魂相逢的「至樂」。

劉再復說：「德國天才詩人海涅曾把《聖經》比喻成猶太人的『袖珍祖國』，我喜歡這一準確的詩情意象，也把《紅樓夢》視為自己的袖珍祖國與袖珍故鄉。有這部小說在，我的靈魂永遠不會缺少溫馨。我出國以後，感到特別孤獨，一讀《紅樓夢》，好像有幾百個人和我在一起，特別是那些少男少女純真的生命和我在一起，整個心情真的不同了，走路、睡覺、吃飯的感覺也不同了。不讀《紅樓夢》，呼吸就不暢快，思緒就不踏實。」

劉再復的「紅樓四書」：《紅樓夢悟》、《共悟紅樓》、《紅樓人三十種解讀》、《紅樓哲學筆記》最近在中國香港和大陸由三聯書店出版，四書共九十萬字，寫作時間前後歷經十五年，從一九九五年《獨語天涯》開始至今一直思考不斷。他說：「我講述《紅樓夢》，只是為了拯救自己的生命和延續自己的生命。」他還說：「二十年來，我與《紅樓夢》的關係可用『紅樓助我開生面』一句話來表述。這個『生面』

不是顧炎武所說的那種『生面』，而是自己的生命格局和生命狀態。《紅樓夢》幫助我贏得生命的快樂、生命的提升、生命的信念，幫助我開闢新的生命旅程。」

劉再復的年輕好友、原北京東方英語學院副校長王強寫過一篇文章，如此描述劉再復寫作散文的「奧秘」。王強說，薩珊國王因王后與一奴隸私通，盛怒之下將王后與奴隸處死，後又令宰相每天給他獻上一少女，同寢一室，翌日殺掉。宰相女兒為拯救少女，自願獻身國王，她每夜給國王講一個故事，國王因為還想聽下一個故事就不殺她，她講了一千零一個故事。她的講述是生命需求，是活下去的需求。劉再復的講述理由完全是宰相女兒式的生存理由，動力就是生命活下去，燃燒下去，思索下去的渴求。

對此，劉再復承認，他的《紅樓夢》寫作，也是同樣的理由。他說：「我不講述《紅樓夢》，生命就沒勁，生活就沒趣，心思就會不安寧；講述完全是為了確認自己，救援自己，是生命需求，心靈需求。我出國以後，內心有一種窒息感，我知道別人幫不了我，只能自救，當然也要靠書本救贖，給我最大救援的是禪宗和《紅樓夢》，兩者思想相通。禪宗告訴我，無論你過去經歷過甚麼苦難，有過甚麼成就，都要以平常心待之。在出國前，我擁有掌聲、桂冠和各種榮耀，現在卻面臨痛苦、挫折，但都要以平常心對待。《紅樓夢》告訴我，不要把功名、權力、財富這些外在之物看得太重，不要把自己看得太重要。《紅樓夢》所展示的境界，主人公賈寶玉的境界，是不知得失、成敗、輸贏，自然地把甚麼都放下的境界，追求的是美的理想。我讀《紅樓夢》完全是為了心靈的解脫，為了生命的提升，因此我就天天讀，月月讀，年年讀。」

劉再復說：「康德所定義的美是超功利的『無目的的合目的性』。我寫『紅樓四書』，也沒有現實的功利目的，沒有任何功名之需、市場之需，但又合目的性，即合人類的生存、發展、延續的總目的，也合個人提高生命質量、靈魂質量的總目的。王國維説，美是無用之用。我寫作『紅樓四書』也是無用之用。」

二零零九年十二月三十日，劉再復從美國抵達香港，農曆大年初一至初三，他與夫人在朋友陪同下去了珠海。在香港，二零一零年一月三十日，三聯（香港）書店舉辦劉再復的「《紅樓夢》與西方哲學」演講。他此行香港，先是受嶺南大學香港賽馬會「傑出當代文學客座教授」項目邀請，與中文系主任許子東教授及德國學者顧彬教授合開「中國當代文學史」課，並於二月二十五日作「文學藝術中的天才現象」的全校性演講。三月三日起，又受香港城市大學邀請，參與中國文化客座教授講座系列，分別於三月九日、十九日、二十三日作「《紅樓夢》與西方哲學」、「『雙典』中的女性物化現象」、「李澤厚與中國古代美學」演講。最近，劉再復在「紅樓四書」之外，還出版了《李澤厚美學概論》，他的《雙典批判》也已完成，他的課程主要是講述這些新著的內容。

六月三日，劉再復將離開香港前往大連、成都等處，之前的五月，可能會去福建走走。當下，中國內地許多大學都邀請他前去講學。具有指標意義的是，兩年前的六月三日，他去了北京。去國十九年後，他終於首度重返北京。有北京朋友説，劉再復此行是「奧德賽之行」。古希臘荷馬史詩《伊利亞特》與《奧德賽》，一部描述的是出征，一部抒寫的是回歸。

對此，劉再復當時接受筆者採訪時説：「荷馬史詩《伊利亞特》與《奧德賽》為甚麼永遠不朽，因為史詩象徵着人類的兩種基本經驗，一個是出發，一個是回歸。奧德賽是二十年後回歸，我是十九年。

這十九年，我贏得自由時間和自由空間，贏得做人的尊嚴與驕傲。我感到高興的是丟掉榮華富貴，卻守持生命本真，淨化與深化了自己的靈魂。這次回歸，與十九年前出走的時候心緒不同了。出去的時候，心情很激憤，回來的時候，心情很平靜，能以清醒冷靜的眼睛觀察自己的故國、故都、故人。」此次訪談中他又說，回歸比出發還難。回歸時有心理障礙，也有輿論障礙，但還是要回歸，因為回歸才合情。西方文化只講合理，中國除了講合理之外，還講合情。我的鄉親們為我的回歸高興極了。

劉再復於六月三日回到北京。選擇在這個日子回北京，不是太敏感了嗎？劉再復說：「回北京純粹是精神活動，與政治無關。這次回歸，也是一種試驗，結果一切都非常順利。入關抵京、逛街遊園，一路順風，感覺愉快。」劉再復回北京是應鳳凰衛視《世紀大講堂》的邀請，去演講「中國貴族精神的命運」。一九八九年後他離開中國，二零零零年第一次重返大陸，去中山大學、華南師範大學演講；二零零八年四月下旬去深圳大學演講。之後又到陝西師範大學演講。他說，知音畢竟在國內。大陸的人文熱情比香港高得多。在大陸講述，感到與聽眾產生了「靈魂的共振」。

記得四年前，曾聽劉再復說過，他閱讀《紅樓夢》，大約經歷了四個階段：大觀園外閱讀，知其大概；生命進入大觀園，面對女兒國，知其精髓；大觀園（包括女兒國與賈寶玉）反過來進入他自身生命，得其性靈；走出大觀園審視，得其境界。他最早讀《紅樓夢》是在上大學時，當時只是「用頭腦閱讀」。二十年前，他撰寫的《性格組合論》一書中，就有專門一章論述《紅樓夢》的敍事藝術，但只是知性閱讀；十五年前在海外出版的《漂流手記》第四卷《獨語天涯》，有專門一章講述《紅樓夢》。他說，這才是「用生命閱讀」、「用心靈閱讀」。

他稱《紅樓夢》是「人類的精神坐標，文學的《聖經》」。他說：「出生在《紅樓夢》之後是幸運的。我的《紅樓夢》研究是在前人基礎上再做幾件事。最重要的是努力把《紅樓夢》研究從知識考古學、歷史學、政治意識形態學拉回文學與哲學，努力打通《紅樓夢》與人類文化的血脈，努力把《紅樓夢》所蘊含的普世人性價值與普世審美價值開掘出來。」二零一零年二月十八日，他從珠海返回香港，接受《SOHO 小報》的專訪。

問：記得你説過，《紅樓夢》是人類精神水準的坐標，怎麼理解你的這一論斷？

答：中國數千年的偉大文化，孕育出《紅樓夢》，我們完全可以為《紅樓夢》而自豪。《紅樓夢》是中國文化精華的集大成者，中國各大家的文化內核都凝聚在其中。《紅樓夢》是曹雪芹這位天才創造的奇蹟。它可以與人類有史以來的任何一部偉大作品媲美，它跟《荷馬史詩》、但丁的《神曲》、莎士比亞的《哈姆雷特》、歌德的《浮士德》、托爾斯泰的《戰爭與和平》、陀思妥耶夫斯基的《卡拉馬佐夫兄弟》這些經典精品一樣，是標誌人類精神水準的偉大坐標，我們中國唯有這一部經典能達此水準。先放下審美形式創造上的成就，僅從精神內涵上説，它就涵蓋了西方兩次文藝復興的內容，也涵蓋了中國三大文化儒、道、釋的根本精神。

問：《紅樓夢》怎麼涵蓋了西方兩次文藝復興內容？

答：西方完成了兩次「人的發現」。是兩次，不是一次。但我們往往只講一次，不講兩次。第一次是文藝復興時期發現人的偉大，人的精彩，人的了不起。正如哈姆雷特在劇本中所說，人是萬物的靈長，是宇宙的精英，是朝臣的眼睛，是學者的辯舌，是軍人的利劍。甚麼好詞彙都放在人的身上了，人從中世紀的黑暗裏走出來了，站立起來了，他們的策略是回歸希臘，回歸古典。這是對人的第一次發現。但我們很少注意人的第二次發現。那是十九世紀，以叔本華、尼采、卡夫卡為代表，這是現代主義思潮的源頭，這次發現是發現人沒有那麼好，發現人的荒誕、人的脆弱、人的黑暗。叔本華的悲觀主義，認定人生注定是個悲劇，因為人不是天使，上帝掌握不了，人倒是被魔鬼所掌控，這個魔鬼便是慾望，慾望滿足不了，於是痛苦，於是掙扎，舊的慾望滿足了，新的慾望又冒出來，沒完沒了，苦海無邊，因此注定是悲劇，他認定人最大的錯誤是被生下來了。

問：那麼《紅樓夢》又怎麼涵蓋了兩次人的發現的內涵呢？

答：王國維引入叔本華的思想來評論《紅樓夢》是天才之舉，他發現人被慾望所掌控，賈寶玉的「玉」與「慾」同音，他們的悲劇是自加罪，自懲罰；但他沒發現《紅樓夢》反慾望的一面。今天，離王國維一百年了，可以比他站得更高，可以說《紅樓夢》的精神內涵，涵蓋了兩次人的發現，《紅樓夢》的第一次發現是發現人的精彩，人的燦爛，人的至真至善至美。真善美體現在少女身上，少女是宇宙的精華，不僅最美麗，而且最聰明。林黛玉、薛寶釵、史湘雲、妙玉，一個比一個精彩，個個是詩人；丫鬟、戲子，也是詩人，都很有詩意。《紅樓夢》把少女寫絕了，把淨水世界寫絕了，天地的鍾靈毓秀全凝聚在女兒身上，從林黛玉、薛寶釵、秦可卿、史湘雲、妙玉到鴛鴦、尤三姐，從貴族到丫鬟戲子，都非常美，非常可愛，質美，性美，神美，貌美，都是人之極品，天地極品，《紅樓夢》的「夢」，是幻想她們都不要嫁出去，幻想她們在淨水世界裏永生永在，他認為少女一嫁出去就會變成「魚目」、「死珠」，不美了。《紅樓夢》第二次人的發現是發現男人大有問題，他們是泥濁世界的主體，賈赦、賈璉、賈蓉、薛蟠等貴族老少都是慾望的化身、荒誕的載體。《好了歌》嘲諷的便是這些男人無休止地追求權力、追求財富、追求功名的荒誕劇，「色」最後成為「空」。因此可以說，西方世界對人的兩次發現，《紅樓夢》全都涵蓋了。

問：你說過，人類最優秀最偉大的三大文化系統：西方哲學、佛教智慧、中國先秦經典，《紅樓夢》與這三者關係如何？

答：這三大文化系統，能掌握能打通就不得了。《紅樓夢》涵蓋了佛教智慧和莊子、老子、孔子、孟子的先秦經典，如果我們將它與西方哲學作比較，就會發現它很了不起。那天在三聯演講，我講了自己的一些心得，可惜現場似乎沒有錄音。比如與叔本華相比，曹雪芹對世界也是悲觀的，「白茫茫大地一片真乾淨」。《紅樓夢》在歷經色世界以後，歷經榮華富貴以後，在色的高空上看到的世界是白茫茫一片，這是閱歷而悟，悟透了。與尼采相比，曹雪芹偉大多了，他們兩個都深知貴族，都肯定貴族精神，尼采研究貴族歷史、貴族精神，最後得出的結論是應當強化貴族特權，強化貴族的權力意志，他認定高貴的源泉在於「對等級的信仰」。他嚴格區分兩種道德，一是上等人道德，一是下等人道德，貴族上等人所代表的道德才是好道德，下等人弱者的道德是不好的道德，生命的本質是權力意志，因此要向弱者下等人開戰，弱者道德會導致人類變成「末人」，而不會成為「超人」。《紅樓夢》恰恰相反，它貫徹禪宗的不二法門，完全打破貴賤、尊卑的等級之分，超越貴族等級偏見，美與不美，只看心靈，只看人格。下等人晴雯，被當作天使歌頌：「身為下賤，心比天高。」高貴的源泉不是來自等級，而是來自心靈。這是很偉大的思想。用禪的語言說，尼采只處於「風動」、「幡動」的境界，曹雪芹才處於「心動」的境界。曹雪芹的思想比《獨立宣言》那種「人人生而平等」的思想早問世一百年，很了不起。他的思想才代表人類的未來。

問：那天你在香港三聯的講座上說，你讀《紅樓夢》的方法，是以悟證來替代考證、實證。能展開作說明嗎？

答：我閱讀《紅樓夢》不是用頭腦閱讀，而是用生命閱讀。用頭腦閱讀，是知性認識，是邏輯推理。用生命閱讀，則要放下概念，明心見性，抵達心靈深處。《紅樓夢》本身是一部悟書，充滿悟性佛性，我們只能用悟對悟，有些東西是無法考證、無法實證的。人類世界有兩種真理，一是實在性真理，一是啟迪性真理，後者只能去直覺、去感悟。比如《紅樓夢》說的「意淫」，內涵極為豐富複雜，你怎麼實證，怎麼論證？但可以悟證。

問：怎麼理解「意淫」無法實證、論證，只能悟證？

答：「意淫」是一種愛的想像解決，在現實中性愛沒有自由，很難找到可以全身心投入的情愛對象。

因此有情人就通過自由想像去完成深邃的情愛。《紅樓夢》中的「夢中人」便是在心理活動中特別是潛意識中實現愛的人。這與柏拉圖那種精神戀愛不完全相同，更不是世俗那種愛，「意淫」是心理的、神秘的、無邊的、隱私的，不是邏輯的，不是思辨的，它不受法律制約與道德制約，只能通過感悟的方式去把握它的內涵。

問：你認為自己在讀寫《紅樓夢》中，有甚麼哲學新發現？

答：我在香港三聯組織的演講會上講了五點：第一是「心靈本體」，即發現《紅樓夢》是王陽明似的心學，但不是思辨性心學，而是意象性心學。曹雪芹與王陽明相似，都認定「心外無物」。高鶚很了不起，給《紅樓夢》一個具有形而上意味的結局，讓主人公出走之前說了一句石破天驚的話：我都有了心了，那玉有甚麼用？心才是根本，才是最後的實在。賈寶玉到地球來一回，悟到了這一點，便是「佛」了。佛不是神，佛是徹悟。第二是「大觀視角」，我從「大觀園」抽象出一個大觀哲學視角，這是哲學性的宏觀眼睛，沒有時空邊界的宇宙極境眼睛。第三是「靈魂悖論」，薛寶釵與林黛玉的衝突，是儒與莊的衝突，這是曹雪芹靈魂的悖論，兩者都符合充分理由律，不存在一個你是我非、你死我活的問題，儘管曹雪芹把黛玉放在優先的位置上。第四是「中道智慧」，大乘佛教的最高境界是中道，《紅樓夢》的「假作真時真亦假，無為有處有還無」也是中道。中道是比中庸更高的一種境界，中庸在現實關係的矛盾中找到一個平衡點，導致和諧，但須犧牲某些原則。中道則超越世俗的是是非非、真真假假、善善惡惡，在更高的層面上觀照人際的紛爭，用悲憫的眼光看待一切，賈寶玉就是中道的載體。第五是「澄明境界」，所謂澄明境界便是無差別境界，大明大了境界，佛教的澄明境界一般都以死為前提，即涅槃後才能抵達成佛境界，但《紅樓夢》的澄明之境不以死為前提，從而形成獨特的澄明幻境、澄明空境、澄明詩境、澄明鄉境、澄明止境等。《紅樓夢》呈現「有」的悲劇、「有」的荒誕劇，但所有的「有」都來源於「無」。「質本潔來還潔去」，從乾淨處發生又返回乾淨處。「無」超越了「有」，又不在「有」之外。有有無無，好好了了，色色空空，觀觀止止，處處閃射「靈明」之光。

問：讀你的《紅樓夢悟》和《紅樓哲學筆記》，也有個新發現，不是長篇論文，而都是一段段短語，你是出於甚麼考慮？

答：一段段短語，我稱之為「悟語」。我在寫作方法上也受大乘佛教、受禪啟發，要破一切「執」，包括破「法執」。在方法論上不執於老套老格式。其次也受尼采啟發，尼采很多思想，我不贊同，但他的哲學影響那麼大，方法上卻沒有執於哲學論文和哲學體系，除了《悲劇的誕生》一書之外，其他的哲學著作都是一小段一小段的表達，大多是言論、感悟、隨想錄。寫悟語是一種試驗，寫了六百則悟語，兩本書各三百則。讀者能全部看完的或許不多，沒關係。這樣寫是為了思想上不受束縛。使自己的思想不會停留在封閉的符號系統中。

問：你提出要讓《紅樓夢》歸位，怎麼理解？

答：我指的是「文學歸位」，即讓《紅樓夢》研究回到文學判斷與審美判斷。所以我要緊緊抓住並細讀《紅樓夢》文本，闡釋其精神內涵與審美形式，把《紅樓夢》研究從考古學、歷史學、政治意識形態學那裏拉回到文學，這可稱作「文學歸位」。在精神價值創造中，文學體現廣度，歷史體現深度，哲學體現高度。哲學讓我們找到一個高度來看《紅樓夢》，在哲學制高點上看《紅樓夢》，這又可稱為《紅樓夢》「哲學歸位」。

問：你剛才說《紅樓夢》除了可作為人類精神水準的坐標，還可以作為中國作家師法的最高文學坐標，怎麼理解？

答：我認為，中國作家應當面對《紅樓夢》這一文學巔峰，以它為參照系看文學，也看自己。中國當代作家至少有兩點與曹雪芹距離很遠：一是學養；二是靈魂。曹雪芹的中國文化素養那麼深厚，文學素養那麼廣博全面，真令人驚嘆。在小說文本中，文學的各種形式：詩、詞、賦、誄、畫、曲、詠嘆調，無一不精通，無一不精彩。對儒學、莊學、佛學的理解與認識，更是他人難以企及。一九四九年後成為主流的我國當代作家，多半出身戰地記者，戰事緊張，學養準備不足，上半世紀留下的作家，學養好一些，偏偏又在政治壓力下自我否定，學養用不上。八十年代出現的新作家，倒是急於學習，但多數是急於追逐西方各種主義與潮流，學養仍然不足。還有一個靈魂問題，浸透在《紅樓夢》中的大慈悲精神、打破一切等級尊卑觀念的大慈悲精神便是靈魂。還有充滿全書的反俗氣、反泥濁的蔑視功名、財富、權力的高尚精神，也是靈魂。當代作家缺少這種大靈魂。

二零一零年三月

《紅樓夢》的存在論閱讀

——在上海圖書館的演講

一

二零零五年我在《紅樓夢悟》的自序中就說，從哲學的層面，我已經開始用存在論的閱讀視角取代反映論的視角。

上世紀下半葉，國內學界的《紅樓夢》研究，基本上是採用反映論視角。此視角關注的重心是《紅樓夢》反映了怎樣的歷史風貌和時代內容，其爭論的分歧點也只是《紅樓夢》反映的是封建社會的普遍特點還是資本主義萌芽時期的階段特點。「反映論」視角的長處是關注歷史尤其是關注明清之際的政治、經濟、文化狀況，導引讀者通過《紅樓夢》審視那個時代的歷史真實，因此也留下一些有價值的文章。然而這個時期的反映論閱讀，卻有兩個巨大缺陷：一是反映論視角被帶上「階級論」前提，從而把文學方法論蛻變為階級本體論以致完全政治意識形態化，因此研究主體的闡釋便未能充分展示《紅樓夢》所呈現的歷史血肉，頂多只能展示片面化的歷史骨架。二是把《紅樓夢》視為歷史文獻的同時，忘記了《紅樓夢》最高的境界並不是歷史境界，而是宇宙境界。也就是忘記《紅樓夢》整體（包括人物、情節、語言等）並不是立足於「時代」（有限時空）的維度上，而是立足於「時間」（無限時空）的維度上。釵黛之別，賈政與賈寶玉的父子之爭，真假寶玉（甄寶玉與賈寶玉）的衝突等等，都不是一個時代的問題，而是超越時代的人類永恆困境問題。賈政、薛寶釵形象所折射的重群體、重秩序、重倫理的「重文化」與賈寶玉、林黛玉形象所折射的重個體、重自由、重自然的「輕文化」，兩者都有充分理由。這種文化悖論沒有時空界線，即使與西方文化的基本衝突，也繞不過釵黛所折射的矛盾內容。

王國維在《紅樓夢評論》中，天才地把中國文學劃分為《桃花扇》境界和《紅樓夢》境界，並以「政治的、國民的、歷史的」三個概念界定前者，以「哲學的、宇宙的、文學的」三個概念界定後者。此一界定，十分宏觀又極為準確。王國維破天荒地把歷史境界和宇宙境界加以區分。《桃花扇》似的歷史境界只涵蓋一個時代甚至只涵蓋一個朝代，而《紅樓夢》似的宇宙境界則涵蓋整個時空，這是超越一朝一代的天地無限境界。「反映論」即使運用得很好，也只能呈現歷史境界，不能呈現宇宙境界。蔡元培及索隱派的根本缺陷，正是他們把《紅樓夢》的宇宙無限自由時空縮小為「反清復明」的某一朝代的狹小政治時空。

反映論總是強調文學是時代的鏡子。但這只是道破部份真理。文學固然可以見證時代，但是文學也常常反時代、超時代。它所見證的人性困境，常常不是一個時代的困境，而是永遠難以磨滅的人類生存困境和人性困境。從人性的角度上說，文學並非時代的鏡子，而是超時代的人性的鏡子。馬克思在解釋荷馬史詩所以具有永恆性價值時，提出的理由正是史詩呈現了人類童年時期的特點。這就是說，它見證的不是古希臘時代的政治經濟，而是超越希臘也超越希臘時代的人類早期的普遍人性與普遍困境。總之，從荷馬史詩到《紅樓夢》這些文學的經典極品，固然有歷史價值，但都不可讀作歷史文獻，而應當讀作生命全書。其文本，都應當視為心靈文本或宇宙文本（包括外宇宙與內宇宙）。

二

對《紅樓夢》進行存在論閱讀，不是把存在論硬套入《紅樓夢》，而是《紅樓夢》本身的精神內涵確實呈現了存在論哲學家所思考所焦慮的那些核心問題。如果克爾凱郭爾、雅斯貝爾斯、海德格爾、薩特、加繆在世，而且也閱讀《紅樓夢》，那麼他們一定會發現，產生於東方的這部偉大小說，它所進入和提出的問題正是存在論的問題。在說明這一論點之前，我先說一下自己所理解的存在論。

現在闡釋、研究存在論的著作文章可謂「汗牛充棟」。但我讀後，覺得存在論的諸多問題歸結為一，便成了這麼一個問題，即自己如何成為自己的問題。這個問題也可以更簡潔地表述為「自己如何可能」六個字。前年我在江蘇常熟理工學院東吳講堂作了題為《李澤厚哲學體系的門外描述》的學術演講時說，李澤厚把康德的哲學總問題「認識如何可能」，轉換為「人類如何可能」，回答時也從康德的認識論走入接近馬克思的「歷史本體論」，那麼，我步智者後塵，企圖提出的總問題則是「自己如何可能」。也就是自我確立、自我實現如何可能。我不是哲學家，沒有足夠的能力從哲學整體上張揚存在論，但我可以從一部具體的文學作品即《紅樓夢》入手闡釋「自己如何可能」，以形象回應抽象。下邊，我就用存在論的視角講述一下《紅樓夢》的一些「存在」內涵。

三

首先，《紅樓夢》的基本哲學問題乃是存在論問題。也就是「人」為甚麼要活？該怎樣活？活着的意義是甚麼等問題。加繆《薛弗西斯神話》的第一句話說：「真正嚴肅的哲學問題只有一個，就是自殺。」他把最大的哲學問題歸結為「人為甚麼不去自殺」，這是反向表述；而從正面表述，則是為甚麼活着？中國沒有存在論哲學體系，但有存在問題，也有存在論似的哲學思路。中國引進的佛教，它認定人生乃一苦海，人為甚麼要來此苦海。「來」本身就是錯誤。既然來了，就要創造意義，自我救贖。這也是存在論問題。

存在論最大哲學家海德格爾的代表作名為《存在與時間》。他發現個體生命的時間性特徵，動物只有空間意識，沒有時間意識。擁有時間意識是人最根本的特徵。孔夫子感嘆「逝者如斯夫」，發現時間一去不復返，這正是存在論。海德格爾還發現，死亡乃是時間的最重要標誌。既然個體生命一定要死，既然死亡乃是一種未定的必然，無可逃避，那麼，我們要回答為甚麼活着等問題，就必須真誠地面對死亡。也因此，海德格爾便提出最震撼人心的思想：只有在死神面前，存在才能充分敞開。人生短暫，時不再來，存在不能等待存在者，作為個體生命的「此在」應當向死而生，及時自我選擇，以實現存在的意義。海德格爾的整個哲學思想與孔子的哲學路向正好相反，孔夫子講的是「未知生，焉知死」，而海德格爾則講「未知死，焉知生」：只有明白人終有一死，生命時間非常短暫，才能安排好人生並知道如何把握存在的意義。

閱讀《紅樓夢》，我們會發現曹雪芹的思路與海德格爾相通。在閱讀小說文本時，我們會發現主人公賈寶玉從週歲時抓住脂粉釵環開始，一生都在選擇成為自己的可能性。他不甘心像多數人那樣，只做一個他者所規定的模式化客體，而選擇做一個自己可以掌握自己的主體，在其人生中，他一直有一種「時間性的珍惜」，喜聚不喜散，潛意識裏分明知道「沒有不散的宴席」。他對死一點也不忌諱，而且常常面對死亡說些讓他的祖母、母親和戀人們害怕的話。而直接呈現曹雪芹的「存在論」思路的則有兩處：一是妙玉說她不喜歡漢晉五代唐宋以來的詩，只喜歡范成大的兩句詩：「縱有千年鐵門檻，終須一個土饅頭。」意思是說，即使你是豪門權貴，最後也要走進墳墓，難免一死。人的地位不同，但最後的結局是一樣的。整部《紅樓夢》正是面對「土饅頭」（墳——死亡）的人生思索。而《紅樓夢》甲戌本的序詩，簡直就是一首存在主義的千古絕唱：

浮生着甚苦奔忙，
盛席華宴終散場。
悲喜千般同幻渺，
古今一夢盡荒唐。
漫言紅袖啼痕重，
更有情癡抱恨長。

字字看來皆是血，
十年辛苦不尋常。

人生如同一場幻夢，一場宴席。因為死亡無可逃遁，所以盛席華宴終歸要散場。既然如此，為甚麼還要辛苦勞作，兒女情長？這正是存在論問題。

在這個為甚麼辛苦、忙碌即為甚麼活着的基本問題之下，接着便是依據各人對活着意義的不同理解所進行的選擇。選擇是存在的第一條件。薩特的「存在先於本質」命題，說的正是人首先選擇成為自己，然後才能確立自己。用中國的哲學語言表述，便是首先「知命」，然後才能「立命」。於是，《紅樓夢》便形成這樣一種基本選擇，也就是主題性的基本衝突：主人公賈寶玉及其知心戀人林黛玉充分意識到自己並想成為自己，相應地，便企圖按照自己的自由意志去選擇，即按照自己的意願去愛，去感受，去生活；而被傳統道統觀念所主宰的另一部份人，其代表是賈政，也包括王夫人、薛寶釵等，卻不讓他們成為自己，即要求他們要成為家族的孝子賢孫，規規矩矩，為「榮宗耀祖」而活，為榮華富貴而奔波而辛苦。賈政與寶玉「父與子」的衝突，乃是父持「本質先於存在」，而子則「存在先於本質」。寶玉不能接受父親為他預設的本質，賈政不能容忍寶玉的自我選擇。主人公賈寶玉林黛玉選擇的存在方式無法實現，最終自己無法成為自己，於是就產生一番悲喜歌哭，以致最後形成悲劇。主人公的悲劇尤其是林黛玉的悲劇，向全人間提出的問題乃是在現實社會中，真正的愛是否可能？個體生命成為獨立的自己是否可能？而歸根結底，自由是否可能？《紅樓夢》所以是「夢」，其實作了回答，其答案乃是現實關係中其實並無他人提供的自由，自己要成為自己的可能性也全仰仗自己。把這種可能性化為現實性，不可求助於社會或求助於他者，只能實現在自我覺悟的瞬間。例如在詩社的唱和中，在相戀的共語中，在偷偷閱讀《西廂記》的心靈共振中。

《紅樓夢》小說文本中有「夢中人」這一概念，其情節中則有無數次具體的夢，但作為小說整體，我們可以提問：它究竟夢甚麼？也就是它的審美「理想」究竟是甚麼？這是一個更高層面的哲學問題。倘若需要回答，那麼可以說，它夢的是花不要落（《葬花辭》所表述），芙蓉不要凋謝（《芙蓉女兒誄》所表述），女兒不要出嫁。賈寶玉有句名言，說女兒一旦嫁出便成「魚眼睛」和「死珠子」。此話聽來荒唐，實則深刻，他透露的乃是存在論信息：少女一旦嫁出去，便不是自己了。這是真的，少女在少女時代自由自在，倒是本真本然的自己，一旦嫁出，則進入男人的「泥濁世界」，尤其是進入男權社會的倫理體系，那就沒了自己。在「三綱五常」的倫理網絡中，少女必定變成「夫綱」之下的「妻目」，這是事實。賈寶玉視之為「魚目」，並非沒有道理。《紅樓夢》寫寶玉的母親王夫人「原是天真爛漫之人」，嫁出之後，成了苛刻的貴婦，金釧兒、晴雯都死在她的手中，王夫人早已不是本真的自己了。賈寶玉的「古怪」理念恐怕恰恰是曹雪芹真實的思想，所以在他的如椽大筆下，其最心愛的少女林黛玉、晴雯、鴛鴦都在最美的青春年月裏死亡，顯然，曹雪芹不讓她們出嫁。這幾個少女之死，既是夢的破碎，也是夢的保留。她們永遠以至真至善至美的少女形象存在於人類永恆的心中。

四

用存在論的視角給《紅樓夢》人物作些分類，那麼，我們就可以把這些主要人物作出兩大類劃分，也可以更細緻地作更多類別的劃分。

如果作兩大類劃分，那麼，《紅樓夢》的人物，一類是「擁有自己」或「意識到自己」；一類則是「沒有自己」或「從未意識到自己」。小說中的賈寶玉與甄寶玉，長相一模一樣，可是賈寶玉見了甄寶玉之後大失所望，覺得眼前這個甄寶玉只能發出一套「立功立德」的「酸論」，心靈和自己相去十萬八千里。而甄寶玉見到賈寶玉，卻全然不知道眼前的「賈寶玉」才是本真本然的自己，只一味勸誡賈寶玉「浪子回頭」。這真是「縱使相逢應不識」（蘇東坡語），也難怪海德格爾要感慨：人類已經不認識自己了。賈寶玉與甄寶玉這段相逢的故事，乃是一個守持「本真自我」的存在者與一個失去本真自我的存在者相遇的故事。甄寶玉不認識賈寶玉正是本真的自己，但賈寶玉卻知道甄寶玉遠離了自己。《紅樓夢》裏的賈政、北靜王等，其實都是甄寶玉，但都丟失了自己而不自知。秦鐘作為賈寶玉的少年好友，臨終之前向閻王告假來會寶玉，對賈寶玉也發了一通類似甄寶玉的「忠告」，說明他最後還是丟失了本真的自己。可見，守持本真之自我並不是簡單的事。

把《紅樓夢》人物作兩大類劃分之後，還可以更具體化一些，以作更細的分類，至少可以歸納出下列重要的類別：

1、意識到自己又敢於成為自己但最後還是不能實現自己，如賈寶玉、林黛玉、妙玉。
2、意識到自己卻不敢成為自己，甚至撲滅了自己，如薛寶釵。
3、想成為自己卻被社會所撲滅（不是自我撲滅，而是被他者所撲滅），如晴雯、鴛鴦、香菱等。鴛鴦、尤三姐雖是自殺，其實也是被社會所撲滅。
4、完全未意識到自己，如襲人等。
5、本想成為自己，卻在面對社會時立即撲滅自己（社會與自我對自己的雙重撲滅），如賈雨村。
6、被道統本質化而喪失自己，也從未擁有自己，如賈政。
7、被社會所物化而變質為人類與自我的「異己」，如薛蟠、賈赦、賈璉、賈蓉等。
8、本有自己，卻被他者同化而喪失了自己，如王夫人等。
9、本可成為自己，但因過份膨脹自己最後消滅了自己，如王熙鳳。
10、被社會剝奪了自己仍爭取成為自己，但最後也消滅了自己，如秦可卿。

上述的十類劃分，也許煩瑣一些，如果借用存在主義哲學的先驅克爾凱郭爾的人生三絕望（不知有自己，不願有自己、不能有自己）來審視，也許會更簡明。賈府內外的芸芸眾生儘管地位懸殊，但多數人屬於不知道有自己，即使像賈政這樣的能人賢人，他也只知道自己乃是朝廷的命官、皇帝的臣子、祖宗的孝子，並不知道自己到地球來一回要甚麼。能當甚麼官，能幹甚麼事，全憑外部的他者決定，不知可以有自己的選擇。賈政尚且如此，就更不用說賈赦、賈璉、賈蓉、薛蟠等人了，他們一輩子不知不覺，更不知道甚麼叫做「自知」、「自明」、「自審」、「自度」，忙忙碌碌，只知追求外在的財色、物色、美色。另有一些人，他們知道有自己，卻不能成為自己。賈寶玉、林黛玉、妙玉、秦可卿、尤三姐、晴雯、鴛鴦等曹雪芹筆下的天地精英，全是「知而不能」的悲劇人物。克爾凱郭爾所說的「不願意成為自己」者也確實有，因為他們知道成為自己就得獨立面對社會，不再借助任何保護的「卵翼」，但他們卻沒有這種獨立的能力。例如襲人等，即使把她們「解放」了，她們也會覺得還是當奴僕好。而像迎春、尤二姐這樣善良的「怯人」，即使遇到「五四」婦女解放運動，她們也未必就願意成為走出家庭的「娜拉」。克爾凱郭爾概說出「不知」、「不願」、「不能」三類，十分精彩。不過倘若需要補充，我們還可以再補充一種「不敢」，即知道有自己但不敢成為自己，薛寶釵便是這種人。從這個意義上說，賈雨村也是如此，他不是沒有能力，而是沒有「膽力」。

不過，任何分類都是權力運作，或是知識權力，或是理念權力，或是政治權力，或是倫理權力，因此就難免帶有本質主義的局限。實際上，每個個體生命都是豐富複雜的，如果用政治意識形態語言如封建主義者與反封建主義者來劃分，勢必簡單化。現在我們用存在論的眼光重新審視，目的是為了增添一種視角展示其生命內涵，切不可落入簡單化。例如薛寶釵這個人物，其存在內涵就非常豐富，她是賈府中最有學問的「通人」，既聰明又美麗，她本有自己，富有生命激情，但她卻用「冷香丸」撲滅這種激情而就範現存社會秩序與現存倫理系統。她屬於「不能」，還是屬於「不敢」，還是屬於「不願」，或者三者皆有，這都可以繼續探索。林黛玉尚可用眼淚宣洩自己的苦悶，而她卻連眼淚也被冷香丸澆滅於內心，因此，比起林黛玉，她是更深的一種悲劇。這種悲劇不能界定為封建主義者的悲劇，而是本可以成為自己卻無法成為自己的悲劇。這是真正存在論意義上的悲劇。

五

除了從存在論的肯定形式閱讀《紅樓夢》，我們還可以從存在論的否定形式去閱讀。法國已故的傑出作家加繆，是一個存在主義者（儘管他本人曾拒絕這一本質化界定），後來他又創作了《局外人》、《薛弗西斯神話》等舉世矚目的荒誕作品。而這些荒誕作品，乃是以否定的形式解釋存在的一種形象表達。

所謂荒誕，乃是非理性與反理性。荒誕戲劇與荒誕小說均是非理性人生狀態的極端呈現。加繆寫過專論荒誕的文章，其核心觀念是說，世界本不荒誕，人也本不荒誕，只是人活在世界上即進入世界的人際關係之後才產生荒誕，因此，荒誕是一種「關係」，荒誕人則是丟失了自己的「關係中人」。換句話說，是「關係」產生荒誕。但人生不可能與社會絕緣，它總是要進入「共同關係」，於是，人生便是一幕一幕的荒誕劇。因此，所謂「局外人」（包括檻外人），便是從「關係」中自我放逐的人，也可以說是反荒誕之人，拒絕進入荒誕結構之人。

王國維的《紅樓夢評論》，其理論貢獻在於揭示「關係」乃是悲劇之源。他說，林黛玉的悲劇並不是幾個「蛇蠍之人」造成的，而是「共同關係」的結果。王國維道破這一點真有「振聾發聵」之功。他實際上告訴我們，林黛玉的悲劇，並不是幾個壞人即被後來者稱之為「封建主義者」造成的，而是與她發生關係的人包括最愛她的賈母與賈寶玉「共同犯罪」的結果，因為是無意中進入「關係」的共犯結構，所以才成為「悲劇中的悲劇」。可是，王國維只發現「關係」會造成悲劇，沒有發現「關係」也會產生荒誕劇。這一點，西方的加繆發現了，所以他創作出《局外人》（也被譯為《異鄉人》），這部小說塑造出一個名為「默爾索」的局外人形象。這個局外人，本來甚麼事也沒有，然而，他自從得到母親去世的通知進入社會關係之後，荒誕的故事便接連不斷。死亡通知書只寫「你母親去世，請來料理後事」，沒有具體的死亡時間，因此他繼續上班，準備週末再回去與母親告別，可是，這一拖延，便成了第一罪狀。之後，他在這幾天中，又幫助一位朋友去和一個阿拉伯人決鬥。他在糊裏糊塗的助陣中，眼睛被對手的匕首的亮光刺激了一下，就立即開了槍，而且一連開了五槍，結果被認定是刻意置人於死地，變成一樁謀殺案，因而便被送入牢獄直至被處死。這個默爾索本來並不荒誕，而一旦進入人際關係，則發生荒誕至極的故事。西方的文學評論者至今沒有人說，《紅樓夢》中的「檻外人」形象便是「局外人」形象，而「檻外人」早在二百年前就產生了。除了妙玉自稱「檻外人」之外，其實賈寶玉、林黛玉都是檻外人，他們在充當「神瑛侍者」與「絳珠仙草」時（即在檻外時）自生自潔，然而，他們一旦來到人間即進入世界的人際關係之後，便發現到處是荒誕而自己也被捲入荒誕之中。《好了歌》便是荒誕歌，世人都說神仙好，但是，所有的世人對於功名、金錢、權力全都「忘不了」，誰都在功名利祿的關係網絡中心勞力拙，丟失了本真的自己。當他們在追逐榮華富貴時，炫耀得愈瘋狂，離自己就愈遠。自己成為自身慾望的人質，卻全然不自知；自己成為權力、財富、功名的人質，也全然不自明。這種狀況正是身在「洞穴」中（柏拉圖所描述的洞穴）而不自知，身在「鐵屋」中（魯迅概念）而不自明，這不是荒誕是甚麼？曹雪芹很了不起，他在兩百多年前就塑造出企圖守持自我的「檻外人」形象，這種形象正是走出「洞穴」、走出「鐵屋」、走出局內關係的反荒誕的異端。加繆英年早逝，他可能未讀過《紅樓夢》，但憑借自己的天才直覺，也創造出一個企圖走出荒誕關係格局的異端，可惜這個本想成為自己的局外人最終還是被社會消滅於局內。荒誕劇與悲劇本就相通，或者說本就是一對孿生子。

曹雪芹與加繆生活在相隔兩百年的不同時代，又是分別生活在地球的東方與西方，但都發現了「檻外人」、「局外人」。這是值得大書特書的精神現象。然而這裏應當說明的是，曹雪芹的「檻外人」與加繆的「局外人」畢竟產生於完全不同的大文化背景，其精神內涵也有很大差異。加繆的「局外人」以及其他荒誕作品，屬於現代產物，它產生於西方現代文化語境中。那是尼采宣佈「上帝死了」之後而產生的時代回應。上帝死了，再也沒有信仰，那麼人活着還有甚麼意義？不知活着要幹甚麼，便各行其事，妄言妄為妄行，於是荒誕便主宰世界。局外人一旦進入荒誕世界，也就成了荒誕的一部份。曹雪芹的「檻外人」沒有宗教背景，但有社會背景。世人紛紛捲入追名逐利的潮流，或充當八股的奴隸，或充當慾望的人質，或充當權貴的附庸，人生的趨勢乃是「更向荒唐演大荒」，在此語境下，如果沒有「檻外人」意識，即沒有跳出潮流與「關係」的意識，自己哪有成為自己的可能？二十世紀西方文學的突出成就之一是荒誕小說與荒誕戲劇的產生。而這些荒誕作品又可分為兩類。一類是重在荒誕思辨，如貝克特的《等待戈多》、加繆的《薛弗西斯神話》等；另一類則是重在表現世界和人生的荒誕屬性，如加繆的《鼠疫》和熱奈的《犀牛》等，而曹雪芹的《紅樓夢》屬於後者，重心是呈現人生的荒誕。所以我說它不僅是部大悲劇，而且又是一部大荒誕劇。

二零一一年六月於深圳珠海
二零一二年三月定稿於美國

《紅樓夢》的哲學要點

——在廈門大學九十週年校慶「走近大師」系列講座上的演講

時間：二零一一年四月四日下午三點三十分

地點：建南大會堂

主持人周寧（人文學院院長）：尊敬的各位來賓，老師們、同學們：慶祝廈門大學建校九十週年「走近大師」系列講座現在正式開始。今天我們非常榮幸地邀請到我校校友、著名作家、評論家劉再復先生為大家做精彩的演講。在演講開始之前，請我校校長朱崇實教授致辭，大家歡迎。

朱崇實校長致辭：尊敬的劉再復教授，尊敬的各位老師，各位同學，各位校友，各位朋友，各位嘉賓，大家下午好。

今天非常高興請到劉再復學長來參加廈門大學九十週年校慶。我知道劉學長上一次到廈大是一九八八年，闊別二十三年之後，他再次回到母校，我感到非常的榮幸。

劉學長是一九五九年入廈門大學中文系學習，一九六三年畢業。畢業以後他到北京中國社科院工作，後來擔任中國社科院文學研究所所長。各位知道，這個研究所是我們國家在文學研究方面最為重要的學術機構之一，劉學長曾經擔任這個所的所長確實是廈大的驕傲，廈大中文系的驕傲。劉學長在廈大其間就是大名鼎鼎的由魯迅先生親自創辦的《鼓浪》雜誌的主編。《鼓浪》雜誌影響了廈門大學數十年，培育了一代又一代的廈大學子，擔任過主編的多位都是世界名人。劉學長在一九八五年發表了著名的學術論文《論文學的主體性》，這篇長篇論文分上、下兩個部份發表。這篇論文在當時引起了全國性的討論，為文藝理論的進步和發展做出了傑出的貢獻。一九八六年他的專著《性格組合論》成為當年全國十大暢銷書，獲得金鑰匙獎。這部著作的影響一直傳到今天。劉學長是一個遊子，他在國外遊歷了二十多年，走過三十幾個國家和地區，訪問了四十多所大學。他每到一地，每到一所大學，都在傳播宣揚中華的優秀文化。劉學長又是一個赤子，他不論到了哪個地方，都始終記着他的祖國，記着他的母校。劉學長的興趣非常廣泛，不僅僅限於文學領域，他通過文學看到了人生百態。他今天為我們演講的題目是《〈紅樓夢〉的哲學要點》。我想各位通過他今天的演講對他將會有一個更加清晰更加完整的認識，謝謝各位。

主持人：謝謝朱崇實校長。下面讓我們以熱烈的掌聲，歡迎劉再復先生為我們做精彩的演講。

朱校長：我要再補充一句，劉學長是抱病來到廈門大學的，所以今天下午我要請他坐着發表演講，這樣可以講得更長一點。

劉再復：首先要感謝朱崇實校長剛才的那番話，這番話我會記在心裏，成為我繼續前進的一種力量。

今天非常高興能夠回到母校，而且能夠回到這個地點——建南禮堂。我在學生時代（廈門大學）經常在這裏聽報告，聽過陸維特書記、張玉麟副校長多次的教導，這禮堂對我來說非常親切，非常溫暖。今天特別要講的一件事，就是在四十八年前（一九六三年）我大學畢業的時候，就是在這個禮堂接受了王亞南校長給我的一張優秀畢業生的獎狀，這張獎狀很特別，不是用鉛字印的，是用毛筆一個字一個字寫的。我把這張獎狀當成是我的一個護身符，非常寶貴，一直帶在身邊，這張獎狀二十多年來和我一起浪跡天涯。四十八年前王亞南校長把我送出校門，今天朱崇實校長把我接回到母校，這對我的人生來說是非常重要的一件事。上午我在國學高峰論壇講了一番話，說我的鄭朝宗老師教我西洋文學史，一開篇就講古希臘史詩《伊利亞特》和《奧德賽》，這兩部史詩概括了人生的兩大基本經驗：《伊利亞特》象徵人生要出征，要出擊，《奧德賽》象徵要回歸，要返家。王亞南校長把我送上了《伊利亞特》旅程，現在朱崇實校長又幫我完成《奧德賽》之旅，這是一個完整、非常有詩意的故事，它將在我的人生中記下非常重要的一頁，所以我要特別感謝朱崇實校長。

現在我開始講正題，我得坐下來，對不起。

我今天講的題目是《〈紅樓夢〉的哲學要點》。第一部份講我對《紅樓夢》的基本認識和我的基本方法。第二部份講《〈紅樓夢〉的哲學要點》。

我在母校選擇這樣的題目演講並不唐突。首先，我們中國現代文學最偉大的作家魯迅在一九二六年與一九二七年到廈門大學任教的時候，就留下關於《紅樓夢》的非常重要的文章，那時有個年輕人，也就是我的老師陳敦仁先生，那時叫陳夢韶，他把《紅樓夢》改編成一個劇本，叫做《絳洞花主》，請魯迅先生指教，魯迅當時快離開廈門大學了，還為我的老師寫了一篇《絳洞花主小引》，留下很著名的話。他說不同的人看《紅樓夢》會看出不同內容。「經學家看見《易》，道學家看見淫，才子看見纏綿，革命家看見排滿，流言家看見宮闈秘事……在我眼下的寶玉，卻看見他看見許多死亡；……現在，陳君夢韶以此書作社會家庭問題劇，自然也無所不可的。」[1] 這是在廈門大學寫的。另外還有一個經歷。我在母校上學期間，王亞南校長在學校裏曾有一個學術講座，是講述《資本論》的，哪個樓？是集美樓還是群賢樓我記不太清楚，當時很多人，擠不進去，我在人群最後，擠到一個位置。王校長是江西口音，報告中很多話都聽不太清楚。可是有兩句話我聽到了。他說：《資本論》這麼一個大部頭大家不要害怕，你讀進去就像讀偉大的文學作品《紅樓夢》。這句話一直積澱在我的心靈深處，後來我到北京又發現王亞南校長也寫評論《紅樓夢》的文章，談《紅樓夢》的經濟，原來我們的校長就是研究《紅樓夢》的先鋒，我今天正是步王亞南校長的後塵，給大家講《紅樓夢》。首先是講對《紅樓夢》的基本認識。

《紅樓夢》對我來說是一部「文學聖經」，我給自己規定了「我的六經」：《山海經》、《道德經》、《南華經》（莊子）、《金剛經》、《六祖壇經》，還有我的「文學聖經」《紅樓夢》。

我在美國最要好的朋友，亦師亦友，也是我國當代最卓越的哲學家李澤厚先生，我們一起談了一部

1 《集外集拾遺補編．〈絳洞花主〉小引》，寫於一九二七年一月十四日，新版《魯迅全集》第八卷第一四六頁。

《告別革命》，還有一部《返回古典》（還沒整理出來）。他說：我有三樣東西絕對不能進入，第一絕對不賭博，第二不吸毒，第三不讀《紅樓夢》，因為三者都會讓人上癮，一上癮就會異化，入乎其中很難出乎其外。《紅樓夢》竟有這麼大的力量，這麼大的吸引力。《紅樓夢》的確是個巨大的磁場，有人說是巨大的情場，我認為說它是巨大的磁場更好。但我不怕進入《紅樓夢》，我把它當作「文學聖經」，以塑造我的心靈。毛澤東主席作為一個領袖，《紅樓夢》竟讀了五遍，他說了一句非常重要的話，在《論十大關係》裏說，中華民族有三個東西最值得驕傲，一個是人口眾多，一個是地大物博，第三個是我們有《紅樓夢》。提到這樣的高度。對毛澤東主席會有不同評價，但應該承認他對文學很有感覺，在領袖人物裏面對文學有如此感覺的很少。我贊成毛主席的看法，《紅樓夢》了不得。因為毛主席這段話，我又想起了英國卡萊爾的一句話。詩人艾青寫過一篇文章（《尊重作家，理解作家》）引用了這句話：「我們寧可失去印度，也不能失去莎士比亞。」這句話到底是誰先說的？有人說是邱吉爾，後來我作了考證，發現首先說出的是卡萊爾，他是英國的思想家、歷史學家，寫過《英雄與英雄崇拜》，他在這本書裏作了解釋，因為印度是我們腳下的土地，而莎士比亞是我們精神的天空。寧可失去腳下的土地，也不能失去精神的天空。《紅樓夢》對於中國來說，歷史將會證明，《紅樓夢》就是我們的精神天空。借用這句話，我們也可以說，寧可失去外蒙古，也不能失去曹雪芹。《紅樓夢》就這麼重要。除此之外，我還要用理性語言表述，世界上有一些文學家、哲學家的名字和他們的經典著作，標誌着地球上人類社會的精神水準，最高精神水準，這些經典極品成為最高精神水平的一個坐標。我先不談從柏拉圖哲學到康德哲學，只講文學。荷馬史詩，希臘悲劇，但丁的《神曲》，莎士比亞的《哈姆雷特》，雨果的《悲慘世界》，歌德的《浮士德》，托爾斯泰的《戰爭與和平》，陀思妥耶夫斯基的《卡拉馬佐夫兄弟》等，這些都標誌着人類社會最高精神水平。中國只有一個作家一部作品也標誌着幾千年來人類文明社會最高精神水平，這就是曹雪芹的《紅樓夢》。這是我對《紅樓夢》的基本認識。

我自己有個感覺，《紅樓夢》一旦讀進去，整個心靈、整個人生的感覺就不同，連吃飯、睡覺的感覺都不同。我完全是生命進入，我讀《紅樓夢》已經不是用頭腦閱讀，而是用心靈用生命去閱讀。我已寫出四本領悟《紅樓夢》的書，叫做「紅樓四書」，由北京三聯和香港三聯同時出版。第一本《紅樓夢悟》，第二本《共悟紅樓》，第三本《紅樓人三十種解讀》，第四本《紅樓哲學筆記》，大約九十萬字。

我著「紅樓四書」跟以往的研究者不同，最基本有三點不同。第一點，我不再把《紅樓夢》作為研究對象，而是作為生命的體認對象，即生命感悟對象。如果作為研究對象，首先是把它作為客觀對象然後用頭腦進行邏輯分析，這時主客觀是分離的。而作為生命體認對象就不是這樣了，不是用頭腦閱讀，而是用全生命去閱讀，用我們文學研究所老所長、詩人何其芳的話說，是以心發現心，也就是心心相印，這是主體和客體的融合，和賈寶玉、林黛玉、薛寶釵等心靈融合，用我的心靈去發現他們的心靈。

第二是方法上的不同。我用悟證代替實證和論證。過去的《紅樓夢》研究，考證取得很大成就，胡適、俞平伯、周汝昌等都取得成就。周汝昌先生的《紅樓夢新證》寫得非常好，我非常喜歡。他九十三歲了，雙目失明，只能靠兒子讀給他聽，在這種情況下，他聽讀了我的部份「紅樓四書」，還寫了首詩鼓勵我，叫「敬贈劉再復先生」，我看了非常感動。前不久，他聽了我和我女兒的對話，然後他讓他兒子把他的話記下告訴我，說：聽了劉再復先生和他女兒的這番對話（我的對話是《真俗兩諦的互補結構》），可以說這是兩百多年來對《紅樓夢》的最高認識水平，能聽到這番對話是三生有幸。老先生這麼謙虛，令人感動，當然對我是溢美，是過份誇獎。

考證屬於實證。另一種方法是論證。從王國維的《紅樓夢評論》開始一直都在論證，這次我着意用悟證代替實證和論證。悟證是直覺的方法，禪宗「明心見性」的方法，不是邏輯的方法。論證是用邏輯分析。我想把《紅樓夢》研究從考古學、考證學、歷史學拉回到哲學、文學。悟證是中國文化的特長，感受文學作品是要靠悟證而不是靠實證，用這種方法研究《紅樓夢》可發現許多新東西。舉個例子，有一個情節，有一天賈寶玉和林黛玉在床上玩，他們很天真，賈寶玉說：林妹妹，我發現你身上有股香味，是不是你衣服裏藏着甚麼東西，讓我看看。林黛玉制止說：寶玉，你別過來，實話告訴你，我身上真有特別的香味，但連我自己也不知道是甚麼香味。過去的研究者提到這裏，說不清到底是甚麼，是衣服裏的藥香還是身體的體香？要搞清楚就要實證要檢查身體，用悟證則可以悟到這是林黛玉身上靈魂的芳香。林黛玉是整個大觀園的首席詩人，最有天才的詩人，因此也可以說是林黛玉天才的芳香。這是我的悟證。悟證不可以證明，但也不可以證偽。就像上帝的存在，不可以證明，也不可以證偽。這就是悟證，是直覺的方法，也可以說是莊子的方法而不是惠施的方法。我們知道，莊子和惠施是朋友，兩個都能當宰相，但是莊子不當，惠施當。一天兩人在橋上觀魚，莊子說：你看魚很快樂。惠施說：你不是魚，怎麼知道魚很快樂？這實際是兩種思維方式的論辯。莊子的方法是直覺的，惠施的方法是邏輯的。我用的是莊子的方式，用直覺方式替代邏輯方式。這並非沒有道理。世界上本有兩種不同的基本知識類型，也可以說是兩種不同的真理。一種是啟迪性真理，一種是實在性真理。實在性真理是科學真理，需要邏輯，需要思辨，需要分析。啟迪性真理則沒有邏輯過程與思辨過程。實在性真理可稱作雅典的真理；啟迪性真理可稱耶路撒冷的真理，我用的是耶路撒冷的方式，用悟證代替論證、實證。「紅樓四書」中有六百段悟語，一段五百字左右，都是「明心見性」的直覺之語。

第三是我的創作態度發生了根本變化。我對《紅樓夢》的閱讀和講述再也沒有任何外在的目的，我寫這些書不是為了評職稱，也不是生命的點綴品，完全是一種生命的需要，心靈的需求。我有一個年輕的朋友，就像我的子弟一樣，在北大讀書時常常到我那裏翻閱我的書，他叫王強，有人可能認識。我們在市場上可買到《王強口語》，這是他的英語錄音帶。他從美國留學回國後就到北京新東方英語學院當副校長，英文中文都非常好，比我小二十幾歲，我的書請他作序，他有篇序文，談我的散文，他說劉再復（平時叫我劉叔叔）的講述包括散文和《紅樓夢》很像《一千零一夜》裏面那個波斯宰相的女兒。我們知道那宰相女兒講述一千零一夜的故事是為甚麼。因為國王發現皇后跟一個奴隸私通，非常憤怒，決心要報復一切女子，於是每天晚上跟一個女子睡覺，然後第二天就把她殺掉，讓她再沒有機會去跟別的男人談情說愛，很殘忍。這宰相女兒為了拯救女性姐妹，自告奮勇嫁給國王，嫁後就給國王講故事，每天晚上講一段，講得非常精彩，但沒講完，國王想再聽下去，就不殺她，第二天繼續講，又沒講完，講了一千零一夜。他說劉再復的講述很像這個宰相的女兒，講述的目的是生命的需求，是活下去的需求，不講就沒有明天，完全沒有外在的功利目的。這就是我的講述態度，我的寫作態度。

接下去我要講正題了，講《〈紅樓夢〉的哲學要點》。

《紅樓夢》是部文學書，怎麼講哲學？我個人興趣廣泛，對文史哲都非常喜歡，我追求能夠把學問、思想、文采打通，把文學、歷史、哲學打通，我覺得在人文領域裏，文學代表精神的廣度，歷史代表精神的深度，哲學代表精神的高度，三者如果能結合起來最好。過去談《紅樓夢》，似乎缺少從哲學高度着眼。我認為文學有三個大要素：第一是心靈，第二是想像力，第三是審美形式。文學批評要考察兩個方面：一個是它的精神內涵，一個是它的審美形式。考察精神內涵就必須借重哲學高度，《紅樓夢》哲學和通常的哲學不一樣，通常的哲學訴諸邏輯，訴諸概念，《紅樓夢》的哲學則訴諸意象，訴諸形象。接下去我談《紅樓夢》的五個哲學要點。

第一個要點是大觀視角。我們知道《紅樓夢》裏有一個大觀園，大家都談大觀園，但是沒有人從大觀園這個名詞裏抽象出大觀的眼睛，大觀的視角，我把它抽象出來了。只有具備視角才能稱作哲學。我認為哲學和思想最大的區別是哲學一定要有視角，思想則不一定，我們要求文學作品要有思想性，比如《儒林外史》有思想性，但不見得有哲學，因為它沒有大視角。但《紅樓夢》有哲學，因為它有視角，我概括為大觀視角。這個大觀視角如果用愛因斯坦的語言來表述，便是宇宙的極境眼睛，站在宇宙的高處看世界，從宇宙的極境看地球、看人，地球只是一粒塵埃，一個人更是一粒塵埃，所以我們永遠要謙卑。但是我們不必悲觀，因為這粒塵埃跟着整個宇宙結構在運行，我們可以在運行中創造意義。我讀「六經」後發現，諸經在這一點上是相通的。《金剛經》把人類眼睛分為五種：天眼，佛眼，法眼，慧眼，肉眼。大觀的眼睛就是天眼。《金剛經》為何了不得，因為它用天眼，即用宇宙的極境眼睛來看世界。裏面有兩句話很重要：「恒河沙數，沙數恒河。」我們一個人怎麼界定自己的位置？恒河邊上那麼多沙子，我們只是其中的一粒沙子，可是恒河本身在宇宙裏有多少呢，沙數恒河。後來讀《莊子》，再次發現這個相通點。莊子在《秋水》篇裏講到，有好幾種眼睛，它用「觀」這一概念，觀便是視角。莊子把觀分為道觀、物觀、俗觀、差觀、功觀、趣觀。也可以說是道眼、物眼、俗眼、差眼、功眼、趣眼。最重要的是道眼，道眼就是大觀眼睛、大觀視角。《逍遙遊》用道眼看世界，就分清了大知與小知。《紅樓夢》正是用大觀的眼睛看世界，才發現人生不僅有悲劇性，而且有荒誕性。《好了歌》便是荒誕歌，它說：「世人都曉神仙好，唯有功名忘不了，古今將相在何方，荒冢一堆草沒了；世人都曉神仙好，只有金銀忘不了，終朝只恨聚無多，及到多時眼閉了……」人生那麼短，可是人們卻只知追名逐利，追求無窮盡的財富，無窮盡的權力，不知到地球上來一回要甚麼，用大觀眼睛看，這是荒誕的。王國維只講《紅樓夢》的悲劇，我再開掘另一個層面，荒誕劇的層面，為王國維的《紅樓夢評論》作點補充。

我們知道王國維五十歲就跳水自殺了，他是我國近代史上一個先知型的天才。他第一個用叔本華哲學觀照《紅樓夢》，做出結論：《紅樓夢》是悲劇的悲劇，是最深刻的悲劇。這是很了不起的。每個人都是很豐富的，尤其是大名人，不是那麼簡單的。王國維也很豐富複雜，他在政治上確實很保守。近代三個拒絕剪辮子的學者，都很有才能。一個是王國維，一個是沈曾植，還有一個是辜鴻銘，拒絕剪辮子，確實很保守。後來張勳的辮子軍到北京，王國維確實還和辮子軍勾勾搭搭，可是王國維的學術眼光、學術方法卻是最先進的，他把德國最先進的哲學康德、尼采都引進了，還引進了叔本華用以解說《紅樓夢》，這給我們很大的啟發，可是他只說《紅樓夢》是悲劇，沒有說《紅樓夢》也是荒誕劇，《紅樓夢》寫出人生的荒誕。我在台灣東海大學演講的時候特別聲明一下，你們不要覺得我狂妄，給王國維作補充，他寫《紅樓夢評論》時才二十幾歲，我現在都已六十幾歲了，為甚麼就不能補充？大觀視角，這是《紅樓夢》哲學第一要點。

第二個要點是心靈本體。這也是《紅樓夢》的主題，《紅樓夢》的根本。主體、本體是哲學的重大概念，甚麼是主體？主體就是人、人類，那麼本體是甚麼意思呢？本體就是根本、根源、最後的實在。最後的實在是甚麼？也就是最重要的是甚麼？《紅樓夢》告訴我們，最後的實在是心靈，心是最根本的東西，這就叫做心靈本體論。《紅樓夢》不講政治本體、歷史本體、上帝本體，只講心靈本體。《紅樓夢》是一部大心學，是王陽明大心學之後最偉大的一部心學。當然跟王陽明心學不同，王陽明心學訴諸思辨，訴諸概念，曹雪芹的心學則訴諸意象，訴諸形象，但都是心學，《紅樓夢》最後的部份（第一百一十七回），有個非常重要的結尾，具有深刻哲學意味與心學意味的形而上結尾。這非常重要。所以我不否定高鶚的續書，不完全否定。儘管從境界上說，高鶚的後四十回不如前八十回，有很多問題。但也有它的長處，最重要的是凸顯了心靈本體。最後要結束時，賈寶玉快出家了，有天他身上帶的玉丟掉了，他的妻子薛寶釵還有襲人兩個慌張得不得了，到處找。寶玉笑她們說：「你們這些人原來重玉不重人哪。」這是一句話，另一句是：「我已經有了心了，還要那玉何用！」這是驚天動地的宣言。心比所有的物質都重要，也比玉重要。心才是根本。台灣哲學家牟宗三先生特別欣賞後四十回，恐怕正是因為他感受到其中的心學意味。《紅樓夢》和王陽明的概念性心學不同，它訴諸形象，塑造了一個主人公賈寶玉，他是心靈的象徵，心靈的載體。賈寶玉這顆赤子之心，可以說是整個人類文學裏面最純最真的心靈，太純太美了。賈寶玉是個富貴嬰兒，他的很多故事是兒童少年時期發生的，第一次賈寶玉和林黛玉見面時才七八歲，兩個人好像在談戀愛，其實是童年時期。我把寶玉的心靈稱作嬰兒宇宙，嬰兒宇宙是從英國物理學家霍金那裏拿過來的。他有個猜測，說我們這個無邊的宇宙裏面可能派生出一個嬰兒宇宙。我這個嬰兒宇宙概念跟他沒甚麼關係，我只是借用他的概念（吳忠超先生把霍金的一部文集譯為《黑洞與嬰兒宇宙》），賈寶玉的心靈可以說是個嬰兒宇宙。王陽明說「吾心即宇宙，宇宙即吾心」。我一直認為有個外宇宙，就是我們看到的大自然外宇宙，還有一個內宇宙，即我們的心靈宇宙，那也是無邊的存在。《紅樓夢》塑造的心靈就是嬰兒宇宙。它有好幾個特徵。第一個是這心靈絕對沒有遮蔽，絕對沒有面具，絕對真。賈寶玉最怕的是甚麼東西？大家注意了沒有？有一天他到寧國府，秦可卿帶他去她的臥室睡覺，一進去看到裏面一副對聯：世事洞明皆學問，人情練達即文章。他看了以後嚇死了，趕緊跑。因為他很純真很天真的心靈容不得世故的東西，圓滑世故對他來說是最可怕的。他拒絕世故，沒有世俗人所具有的負面生命機能。他沒有仇恨機能，沒有嫉妒機能，沒有貪婪機能，沒有猜忌機能，甚至沒有算計機能，完全不懂得算計。他對他的兄弟姐妹都很愛，探春要出嫁，他哭了，受不了。他愛探春這個姐妹，可是對探春發出過微詞，唯一的一次微詞。探春管理家庭就要精打細算，這有她的道理，要持家完全不算賬怎麼行。那些荷葉那些花是可以值一點錢，一朵花一片荷葉都要拿去賣錢，賈寶玉對探春的這種做法很反感。我想到俄國哲學家講過一句話：「上帝是藝術家不是數學家。」賈寶玉的心靈是基督心靈，不懂算計，不長心機，完全是真心，完全是本心，完全是赤子之心。所以我把賈寶玉界定為準基督，準釋迦牟尼，就是快成基督，快成釋迦牟尼了。釋迦牟尼出家之前是甚麼樣子呢？就是賈寶玉這個樣子；賈寶玉出家後會是甚麼樣子？可能就是釋迦牟尼的樣子。把心靈塑造得這麼純潔這麼純淨這麼純粹真是極少見的。

我的一個忘年之交、左翼作家、非常了不起的作家聶紺弩，他去世後把他一生積累的九箱線裝書全都送給我。他被打成胡風分子，被打成右派分子，文化大革命中因為罵江青、罵林彪又被打成現行反革命分子，坐牢。當時坐牢允許他做的一件事就是讀《資本論》，他把《資本論》讀了四遍，有幾千個批條。後來把《資本論》交給我，臨終前交給我，還有在監牢裏寫的字也交給我。出獄後雖是全國政協委員，但身體不好不能去開會，整天皮包骨坐在床角讀寫《紅樓夢》，有天發燒到攝氏三十九，還不肯去醫院，他的太太周穎大姐還有很多朋友叫他去，他絕對不肯。周穎大姐說要去找再復，我過去說：「聶老，你這次一定要進醫院。」他對我說了一句話，手還抓着床，他說：「再復，我跟你說，只要讓我把《賈寶玉論》這篇文章寫出來，你們把我送到哪裏都可以，怎麼處置都行。」就像春蠶吐絲要把最後一縷絲吐出來才能死而瞑目。這句話給我很大震撼，所以我一定要把《賈寶玉論》寫出來。賈寶玉到底是甚麼，賈寶玉的優秀之處了不得之處在哪裏？我明白了，了不得之處就是那顆心靈。賈寶玉除了人性之外身上還有一種神性，所以他不會被世俗的灰塵所污染。他不僅沒有敵人，心目中也沒有壞人。他有一種很獨特的心性是我們很難具備的，他做人不在乎人家對我怎麼樣，重要的是我怎樣對待他人。他父親把他往死裏打，打得血肉橫飛，但他對父親沒有任何怨言。重要的不是父親怎麼打我，重要的是我怎麼對待父親。還有趙姨娘和她兒子賈環，也就是他的弟弟，兩個老是要加害他，賈環甚至把燭台推過去想要燒壞他的眼睛，他媽媽王夫人很生氣，寶玉立即跟他媽媽講，你千萬不要去告訴奶奶，就說是我自己弄傷的。重要的不是他人怎麼對待我，而是我怎麼對待他人，這樣的心靈多麼美。《紅樓夢》創造了世界文學前所未有的最有詩意的心靈，最純正最純潔的心靈。所以我說賈寶玉的眼睛是開天闢地創世紀第一個黎明的嬰兒的眼睛。

第三個要點是中道智慧。

甚麼叫中道智慧，我等會兒再說。我先說一點個人狀態以告慰母校。我喜歡曾國藩的一句話：黎明即起。曾國藩怎麼那麼用功？他在統帥三軍與太平天國打仗的時候，還寫了那麼多日記、書信，他告訴子弟不能睡懶覺，要「黎明即起」。我受其啟發始終堅持這一點，就是黎明就起床。享受黎明不光是爭取一兩個小時時間，主要是精神狀態。用功讀書。甚麼書我都愛讀，盡可能閱讀，盡可能吸收。我讀書後發現地球上最了不得的文化高峰有三座：一是西方哲學，二是大乘智慧，三是我們中國的先秦經典。這三個絕對是奇峰，絕對是巔峰，了不得，顛撲不破。走遍世界我們會發現人文傳統最發達的是兩處，一個是歐洲人文傳統，一個是中國人文傳統。中國把大乘佛教中國化以後變成禪宗，接受大乘智慧，中國擁有大乘智慧，更是擁有先秦智慧，孔孟老莊這些先秦經典了不得。這些經典都帶有天地元氣。我的工作是盡可能把這三座奇峰的血脈打通。後來我發現三座文化高峰有個相通的大智慧，這就是中道智慧。三峰都把中道智慧看成最高境界。中道智慧如果用很通俗的語言表述，就是不要走極端，不要偏執，就是確認兩極對峙中有一中間地帶。西方哲學最高的水準由康德體現。康德最了不得的地方是提出四大悖論，悖論其實就是中道。哲學上有三個名詞，一個是矛盾，一個是悖論，一個是二律背反，其實本來是一個意思。毛主席寫《矛盾論》，「矛盾」這一概念比較通俗，再學術一點就是悖論，更學術化就是康德所說的二律背反。悖論是甚麼意思？就是兩個相反的命題都符合充分理由律。比如我講性格組合論，說劉再復很用功是對的，說劉再復很懶惰也是對的。不同情境下會有不同。我講性格組合論也是講性格運動的悖論。康德很了不起，他說上帝是一種情感，一種信仰，一種心靈。說上帝存在是有道理的，說上帝不存在也是有道理。這是悖論。說上帝不存在，為甚麼對？因為沒有辦法用邏輯用思辨證明上帝的存在，所以它不存在，可是你如果把上帝作為一種情感，作為一種心靈，它就存在。就像孔夫子所說的「祭神如神在」。我比較相信這種說法，所以我寧可把上帝作為形而上的假設。我的小女兒信基督教，有一次給我抄稿子看到我說上帝是一種形而上的假設，很生氣，從房間裏跑出來說：「爸爸，你說上帝是形而上的假設，不對，他是真實的存在，我現在不給你抄了。」我恰恰覺得兩個命題都有道理，存在，不存在，都有道理。這是中道。這實際上是很高的一種智慧。而中道智慧本來出自大乘佛教，是大乘佛教的祖師龍樹在他的《中論》中提出來的。龍樹在印度已被立了廟，他有很多著作，創中觀學說，講中道智慧。

中國的佛教有很多宗，但最重要的有八個宗：天台宗、淨土宗、華嚴宗、三論宗、禪宗、律宗、密宗、唯識宗等，共同崇奉一個祖師就是龍樹，他最著名的著作是《中論》，這個中道講起來很長，但是最重要的觀念是講俗諦與真諦兩者都各有道理，所謂俗諦就是世俗生活，就是我們要吃飯要衣食住行。我們必須生活，所以世俗要求是合理的，這叫世間法。但是人生除了衣食住行以外還要創造意義，也就是要從衣食住行中跳出來一下，從世間法裏超越出來，回歸本真本然，這叫做真諦。俗諦與真諦都符合充分理由律，這也是悖論。俗諦是世界原則，真諦是宇宙原則，兩者都有它的道理。我國的先秦經典，也講中道，最直接的是講中庸、中和，但是中道比中庸還要更高一點，因為中庸有時不得不和稀泥。中道則超越出來，在更高的哲學層面上來看善惡、是非衝突的雙方，用悲憫的眼睛來看衝突的雙方，中國的陰陽互補、儒道互補實際上也是一種中道。《紅樓夢》很了不得，中道浸透了整個小說文本，一開篇賈雨村談的哲學就是曹雪芹的中道哲學，通過賈雨村說歷史產生兩極，即大仁與大惡，但是《紅樓夢》所寫的是第三種人性，不是大仁不是大惡而是中性人、中道人，一開始就講這個，浸透《紅樓夢》的哲學是「假作真時真亦假，無為有處有還無」，超越世間的是非、善惡、好壞這樣一些標準，不是說完全不分善惡，而是站在更高的層面上來觀照善惡，對衝突的兩端都給予理解的同情，這一點只能靠我們自己去感悟。

我在「紅樓四書」裏面講的一句話，有些年輕朋友給我寫信說不太好理解。我說《紅樓夢》是一部無是無非無善無惡無好無壞無因無果的藝術大自在。我說它是一種超越的存在。賈寶玉本身是一個中道的載體，所以他心目中沒有壞人。那個薛蟠，我們會覺得他是壞人，他在《紅樓夢》裏是慾望的化身，可是寶玉跟薛蟠可以成為很好的朋友，可以跟他一起唱和。當時連他的媽媽都罵他很壞，（賈寶玉）他不，他老是替他說話。賈寶玉這個人五毒不傷。「我不入地獄誰入地獄」對我們來講很悲壯，但對賈寶玉來說入地獄也沒甚麼可怕，很平常，因為他五毒不傷。他甚麼人都可以交往。中道帶來不二法門，給禪宗帶來一個最基本的思想源泉就是不二法門。到了禪宗六祖慧能發展到極端就是不二法門，把定和慧這兩個東西統一了，不二了。體現在《紅樓夢》裏不二法門最了不得的就是賈寶玉作為貴族子弟，他不分貴賤，「身為下賤，心比天高」，晴雯在當時的地位是甚麼？是一個女奴隸。可是賈寶玉對她評價那麼高。《芙蓉女兒誄》把一個女奴當作天使來歌頌：「其為質則金玉不足喻其貴，其為性則冰雪不足喻其潔，其為神則星日不足喻其精，其為貌則花月不足喻其色。」把女奴視為最美最純最高貴的女子。這便是不二法門。我們講平等，經濟上的平等是不可能的，是永遠的烏托邦。我們講的平等只能是人格的平等與心靈的平等。《紅樓夢》講的就是人格平等與心靈平等。擁有貴族的身份地位，但可能人格很差，像賈赦、賈蓉、賈璉等，全都髒兮兮的，可是這些女奴，那麼美那麼乾淨，賈寶玉把她們看成天使。賈寶玉有個綽號叫「神瑛侍者」。侍者是甚麼意思呢？用我們今天的話來說就是服務員。寶玉就是神瑛、神花、美好女孩子的服務員。晴雯、襲人本來是他的女奴隸，他反過來老要向她們獻殷勤，老要替她們做事，所以是神瑛侍者。我去年在台灣參加文學高峰會，曾經用這個詞組讚揚台灣詩人瘂弦，我覺得他是個神瑛侍者。他本來詩就寫得非常好，可以說是台灣最好的詩人，後來當《聯合報》副刊主編，每天都要讀稿，寫幾十封信給年輕作者，培養了很多年輕作家，把最寶貴的生命都消耗在這裏。後來很多作者都成長起來，變成神瑛了，他就是神瑛侍者。像蔡元培校長，他也是神瑛侍者。好的老師，好的校長，都是神瑛侍者。我們應該當神瑛侍者。賈寶玉完全超勢利，不分尊卑貴賤，只看心靈，不看門第，這便是不二法門。《紅樓夢》的不二法門用熊十力先生的語言表述叫做「泛不二法門」，泛到天上人間，天人合一，物我同一。賈寶玉常對星星發呆，癡癡地看着燕子、魚兒，把情推向大自然的萬物萬有，這些都是泛不二法門。佛教的不二法門到最後還打破了人和生物的界限，大慈大悲，所以才有捨身餵虎的故事。賈寶玉最後也是這樣。佛教的四無量心（慈無量心，悲無量心，捨無量心，喜無量心）這些對賈寶玉來說都是無師自通的。

中道智慧還體現在《紅樓夢》的整體文本裏，過去沒人講過《紅樓夢》怎麼看人類，怎麼發現人。從這個角度上說，曹雪芹也很了不起，它看人的整體也是中道的，這個中道非常了不得。我們知道西方的文藝復興是一次對人的發現的偉大運動，重新發現人，從中世紀的宗教統治裏面走出來，重新肯定人的尊嚴與價值。他們的策略是復古，回到古希臘，實際上是重新發現人。大家都知道這是發現人的了不起，發現人的卓越、人的優秀、人的偉大。莎士比亞的哈姆雷特用人間最美好的語言來歌頌人，說人是甚麼呢？人是宇宙的精英，是萬物的靈長，是學者的辯舌，是軍人的利劍。一切好的詞彙都用來歌頌人。大家都知道西方社會曾經有這樣一次人的發現，可是常常忘記西方對人還有第二次發現，第二次發現是十八世紀醞釀到十九世紀完成，到叔本華才完成。叔本華發現人沒有那麼好，發現人的荒誕，人的脆弱，人的黑暗，人的醜陋。叔本華說有一種魔鬼在人身上，就是人的慾望，這個慾望永遠不能滿足，一個慾望滿足了，新的慾望又來了，永遠在惡性循環，人不是天使，不能掌握自己，完全被魔鬼所掌握，這便是悲劇之源。這是第二次對人的發現。後來的現代主義思潮，就從這裏開始。兩次人的發現都是極端的，一個說人好得不得了，一個說人沒那麼好。《紅樓夢》把握中道。曹雪芹既把人寫得非常好，就像天使，你看他寫那些女子，林黛玉、薛寶釵、晴雯等，哪一個女子不是美得極致，「女兒」這兩個字比神還有份量。曹雪芹塑造了一系列詩意生命，詩意的女兒。我跟女兒在對話時說，可用康德的那個公式來形容。康德是「天上星辰，地上道德律」，《紅樓夢》則是「天上的星辰，地上的女兒」，女兒是少女，詩意女子。曹雪芹塑造美的生命登峰造極了，世上少見，除了莎士比亞，無人可比，所以我和李澤厚先生認為，如果要評一千年誰是最優秀的作家，那就是西方的莎士比亞，東方的曹雪芹，兩家共同的特點都是塑造一個最美的詩意女子系列。《紅樓夢》可以說是詩意女子詩意生命的輓歌，這是一方面，但另一方面呢？它又發現人沒那麼好、人有很多問題的這一面，這一面也寫得非常好。像趙姨娘，像賈赦、賈蓉、薛蟠等沒落貴族。這一批人，非常髒，非常無恥。但是曹雪芹並沒有把他們寫成魔鬼。他們也有人性的掙扎，不是絕對壞。所以魯迅先生說《紅樓夢》打破了中國小說把好人寫得絕對好、壞人寫得絕對壞這種格局，把人的豐富性表現出來了。他把西方兩次人的發現都涵蓋在裏面，很了不起。這是我講的第三點，中道智慧。

第四個哲學要點是靈魂悖論。以往的《紅樓夢》研究太意識形態化，老講封建與反封建的鬥爭，認定薛寶釵和賈政代表封建的力量，林黛玉賈寶玉代表自由的力量，兩種力量不可調和，把薛寶釵跟林黛玉完全對立起來。其實薛寶釵和林黛玉是兩種不同美的類型，對賈寶玉來說，他兩個都愛，怎麼解釋這個問題呢？用哲學上來把握就是靈魂的悖論。薛寶釵和林黛玉確有衝突，但這是賈寶玉靈魂的悖論，也可以說是曹雪芹靈魂的悖論。賈寶玉是曹雪芹人格的化身。中國文化有兩個大血脈，一脈是重倫理、重秩序、重教化，這一脈以孔孟為代表為發端，另外一脈則是從老子莊子到禪宗，這一脈是重自然重自由重個體生命，兩脈都有道理。中國文化像一個大機體，有動脈有靜脈。重秩序重倫理重教化可稱作動脈，另一個是靜脈。

二零零六年我到台灣中央大學去客座，在桃源機場的時候校長劉全生問我，你這回講些甚麼？我說你們現在講些甚麼？他說我們的學生現在整天都在背四書五經。我說我這回正好可以給你們補充一下，四書五經講的是重倫理重教化重秩序，我可補充一下，這次帶來「我的六經」，講《山海經》、《道德經》、《南華經》、《金剛經》、《六祖壇經》、《紅樓夢》我的《聖經》。講重自然重自由重個體，現在你們背的是靜脈，我補充的是動脈，或者你們的是動脈我的是靜脈，這樣就更完整了。他很高興。

確實是這樣，這兩個都有道理，可以互補。薛寶釵是甚麼載體？是重教化重倫理的孔孟載體，她投射的是儒家文化，林黛玉相反，投射的是莊禪文化，這就形成一種悖論。儒家重倫理重教化的文化，化為個體的生命就是薛寶釵，她應該是儒家文化的精彩極品，是儒家文化美的極致。林黛玉屬於莊禪文化，也是精彩極品。賈寶玉常常在她們兩個人之間徬徨、徘徊，只不過在當時的天平上他更傾向於林黛玉，因為在家庭專制的語境下，也就是重秩序重倫理太沉重的語境下，他更傾向於林黛玉，就是要強調重自由重個體，寶黛偷看《西廂記》就是這個道理。相反的兩個人物形象所負載的思想都是有道理的。過去講林黛玉是個悲劇，沒想到其實薛寶釵是更深刻的悲劇，都是悲劇。林黛玉的悲劇我就不用多講了，王國維講得最好。如何造成悲劇？是共同關係的結果，不是哪個蛇蠍之人不是甚麼壞蛋把她害死的，是最愛她的一些人共同關係的結果，是無形中的一種共同犯罪，包括賈母、賈寶玉無形當中進入一種共犯結構，構成無罪之罪，不是法律上的罪是情感上良心上的罪。王國維很了不起，他揭示了悲劇乃共同關係的結果，但是他只說林黛玉的悲劇，沒有說薛寶釵的悲劇，其實薛的悲劇是更深刻的悲劇。我們注意一下，薛寶釵吃甚麼藥？她吃的是冷香丸。《紅樓夢》把她界定為冷人。

我的「紅樓四書」第三本叫《紅樓人三十種解讀》，這是我讀書當中的一個發現。發現《紅樓夢》裏面有一百多種共名，這是曹雪芹的概念，甚麼通人啦，甚麼冷人啦，甚麼怯人啦，甚麼鹵人啦，富貴閒人啦，還有檻外人等等，一共一百多種，我選了三十種最有代表性的共名來解讀，解讀到薛寶釵的時候有兩個概念。最適合於她的，一個是通人，一個是冷人。外頭有兩個說書的到賈府來，看到薛寶釵，說趕緊躲開。她是個冷人，表面上很冷，而且吃冷香丸，可是薛寶釵的悲劇就在這，她的內心是熱的，因為內心太熱了才需要吃冷香丸去調節，也就是說她的悲劇是把自己青春的火焰、生命的火焰、情愛的火焰硬用冷香丸壓下去，這是更深的悲劇。別看林黛玉老流眼淚，這說明她的痛苦在不斷地宣洩，而薛寶釵沒地方宣洩，硬是用冷香丸把它壓下去，這實際上是更深的悲劇。曹雪芹把兩種不同類型的悲劇都寫出來了，他沒有把薛寶釵寫成封建主義的代言人，不是那麼簡單。論證的時候如果用意識形態的語言去套就會產生很大的問題，用一種概念去套豐富的心靈，就會變成一種假敍述，提出的問題是假問題，不是真問題。過去文學研究所的俞平伯老先生說中國人看《紅樓夢》時常有擁黛還是擁釵之分，爭論起來往往拳頭相向，褒此抑彼，勢不兩立，其實兩者恰恰是曹雪芹的靈魂悖論。

《紅樓夢》的第五個哲學要點是澄明之境。我在《紅樓哲學筆記》裏面有一篇論述澄明之境。現在時間已到，不能細講了。我用兩分鐘簡單地說一下，所謂澄明之境，乃是從無明之地進入有明之境。即從黑暗轉向光明。這是佛家的說法。海德格爾講述澄明之境，其實也是講去掉遮蔽（「去蔽」）走向光明的道理，在他看來，澄明的瞬間乃是在「無家可歸」的迷惘中突然找到「家」、找到心靈存放之處的瞬間。這與禪宗的去「執」、與中國的天人合一均能相通。《紅樓夢》重新定義鄉境、止境、幻境、詩境等，都破了「法執」抵達澄明之境。時間已經到了，我今天就講到這裏。

最後我要說，就是這個大禮堂給我一個很深刻的印象，一九六二年老詩人郭沫若到這裏訪問，當時我們系裏的老師讓我來會場見見郭老，所以印象非常深刻。那天我就坐在底下聽郭老演講，郭老的演講很短，但最後的情景我記住了。郭老高喊：廈門大學萬歲！所以我今天也要高喊：母校，廈門大學萬歲！

主持人：謝謝劉再復先生，劉再復先生精彩的演講先到這，接下來是講座的互動環節，時間二十五分鐘。為維護好講座的秩序，請大家提問前先舉手，被選之後再發言。我還要加一句，不要陳述自己的觀點，直接提問題。好了，我們現在開始。

女學生：劉教授，您好。我是二零零八級外文學院英語系學生，之前我看過您的《紅樓夢悟》，您提到《紅樓夢》裏各種轟轟烈烈的死或者悲慘淒美的死，那麼，您認為《紅樓夢》是以死為鏡，然後更加體現了女子為清、男子為濁這樣的一個世界的真相。剛才您的講述中又談到俗諦和真諦，在現實生活中也遇到很多如此轟轟烈烈的女子，她們往往不被世人所理解。今天希望劉教授您能夠借此機會寄語一下中國當代的知識女性，謝謝。

劉再復：《紅樓夢》書名本身帶着夢，展示的是一場夢。像賈寶玉、林黛玉這種理想人物在現實生活裏面是很難找到的。現實社會中如果真的有像林黛玉、晴雯這麼美的女子就好了，可惜她們只是夢中人。《紅樓夢》裏面有個很重要的概念就是夢中人，哪些人物是賈寶玉的夢中人？鴛鴦、襲人、晴雯她們的夢中人是不是就是賈寶玉？還有秦可卿的夢中人是誰？這些都要悟證，很難實證。在現實生活裏，你剛才所說的知識女性確實很難被理解。「五四」運動一個最重要的成果就是知識女性走向社會，也就是林黛玉、薛寶釵們走向社會，走向社會之後就變成張愛玲了。張愛玲確實比較幸運，但她的現實人生也很艱辛。現在很多知識女性充滿人生困境。我的大女兒劍梅現在在美國當副教授，我常常嘲笑她，你整天講女權主義、女性主義，整天講女性解放，最後的結果是三肩挑，她現在叫苦，說三座大山壓得她喘不過氣來。她說，爸爸，現在三座大山壓在我身上，一座是教學，一座是研究，還有兩個孩子是兩個歷史人質。這是人生的困境人性的困境。現代知識女性充滿困境，負擔非常重，所以對現代知識女性我們要加倍尊重。我在文學研究所當所長的時候，全所二十五個學術委員竟然找不到一個女性的學術委員。我當時思想比較開放，想找一個，找來找去還是找不到。外國文學研究所倒是找到兩個，一個是錢鍾書先生的夫人楊絳，還有一個朱虹。文學所一個也沒找到，為甚麼呢？她們的負擔太重了，肩上的擔子太重了。曹雪芹把女子理想化。但世俗層面跟夢的層面很不同，總的來說，我們對現代女性的艱難困境特別是對她們的奮鬥精神要格外尊重。

主持人：下一個問題，那位男同學。

男學生：劉教授，您好。我想問一個問題，就是在網上看到廣電局禁止去翻拍四大名著，我不知道這個消息是不是真的，如果有這個問題，我想問的是對這種行政力量去干預傳媒的做法您有甚麼看法？再一個就是大眾傳媒在傳播古典文化當中應該扮演甚麼角色？

劉再復：具體的情況我不太了解，四大名著都已經拍成電視連續劇了。《紅樓夢》已經拍了兩次了，第一次拍的《紅樓夢》電視劇我看了，總的印象很好，只是結尾不太好。《紅樓夢》小說文本的結尾是形而上的結尾，而電視連續劇變成形而下的結尾。第二次拍的《紅樓夢》電視劇，整體水平或者說整體美感似乎不如第一次。四大名著搬上舞台，把它電影化，這都是天經地義的。問題是我們要怎麼拍？我一直有個看法，不要籠統講四大名著，我一直把它分開。我把《紅樓夢》和《西遊記》看成是中國的原型文化，把《三國演義》、《水滸傳》看成是偽型文化，這是德國思想家斯賓格勒在《西方的沒落》裏面的概念。所謂偽型文化就是原型文化的變形，比如說原型文化《山海經》中的英雄都是建設性的英雄，救人的英雄，為人類造福為我們民族造福的英雄。到了《水滸傳》、《三國演義》，英雄就變成殺人的英雄、破壞性的英雄，變質了。《紅樓夢》一開篇就連接上《山海經》，體現我國的原型文化。賈寶玉的心靈那麼美，完全是本心，完全是真心，可是《三國演義》卻處處是機心，《水滸傳》則處處是凶心，所以我要寫《雙典批判》，「雙典」就是兩部文學經典《三國演義》和《水滸傳》。我對它是進行文化批判，不是進行文學批評，因為從審美形式着眼，它們都是很了不起的作品，很傑出的作品，《水滸傳》把一百零八個英雄寫成一百零八種性格，光這條文學價值就非常高，可是從文化意識上看，雙典的價值觀有問題。《三國演義》的義氣變質，智慧變質，美變質，歷史變質。我把原型文化跟偽型文化分開。電影電視劇對人的心靈影響更大，更要注意。這兩部作品危害世道人心甚巨，對它的暴力，對它的機心，對它的手段，要特別警惕。怎麼拍，我不懂，我只希望對四部名著要有所分別，好了。

主持人：還有一點時間，還有同學提問嗎？

男同學：劉教授，您好。您剛才說到《山海經》，我想問您一個問題，也是您的一位好友，諾貝爾獎獲得者高行健先生曾經說過的一個問題，人在夢與醉之間能更明白文學的意義，您對此是怎麼看的？

劉再復：在夢裏是吧？

主持人：夢與醉。

男同學：您能否告訴我們一下他最近的行程。

劉再復：高行健一直認定，文學是最自由的領域，但在現實社會領域，在道德領域，在宗教領域，在政治領域，都沒有充分的自由，只有在文學裏面可以得到充分自由。文學超越現實，夢和醉實際上都是在超越現實。文學藝術讓人類在瞬間贏得對自由的體驗。高行健的自由觀講兩點：一是自由只存在於純粹精神領域；二是自己要意識到自由、覺悟到自由才有自由，也就是說，「我覺悟，故我自由」。他認定自由在自己身上，不在他人手中，自由不是他給而是自給。人可以通過精神價值創造現實自由。他說是禪宗拯救了他，因為禪宗是一個自救的真理。西方的基督講的是救世的真理，但東方的基督慧能講的是自救的真理。

最近的行程我可以說一下。他現在正在西班牙辦畫展，下個月我們兩個將一起到韓國去訪問，韓國有好幾個會，一個是高行健的國際討論會，我準備了一篇文章叫做《高行健思想綱要》，把他提供給世界的新思想概括一下。韓國有個古老的大學叫檀國大學，聘請我們兩個當碩座教授，相當於講座教授。所以我們兩個要一起到首爾。

高行健現在的作品已經翻譯成三十七種文字，他至少有一項功勞，就是把方塊字傳播得更遠。他得諾貝爾獎是我們母親語言的勝利，是倉頡造字的勝利，是方塊字的勝利。我們的祖國早晚會理解他。他把諾貝爾獎章的正章留下來了，另外還有兩個副章，一個送給法國，一個送給我，等到祖國充分理解他的時候，我會把我這個獎章交給歷史博物館，這畢竟是我國當代文學重要的一頁，當然，理解高行健需要有一個過程，不能急。

高行健太用功了，前幾年他大病一場，二零零五年和他見面時，他告訴我說他和死神剛剛擦肩而過，所以現在他甚麼都不能吃，只能吃素菜，油也特別，飯也特別，我到巴黎去看他的時候，我們吃肉他吃白飯，回美國後我跟李澤厚說行健吃這個東西，澤厚兄說，我如果像他這樣甚麼都不能吃，那我就自殺。

主持人：還有最後一個問題，那邊好像沒人提問。

男學生：劉教授我想問一下針對剛才講座的內容，您剛說的中道是一種無善無惡，而且您又說第二點是心靈的本體，您從中道角度來看，賈寶玉種種事情不是說他無惡這一方面，是說他不忮，五毒不侵。但是，如何去理解他無善的一面，到底在您心中賈寶玉是一種一心向善的神性呢，還是屬於無善無惡？我理解是一種渾沌狀態，如果是後者的話您怎麼去描述這種心靈？謝謝。

劉再復：我說的無善無惡是指超越道德境界而站在更高的境界去看善惡。馮友蘭先生把哲學境界分成四級。第一是自然境界，接近動物。第二是功利境界，接下去是道德境界，更高是天地境界。我的意思是說《紅樓夢》已抵達天地境界，中道屬於天地境界。站在天地境界來看道德看善惡，便是超越善惡。這不是說世俗社會裏面沒有善惡，而是說從更高的天地境界來看，對善惡衝突的雙方都投以悲憫的目光。

王國維的《紅樓夢評論》有一個很大貢獻是講中國文學有兩大境界，一個是《桃花扇》境界，一個是《紅樓夢》境界。《桃花扇》境界他用三個詞來表述：政治的、歷史的、國民的；《紅樓夢》境界則是宇宙的、哲學的、文學的，宇宙境界便是天地境界。我說的無是無非、無善無惡，就是超越了道德境界而進入更高的天地境界、審美境界，即王國維所說的宇宙境界。

主持人：請學生給學長獻花。

尊敬的各位來賓，老師們，同學們，慶祝廈門大學建校九十週年「走近大師」系列講座劉再復先生的演講到此結束，謝謝大家。

「紅樓」真俗二諦的互補結構

——答劍梅問

一、關於賈寶玉的「神性」

劉劍梅：（以下簡稱「梅」）這次到北京過暑假，見到許多朋友，有您的老朋友，也有我的新朋友。談話中總是繞不開您的「紅樓四書」和《雙典批判》。有些朋友提到的問題，我回答不上。自己還沒想通、想透，不敢亂說。這回您到我這裏，正好可以給我再解開一點「疙瘩」。

劉再復：（以下簡稱「劉」）你儘管問。我很想知道朋友們提出一些甚麼問題。

梅：有一位朋友問，你父親說他並不把《紅樓夢》作為研究對象，卻寫出了四部帶有很強學術性的「紅樓四書」，這該怎麼解釋？

劉：我說過，我讀《紅樓夢》和讀其他書不同，完全沒有研究意識，也沒有著述意識，只是喜歡閱讀而已。也就是說，至少我的出發點，不是把《紅樓夢》作為研究對象，而是作為生命體認對象。

梅：作為「研究對象」和作為「生命體認對象」，兩者的根本區別在哪裏？

劉：作為「研究對象」，也就是作為純粹的批評對象，對於「對象」，只作客觀分析與價值評估，評論主體（也就是我）不作生命參與，不作情感參與。而作為「生命體認對象」，則一定是生命參與，情感參與。這不是純客觀的「冷靜分析」和邏輯推演，而是把自己的情感融入小說文本之中，用自己的心靈去感悟作品中的心靈。用何其芳的詩歌語言表述，叫做「以心發現心」。也就是和作品中的詩意形象「心心相印」，盡可能地打開小說人物靈魂的門扉，謀求抵達其靈魂的深淵。

梅：這種「生命體認」，是不是相當於「審美」？審美其實並不是「研究」，而是「體認」。

劉：不錯，我正是把《紅樓夢》作為審美對象，對整部作品尤其是其中的主要人物，只作審美判斷，不作政治判斷和道德判斷。在我看來，審美判斷，便是情感判斷。把《紅樓夢》作為生命體認對象，便是投入心靈去作情感判斷。像秦可卿這個人物，如果用道德判斷，就會判她為「淫婦」。而這種判斷的水平，只是焦大的水平，不是曹雪芹的水平。如果對秦可卿進行情感判斷，那就會覺得她很美，不僅有心有情，而且有膽有識，也是賈府專制門庭裏的一個「檻外人」。又如薛寶釵，如果用某些政治意識形態的準則去「研究」她，就會誤認為她是封建意識的載體，但如果用生命去體認，用感情去判斷，就會覺得她是與林黛玉相對應的另一種美的類型。她有「缺陷」，但也很可愛。

梅：審美判斷即情感判斷，這一論點，我以前還沒有聽您說過。剛才猛然一聽，覺得甚有道理。您在《紅樓夢悟》中曾說，就「精神內涵」而言，《紅樓夢》涵蓋「欲」、「情」、「靈」、「空」四大層面。王國維受叔本華影響，對「欲」講得比較多，強調的是慾望造成悲劇這一面，而對「情」、「靈」、「空」三個層面則講得不充分。有朋友問我，你父親講「靈」，是不是指「情性」之外還有「神性」？

劉：我的確是覺得《紅樓夢》的精神內涵中有佛性與神性的一面，就以主人公賈寶玉而言，他的人生過程是一個從欲到情，從情到靈，從靈到空的過程，這是悲歡歌哭的生活歷程，又是生命不斷提升、不斷感悟的過程，最後他悟到「空」而辭別家園。所謂悟到「空」是指悟到人生的各種色相沒有實在性，只有虛幻性。最後的實在是一顆「心」，至於心外的各種物，包括「玉」，全都是虛幻的。美麗絕倫的「十二釵」歸根結底是「太虛幻境」中的幻相，並非實相。《紅樓夢》中「空」的層面是哲學層面，有這一層面才有高度。而《紅樓夢》的深度則主要體現在「情」與「靈」的層面。我們說賈寶玉很有「靈性」，並不是說他極端聰明靈巧，而是指他有一種他人不可及的「神性」。林黛玉所以能成為他的知音，正是她看到這個「外不殊俗」的貴族公子卻有一種大脫俗的內心，也可以說是一般人性無法企及的「靈犀」與「靈明」。賈寶玉在你爭我奪的男權泥濁社會中，在沽名釣譽的國賊祿鬼的包圍中竟然能處污泥而不染，竟能拒絕加入追逐功名財富權力的濁流，竟有力量跳出席捲一切的潮流與風氣甘當一個「檻外人」，這正是超越一般人性的神性。

梅：您說過，賈寶玉乃是五毒不傷，世俗社會中的甚麼邪惡都浸入不了他的身心，這也是神性吧。

劉：對，這也是神性。處於榮華富貴之中，能不受榮華富貴的浸襲而始終保持質樸的內心，這是一般人能做得到的嗎？

梅：學術研究從根本上說，是一種理性判斷。但在具有神性的生命面前，理性顯得無能為力，此時您的「生命體認」就呈現出長處來了。

劉：不錯。理性不僅有限，即你所說的無能為力，而且常常不可靠。上世紀從五十年代到七十年代我國的《紅樓夢》研究，充滿政治「理性判斷」，但也充滿「理性獨斷」。在這種判斷之下，薛寶釵、賈政等許多人物都被本質化地判斷為封建主義衛士。使用意識形態理性，根本就無法理解賈寶玉。怎麼會有這麼一種生命，完全沒有世俗的仇恨機能、嫉妒機能、猜忌機能、貪婪機能，這種生命可能嗎？用理性很難回答，賈寶玉這種超世俗機能的生命如何可能？這很難用理性語言回答。只能說，賈寶玉天生有一種從大荒山無稽崖那裏帶來的特別的心性，「神瑛侍者」不同凡響的心性。這種天性，超乎一般人性，只能說是神性。

梅：您把寶玉比作釋迦牟尼，比作基督，稱他為準基督、準釋迦，也是指他具有神性嗎？

劉：是的，王國維說李後主具有釋迦與基督「擔荷人間罪惡」的心性，也就是說李後主具有神性的特徵。我作此比喻，要點是指賈寶玉有一種大慈悲精神。在他的心目中，不僅沒有敵人，也沒有壞人。在許多人眼裏，也許會認為薛蟠是壞人，趙姨娘是壞人，賈環是壞人，甚至王熙鳳是壞人，但賈寶玉心目中完全沒有這種概念。儘管趙姨娘母子一直在加害寶玉，但寶玉從未說過她母子一句壞話。他和薛蟠稱兄道弟，和薛蟠一起喝酒唱和，還為薛蟠遮掩罪過。佛教修煉四無量心，即慈無量心、悲無量心、喜無量心、捨無量心，寶玉四項全都無師自通，無修而成，你說奇怪嗎？這是天生而成的。「慈」的重心是關懷，悲的重心是悲憫，喜的重心是排除煩惱，捨的重心是放下功名利祿，這一切寶玉全都具備。甚麼是佛性，寶玉便是一部佛性的活字典。我所以把「情」與「靈」分開，也是為了強調寶玉有佛性的一面，《紅樓夢》有深邃的佛性內涵。情的核心是「愛」，靈的核心是「慈悲」。慈悲的境界比愛的境界高。愛的對立項是恨，愛恨總是一體，有愛就有恨，即所謂愛恨交融。而慈悲絕對沒有恨，它超越愛恨而寬恕一切人，悲憫一切人，甚至悲憫一切生物。賈寶玉有很深的愛，無論是對待戀情、親情還是對待友情、世情，他都很真摯，但他更為難得的是在種種情感中，他從未有過怨恨、猜忌、嫉妒等，而且把真情感推向一切生命、推向全宇宙。地上魚兒，天上鳥兒，畫中美人兒，他都投下自己的真情感。

梅：欲是人性，情也是人性，慈悲則帶神性。賈寶玉確實擁有大慈悲之心。在他的心目中，完全沒有等級觀念，貴夫人與丫鬟，王子與戲子，在他心目中都是一個樣。

劉：你說的很對，他完全沒有等級觀念，沒有高低之分。他的「不二法門」，不是理念，而是心性。我說他把禪的不二法門貫徹到人際關係中，這是我的分析，而對於寶玉來說，他並沒有先驗的「不二法門」的預設。在他的天性中，人天生就是平等的。在等級社會中，人們所處的社會地位不同，這種情況很難改變，可能永遠無法改變。我們過去的「革命」就想改變這種狀態，以爭取經濟地位、社會地位的「平等」。看來，這是烏托邦，即永遠不可能。賈寶玉並不是想改變這種狀況，他不是造反派，不是革命派，但他的天性告訴他，人的心靈應是平等的，人格應是平等的。如果要分貴賤，那也只能從心靈上去區分。「身為下賤，心比天高」，處於社會最底層的人，其心性可以無比高貴。所以他才會在《芙蓉女兒誄》中稱讚晴雯「其為質則金玉不足喻其貴」。寶玉心性是天生的，我們用「不二法門」的方法論和情感本體論去解釋，實在是不得已，理性語言很難描述賈寶玉這種帶着神秘的博大情懷。

梅：您在談論蔡元培的時候，也強調他的天性，説他的「兼容並包」的文化情懷是一種天性，不是一種理念，更不是一種政策。

劉：首先道破這一點的不是我，而是梁漱溟先生。他在幾十年前就説蔡元培的襟懷是一種天性。如果把「兼容並包」作為政策，勢必朝令夕改，今天「放」，明天「收」，很不牢靠。天性就不同了，那是從心性深處發出來的「慈無量」，「悲無量」，是自發、自然的對各種天才的欣賞，而且是出自內心的欣賞。這不能不説是一種神性。我們這些世俗中人很難企及，只能好好學習。

梅：學大乘佛教、學禪宗，光讀佛經，很難進入。一旦閱讀《紅樓夢》，感悟賈寶玉，倒是慢慢明白了。例如，禪把自己的核心最後歸結為「平常心」，我開始覺得沒甚麼，不了解它的真精神。讀了《紅樓夢》，才覺得賈寶玉這樣一個擁有榮華富貴的貴族子弟，處於等級社會的塔尖頂上，還具有那麼一種平常心、平等心，那麼一種同情一切人的菩薩心腸，真是很美。您在《〈紅樓夢〉與西方哲學》一節中，把這種平常心與尼采的超人哲學作比較，一個強調高貴來源於森嚴的等級（尼采），一個強調高貴來源於美好的心靈（曹雪芹），相比之下，曹雪芹才是真人道，真人性，真神性，才代表人類的未來精神走向。

劉：尼采認定高貴來源於外，即來自外部的等級之分，來自上等人的道德。曹雪芹則認為高貴來源於內，即來自超等級、超勢利的內心。兩種哲學，兩種道德觀，哪一種更值得我們嚮往？我們當然要崇尚曹雪芹，揚棄尼采。尼采的超人哲學，權力意志哲學，哪能與曹雪芹相比。尼采這套哲學只能導致壓迫，導致侵略，導致納粹式的瘋狂。

二、悟「空」何以產生力量

梅：說到「空」，我和朋友、學生談起，他們常感到困惑。他們說，空無既然是一種虛幻，也就是說，悟到人生乃是一場虛幻，為甚麼你父親還老是說，讀了《紅樓夢》不僅不會消沉下去，反而會積極起來？您是怎麼從《紅樓夢》中獲得力量的？

劉：我的確說過我從《紅樓夢》中獲得力量。《紅樓夢》的色空哲學、悟空哲學讓我更深切地明白，人生不過是像寶玉（神瑛侍者）、黛玉（絳珠仙草）到地球上來走一回，僅此一回，僅此非常短暫的一回，幾場悲歡，幾場歌哭，幾場爭執，轉眼即逝，無可挽回。死時即使像秦可卿那樣贏得驚天動地的厚葬，享盡死的哀榮，也是無法改變死的事實，花容玉貌，最終也化作一具骷髏。這空無才是最後的實在，而生前的榮華富貴倒是真虛幻，真虛無。明白這一點至少可以給我們兩點啟迪：首先，我們不必把短暫的人生投入對於榮華富貴無休止的追逐，不必羡慕《好了歌》所諷嘲的那些「世人」的生活方式，日夜為金錢、權力、功名而焦慮；第二，既然人生這麼短，那我們就要珍惜。要抓住人生的這一瞬間。我很喜歡李澤厚講哲學講美學時，把「珍惜」作為一種大範疇。海德格爾在《存在與時間》中講「煩」、「畏」、「死」等大範疇，然後叩問存在的意義，李澤厚則突出「珍惜」這一大範疇。而且在「珍惜」前邊加上一個重要定語：時間。這就變成「時間性珍惜」。言下之意是說，我們不必像海德格爾哲學所提示的那樣，只能在死神面前、在衝鋒陷陣的時刻才實現「勇敢」與存在的意義。我們可以在短暫的人生中通過「珍惜」來創造意義。《紅樓夢》作為詩意生命的輓歌與悲歌，它提示我們的便是「珍惜」二字。

梅：賈寶玉的確很珍惜人生，他被稱作「無事忙」，十分恰當。本來是個「富貴閒人」，賈府中最閒的閒人，卻也忙乎得很，總是想和女孩子們說說玩玩，或與姐妹們一起寫詩說夢，他也是在創造意義吧！

劉：意義是自己創造的。人生總是自己賦予自己以生命意義。賈寶玉本來是一塊石頭，本無生命，更無生命意義。他來到地球後，便自己創造生命意義。意義系統是一種龐大的系統，它包括「情」，甚至可以說情乃是意義系統的一種根本。賈寶玉最珍惜的是情。他總是為情而情，為愛而愛，沒有情之外的功利目的。情在賈寶玉那裏，便是意義本身。這一點也是人之所以成為人的地方。豬狗禽獸就不懂得情的意義，牠們只是本能地相處，有時也互相依偎和互相保護，但只是出自本能，全然不知情的意義。《道德經》說：天地不仁，視百姓為豕狗。這句話，我們可以悟出一個人生大道理，這就是，人生的意義不是靠「不仁」的天地賦予的。人應該自己創造「仁」，創造「義」，創造「情」，創造「意義」。賈寶玉降生一年後，那麼多寶物放在他的面前，他只抓住胭脂釵環，他的父親極為失望，完全不知道自己的兒子到人間就緊緊抓住一個「情」字。

梅：您講「欲」、「情」、「靈」、「空」四個層面，最終還是以情為根本。

劉：聶老（聶紺弩）一再強調《紅樓夢》是一部「人」書，這是很對的。我們說賈寶玉有神性，是指他有「靈明」，有大慈悲精神，並不是說他就是神。相反，《紅樓夢》的精彩之處恰恰在於把他寫成一個真正的人，一個有真性情的人，「真」到讓人感到他怎麼這麼傻。這個人，以情支撐整個人生。他歡喜，他悲傷，他困惑，他絕望，全為一個情字。曹雪芹很偉大，他通過賈寶玉這個形象，把人生最核心的密碼揭開了，這密碼就是人生全靠「情」支撐着。不僅賈寶玉如此，人世間的一切真人真生命全都如此，你說是不是？

梅：真是這樣。說人生如虛幻的一場夢，但有「情」在，這夢也就有了實在感。《紅樓夢》中的諸女子，就是夢幻之花，都有實在感。離開這些青春女子，賈寶玉的情感便無處可以存放，心靈便沒有着落，也就喪魂失魄了。

劉：情使許多人去死，林黛玉就為情而死，但情也使許多人戰勝死亡，感到活着有意義。加繆說，自殺問題是最基本的哲學問題，很有道理。人為甚麼不自殺，人為甚麼要活下去，這活下去的最根本理由便是情，便是有所眷戀。有情在，賈寶玉就眷念人間，黛玉、晴雯、鴛鴦等心愛女子死了，情不在了，他就想逃離人間。

梅：賈寶玉和林黛玉不僅是一般的情癡，而且是癡絕，他們把情看得很絕對。尤其是林黛玉，她對待愛情，有一種徹底性。別的都是「臭男人」，唯獨寶玉乾淨。她徹底得充滿排他性。她的所謂「尖刻」、「嫉妒」等，正是戀情的徹底性。賈寶玉的徹底性則是另一種形態，他愛一切人，泛愛得很徹底，所以才沒有敵人。您說賈寶玉以情支撐人生，可是他也喜歡寫詩，用我們現代的話說，是喜歡寫作。他是不是也覺得人生只活在戀情中還是不夠的，還需要用文學藝術來創造意義？

劉：我剛才已經說過，人可以通過多種方式賦予自己的生命以意義，戀愛是一種，寫作當然也是一種。但是《紅樓夢》中男女主角以及史湘雲等女子寫詩和我們當代人的寫作狀況很不相同。他們寫詩全是為詩而詩，為寫作而寫作，即為藝術而藝術，完全沒有詩外目的，也沒有詩外功夫。也可以說，他們只是為情而寫，寫的全是情。通過寫詩、賽詩，他們的生活更快樂了，心靈更豐富了，這就是意義。但是，這意義是派生的。他們絕對不會想到曹丕那種文學乃是「經國之大業」的觀念。要說薩特「存在先於本質」的存在主義公式，大觀園裏的詩人們倒是個範例，他們先選擇為生活而生活，為愛情而愛情，為詩而詩，然後才在寫詩中派生出另一種人生的意義，這是自然派生，不是刻意追逐。這與我們當下的作家們很不相同。當下作家總是先有偉大目標、偉大抱負、偉大理念即先有「本質」，然後再從事寫作。還有一些是為了小功名、小山寨、小門戶而寫作，也是本質先於存在。

梅：您說過，大觀園裏的詩國是曹雪芹的「理想國」、「夢中國」，這種國度的詩意，恐怕正是這種國度「存在先於本質」。

劉：人的一生該怎麼過？人為甚麼而活？該怎樣活？確實是個根本問題。人生是否有意義，全取決於自己。《紅樓夢》對我們的啟迪是，不要老是追求那些虛妄的幻象，而要賦予生命以詩意即真實的意義。本來無一物，現在有了這身體，有了這心靈，我們就不要辜負自己的身心，就該珍惜，這不是就有了力量嗎？所以我說閱讀《紅樓夢》不僅不會消沉下去，反而會積極地對待人生。

三、真俗二諦的中道互補結構

梅：這兩三年，我進入第二部英文書籍的寫作，研究「莊子的現代命運」，也理解了魯迅為甚麼拒絕莊子，但總覺得莊子在現代社會中並非只起消極作用。其實，莊子在現代社會中的「物化」與「異化」的潮流中可以起很大的抗爭作用。現在大陸又肯定孔子，新一波的尊孔潮流又洶湧起來。我們要肯定孔子是偉大的思想存在，但是，光講儒，而不知人生有「虛幻」的一面，也會陷入追名逐利的泥潭，此時莊子倒是可以起到一些調節作用，也就是可以對儒作些補充，這也許正是李澤厚伯伯所講的「儒道互補」吧。

劉：你說得很好。《紅樓夢》的精神結構也可以說是「儒道互補」結構。我在《共悟紅樓》中已說過，釵黛是曹雪芹靈魂的悖論，釵投射儒文化，黛投射莊禪文化，兩者有衝突，但也各有存在的理由。

兩者價值取向不同，但可以互補。「釵黛合一」的說法，實際上是朦朧地意識到「釵黛互補結構」，《紅樓夢》確有反儒的一面，那是反對「文死諫」「武死戰」這類愚忠愚孝的表層儒，偽形儒，但《紅樓夢》並不反對深層儒，即不反對儒家的重親情、重世情這種「情本體」。曹雪芹看到儒生們只知表層儒，拚命追名逐利，最後變成毫無個性、毫無靈魂活力的國賊祿鬼，他從根本上蔑視這些「唯有功名忘不了」的「儒生物」，所以他才創造出負載莊禪文化的男女主人公賈寶玉和林黛玉來「調節」。賈寶玉和林黛玉跳出賈政等儒士們的「俗眼」，看穿「仕途經濟」和榮華富貴的虛幻。他們來自天上（大荒山、無稽崖、三生石畔），天生具有一雙「天眼」，這雙天眼是對儒家肉眼的補充。

梅：您在「紅樓四書」中一再說，薛寶釵呈現儒的重倫理、重秩序、重教化的文化；林黛玉呈現的是莊禪的重個體、重自然、重自由的文化，兩者都具有存在的充分理由。人類社會要生存下去，兩者都得兼顧。我讀《紅樓夢》，並未讀到儒和道二者非此即彼、你死我活的觀念，倒是讀到一種您在論述紅樓哲學時點破的「中道」。

劉：我講《紅樓夢》的哲學，歸納了幾個要點，也可以說，我發現了幾個關鍵點，第一是大觀視角；第二是心靈本體；第三是靈魂悖論；第四是中道智慧；第五是澄明之境。剛才我們所講的釵黛互補，正是曹雪芹的靈魂悖論，也正是中道智慧。

梅：您能先和我說說甚麼是中道智慧嗎？我對於佛學，完全是個門外漢。

劉：我也是佛學的門外漢，只是這些年讀了一些佛學的書。佛學博大精深，經典汗牛充棟，所以我閱讀時特別注意不要陷入概念之中，盡可能「入乎其內，出乎其外」。我們要向慧能學習，他不識字，但能捕捉要害，抓住要領，不為概念所障。我們通過《紅樓夢》可以領悟到活生生的佛學，這部小說，全書佛光普照，全書也浸滿中道智慧。

中道智慧的始作俑者是龍樹。他是印度早期大乘佛教的理論奠基者。以他的名字為碑界，大乘佛教才取代小乘佛教而成為佛教主流。他逝世後，印度為他立廟，供奉為佛。在我國，他則被大乘八宗（即三論宗、天台宗、華嚴宗、唯識宗、禪宗、淨土宗、密宗、律宗）尊為共同的祖師。龍樹的代表作之一《中論（頌）》對「空」下了經典定義。他在兩首偈頌中說：「眾因緣生法，我說即是無，亦為是假名，亦是中道義。」他把「空」定義為「因緣生」，又稱「空」為「假名」、為「中道」，可見「中道」乃是大乘的原始智慧，也是最高智慧。他在《中論》中又給「中道」作了如此定義，他說：「離有、無二邊，故名為中道。是法無性，故不得言有；亦無空，故不得言無。」龍樹這段話說得很明白，「中道」就是不作性本惡、性本善的假設（是法無性），不走絕對有或絕對無這兩極。我們平常也會告誡自己，不要走極端，這種平常話裏就包含着最高的佛理。由龍樹的中道論開始，以後的大乘便用它作為佛說的總綱。到了梁代，當時出現三大法師（開善寺的智藏，莊嚴寺的僧旻，光宅寺的法雲），他們精通大乘經論，把中道引入解說二諦即俗諦與真諦。所謂俗諦，指的是「世間法」，即世俗社會認定的真理；所謂真諦，指的是「超越法」，即超越世俗真理的真理。我在「紅樓四書」中稱之為超越世界原則的宇宙原則。把二諦打通而統一起來便是中道。用我們熟悉的語言來表述，就是「俗」與「真」兩者並非勢不兩立，而是兩者相反相成。呂澂先生在《中國佛學思想概論》（上卷）中說，合真俗二諦來看中道，則「俗對真而見其假，真對俗而見其實，兩者統一不能相離，這就是中道」（見《中國佛教思想概論》第六章：南北各家師說（上））。以二諦來看《紅樓夢》，不僅可看到書中有「假作真時真亦假，無為有處有還無」的「中道」宣言，有脫離「大仁」、「大惡」的賈雨村「中性」提示，更了不得的是，作為文學作品，它塑造的林黛玉和薛寶釵這兩個女主人公，正是一個體現真諦，一個體現俗諦。體現俗諦即體現世間人價值取向的是薛寶釵，體現真諦即體現超世俗價值取向的是林黛玉。薛寶釵的所謂會做人，所謂世故，是世間人的真實；林黛玉的所謂不讓人，所謂任性，是超世間人的真實。《紅樓夢》固然展示兩者的差異，但未在兩者中作絕對的價值判斷。儘管在價值天平中，作者傾斜於「真諦」一邊，但並沒有對俗諦進行攻擊和詛咒，因為有這一種哲學背景，所以作為「中道」載體的主人公賈寶玉才會陷入既愛黛玉也不薄寶釵的情感困境。後世千萬讀者才會覺得黛玉美寶釵也美，才會為擁黛或擁釵而爭論不休。而作者本人給秦可卿命名為「兼美」，給她最高的殊榮（厚葬），則是因她兼容真俗兩諦，既有世間人的屬性（懂得生活，敢於婚外戀，與大俗人王熙鳳結交並深通家族興亡事務），又有局外人的超人間屬性（警幻仙子的「妹妹」，孤高自傲，擁有哲學智慧）。曹雪芹把秦可卿寫得如此神秘，如此可愛，又給予如此光榮的結局，就因為她呈現出「中道」的兼得二諦的至真至美。

梅：您這番闡釋，真是非常新穎。今天我又逼着您說出新話來了。曹雪芹對釵黛之分之合，採取了一種中道態度，所以我們看不出作者的非此即彼。以往的紅學研究曾批判「釵黛合一」說，看來，這一說是有道理的。釵黛互補結構也就是真俗二諦互補結構，這樣說，恐怕最接近曹雪芹的創作初衷。您對秦可卿作此中道的解說，也很新鮮，她確實是俗諦中人，又是真諦中人，兩者都很真實。賈寶玉也是如此，兩諦兼備。

劉：與秦可卿相比，妙玉就太不「中道」了。她把真諦推向極致，只想當人之極品。不僅要喝極品茶，而且還要想當極品人，結果變成和世間格格不入，最後甚至丟失大慈悲心。她認定劉姥姥用過的杯子就是髒，就該扔掉，這不僅離開了俗諦，也離開了真諦。曹雪芹給她安排的下場非常悲慘，他顯然不贊成妙玉的極端之道。

梅：這樣看來，《紅樓夢》對於父與子的衝突，也是持守「中道」立場。

劉：不錯。如果借用孔夫子「吾道一以貫之」的語言，那麼，可以說，《紅樓夢》正是「中道一以貫之」。對於賈政與賈寶玉的衝突，作者雖然同情賈寶玉，但對賈政也未醜化，甚至也有同情、理解。因此，他痛打賈寶玉之後，寶玉沒有說過一句埋怨的話。我所寫的短文《賈政小議》就是說明曹雪芹對於賈政並無任何負面的政治判斷與價值判斷。賈政作為賈府裏的孔夫子，賈寶玉作為賈府裏的莊子，也是一種互補結構，一種俗諦與真諦的二律背反。賈政是俗諦中的正諦，他體現世俗社會的價值標準，他用這種標準要求賈寶玉。而賈寶玉拒絕這種標準，但他也理解父親為甚麼這樣要求他，因此，他始終是個孝子，對父親始終保持敬畏。賈寶玉既是熱烈擁抱生活的凡夫俗子，又是超越世俗濁泥的真人玉人。從俗諦上說，他既是逆子，又是孝子；從真諦上說，他既是真人，又是俗人。他也是一個「兼美」，一個打通俗諦與真諦的中道呈現者。

梅：「中道」好像不同於「中庸」，這兩者有甚麼區別？

劉：中庸作為儒家學說的中心範疇，在表層上與中道精神相通，這就是不走極端，主張凡事應恰到好處，但是中庸以中和為目的，為常行之道，它往往不得不犧牲某些原則而「和稀泥」。中道則無須犧牲原則，它超越衝突的兩邊，立足於更高的精神層面上俯視兩端，理解衝突雙方的理由，用悲憫的無量博大眼睛看待雙方，努力尋找其可以相通的靈犀。我們讀了《紅樓夢》，就可領悟到曹雪芹的大悲憫，他對衝突的雙方，並沒有好與壞的絕對判斷。他對呈現俗諦和呈現真諦的雙方人物都同情，都理解，都愛。他既同情晴雯，也同情襲人，對兩者都熱烈擁抱。總的說來，中庸屬於道德境界中的理念，中道則屬於天地境界中的理念，後者高於前者。關於中庸與中道的區別，還可以從更多的角度説明，例如中庸只講常道（何晏曾作解釋：庸，常也，中和可常行之道），中道則不僅講「常」，還講「斷」，其哲學主題是常、斷不二、有無不二（即無差別），常與斷相反相成。該謙和時就謙和，該決斷時就決斷。是常是斷，因緣而生，不會「庸」到底。因此，我把「中庸」視為俗諦，把「中道」視為真俗二諦的統一。

梅：您很喜歡嵇康所説的「外不殊俗，內不失正」八個字。前邊四個字是俗諦，後四個字是真諦，兩者統一而不相離，這也是做人的「中道」準則。有人主張以出世的態度做入世的事業，也是謀求兩諦的結合。

劉：說兩諦「不相離」，比較準確。說兩者一體，就不一定準確。說釵黛不相離，賈政、賈寶玉不相離，是說她們（他們）相反相成，不是說他們就是一體一個樣。具有中道智慧的人，在微觀的某一具體態度上，也會走極端，持最鮮明的立場與態度，如嵇康對於司馬氏政權，他就持守這種極道。但是在宏觀的整體的人生態度上，即在真諦與俗諦的關係上，他卻持守「外不殊俗，內不失正」的中道。對魯迅我也作如是觀。我們看到他對具體的一件事或一理念，常持極端的徹底態度，例如主張「痛打落水狗」，主張「一個也不寬恕」等等，但他在真俗兩諦的人生抉擇中，又恰恰符合中道智慧。李澤厚用「提倡啟蒙，超越啟蒙」八個字來概括他，非常準確。前者屬於俗諦，後者屬於真諦。他熱烈地擁抱是非，積極地介入社會，充當啟蒙者與救亡者，這是俗諦。文化大革命中和文化大革命前，魯迅研究者強調世俗魯迅的這一面。到了九十年代，一些新學人則強調魯迅孤獨的具有現代感的一面，幾乎把魯迅描述成一個存在主義者。其實，完整的真正的魯迅是兩者的統一體。他既全身心地關懷社會，投身變革社會的事業，自始至終從未丟失過參與社會的熱情，但又能從世俗生活中抽身，進入形而上思索，而且是充分個人化的思索。非常了不起。所以魯迅既不同於陳獨秀等，也不同於克爾凱郭爾。兩諦不相離，這才是魯迅的特色，也才是魯迅偉大的地方。

梅：我相信您以中觀眼睛和中道智慧來闡釋《紅樓夢》比以往那種兩極性的「階級意識」解說更貼進這部偉大小說的真實內涵和深層內涵，也有意思得多。「紅樓四書」出版後，您作了《讓紅學回歸文學與哲學》的演講，並接受江迅等著名記者的採訪，在訪談中您講到：西方五百年來完成了兩次巨大的

「人的發現」。第一次是文藝復興時期人的發現，此次發現是發現人的偉大，人的輝煌，人的了不起；第二次發現是十八、十九世紀西方啟蒙運動之後叔本華等哲學家發現人的黑暗，人的荒誕，人並不是那麼好。後一發現導致二十世紀西方荒誕劇與荒誕小說的崛起與勃興。您說曹雪芹並不知道西方這五百年的思想文化史，但他的《紅樓夢》卻涵蓋西方兩次「人的發現」的基本內涵。一方面把人的美、人的精彩推向詩意的頂端；另一方面又把人的脆弱、人的混亂、人的污濁充分揭示出來。前者以青春少女為坐標，後者以功利男人為坐標，兩者的人性都得到充分呈現。從這個角度上說，曹雪芹在對人的基本認識上是不是也可以說符合「中道」？

劉：你講得很好。曹雪芹並不籠統地說人絕對偉大或絕對輝煌，也不籠統地認為人絕對黑暗絕對荒誕，他只真實地呈現人生人性的真相，把兩者都逼真地、活生生地描述出來。他見證了人性可以發展到非常美好非常優秀的程度，幾乎抵達神性的程度，如賈寶玉和林黛玉；也見證了人性可以發展到非常污濁、非常黑暗的程度，幾乎可以接近豬狗的程度，如賈蓉、賈環、賈瑞等，但他們並不是「大惡」，只是人性的頹敗者。西方文藝復興時期第一次「人的發現」，其重心的確是發現人乃是「宇宙的精英，萬物的靈長」（哈姆雷特語），有此發現，人才能從中世紀的宗教統治中站立起來。不過即使是在這個時代，西方的思想者們其實也發現了人的不可靠，所以才有馬基雅維利《君主論》的誕生。馬氏第一次把倫理學排除出政治學之外，因為他不相信人的善性。他說那些獲得巨大權勢、巨大財富的人，不是運用暴力就是運用欺騙的手法，他們總是千方百計地用偽造的所謂正義的美名來掩藏他們取得這些東西時所用的那些可恥的伎倆。儘管有《君主論》出現，但那個時代的思想主流還是肯定人的優越。幾個世紀之後霍布斯、休謨、愛爾維修、霍爾巴赫等，他們開始從哲學上質疑人，認定人本來就是一種天性自私的「利己動物」。到了叔本華，他對人更是悲觀到極點。在他看來，人完全是受其「生存意識」主宰的生物，這種生存意識便是慾望。人不是上帝製造的天使，而是被這種「慾望」即魔鬼駕馭，是注定只能擁有悲劇性人生的可憐蟲。人並不那麼好，人的問題極大，這是叔本華的發現。

我的確讀出《紅樓夢》描寫人的中道智慧。關於這一點，只要與《金瓶梅》作個比較就可以分出高低。聶紺弩生前一再和我說，《紅樓夢》作為一部「人書」，它發現人，發現奴婢也是人；而《金瓶梅》則是發現「獸」，發現人的身心中的獸性即無窮無盡的貪欲性，連奴婢也是獸也燃燒着慾望。聶老並不是否定《金瓶梅》的價值，只是說《金瓶梅》只看人的動物性一面，而《紅樓夢》則是對人性的全面把握，它看到人性可以變得很美，以至接近神性；也可以變得很醜，以至接近禽獸性，這才是對人的「中觀」，所以我說它涵蓋西方兩次「人的發現」的基本內容，很了不起。

梅：《金瓶梅》也寫出人性的真實，是一部非常傑出的現實主義作品，但是，它只寫出「欲」的真實，未能寫出「情」、「靈」、「空」另外三個層面。這三個層面的真實與豐富，《紅樓夢》寫得非常動人，非常深邃。

劉：人可能有神性，但並不是神；人可能有獸性，但並不是獸。《紅樓夢》不把好人寫得絕對好，也不把壞人寫得絕對壞（魯迅語），從而展示人性最豐富最複雜的圖畫。

四、關於高鶚續書的評價

梅：最近讀了梁歸智教授的文章，他把您和王蒙、劉心武、周汝昌作了比較，對您的「紅樓四書」作了很高的評價。他在多年前就希望《紅樓夢》研究應側重從文學、美學、主體精神等方面去把握，您正是這樣做了。他還說：如果周汝昌先生不是如此年邁，倘若眼睛還能閱讀您的論紅書籍，特別是如果讀了您關於曹雪芹「創教」的論述，一定會特別高興。但是他也指出，說您的論紅，似乎沒有注意曹雪芹原著與高鶚續書的分別，您能回應一下這一批評嗎？

劉：梁先生的文章我讀了。他對《紅樓夢》很有研究，文章很有見地。我的確把一百二十回的《紅樓夢》作為一個藝術整體來「體認」，覺得嚴格分清前八十回與後四十回以及相關的探佚之事是傳統紅學家的使命，我對此無能為力。我只能對已完成的藝術整體進行審美並從中得到審美的「至樂」，一百多年來的現代《紅樓夢》研究，許多著名學者也都這樣做。王國維的《紅樓夢評論》把一百二十回本作為一個整體，魯迅的《中國小說史略》也是如此。雖然作為一個藝術整體審視，但我還是留心續書和原書的差別，注意續書的得失。我在六百則紅樓悟語中，陸續觸及到高鶚的得失。我看到續書的一些敗筆，例如把最恨科舉八股的賈寶玉送進科場，還與賈蘭一起都中了舉；還有，賈寶玉離家出走之後還讓皇帝賜給他一個「文妙真人」的封號，這實在不通，既「文妙」就不是真人，既是真人，就無須文妙，真人根本就無須世俗帝王的肯定與褒獎。這類情節都是為了迎合世俗的「衣錦還鄉」、「榮宗耀祖」的心理，顯然俗了。然而，高鶚也不簡單，如果後四十回真的是他一個人的續書，那也真了不起，尤其不簡單的是續書保留了形而上的結局，以心物分野、覺迷分野作為全書的落幕，讓讀者進入哲學層面而可回味無窮，這不能不承認高鶚的高明。《紅樓夢》最後一回（第一百二十回）寫賈雨村來到「急流津覺迷渡口」睡着了，終於一迷到底，與此同時，寶玉則大徹大悟，「覺」而遠走高飛了。覺則佛，迷則眾，最後兩人就在覺迷江津渡口面前分道揚鑣。這種結局是禪式結局。這之前，高鶚還寫了賈寶玉離家出走前丟失了胸前的那塊通靈玉石，寶釵與襲人驚慌地到處尋找，而寶玉告訴她們：我已經有心了，還要那塊玉幹甚麼。最高的價值是心而不是物。高鶚把《紅樓夢》思想（價值觀）落腳到這一點是對的，「心」才是本體，心才是最後真實，這也是禪式結局。大約高鶚給予《紅樓夢》以形而上的終結，所以牟宗三先生特別肯定、讚賞後四十回，和周汝昌先生的看法完全相反。

梅：您對高鶚續書的評價似乎也採取中觀眼睛，不作極端性判斷。

劉：可以這麼說。不過我不是用「中觀」、「中道」去丈量後四十回，而是從文本出發，我既看到高鶚續書的缺陷，也看到高鶚續書的成就。這種沒有偏激的評價，正好與「中道」態度相符。

二零一零年九月於美國

《紅樓夢》的三維閱讀

——劉再復教授在香港理工大學的講座

徐雨霽、樂桓宇 整理

今天賈晉華教授邀請我到理工大學，我欣然前來了。賈晉華教授是美國科羅拉多大學的博士，落基山下培養出來的優秀學者，我和我的女兒劍梅，也是從落基山下走出來的學人。我和劍梅常常覺得講真話難，講新話也不容易。說起落基山，我想起李澤厚先生，當時我們兩個人，經常是下午三四點，一起去散步一兩個小時，談天說地，談政治，談歷史，談文學，談藝術，談人生，甚麼都談，但很少談《紅樓夢》，因為李先生告訴我說，有三個東西他絕對不碰，一個是絕對不吸毒；第二個是絕對不賭博；第三個是絕對不讀《紅樓夢》。為甚麼呢，因為這三個東西都會使人上癮，一上癮，就會異化（這是哲學家的說法）。異化在哲學裏面是非常重要的一個概念。甚麼叫異化呢？異化就是人被自己製造的東西所主宰、所統治。既然李澤厚先生這麼說了，我為甚麼還喜歡《紅樓夢》，還要講《紅樓夢》呢？當然我可以自信地說，我不怕異化。但我確實也有一種感覺，讀了紅樓夢之後，吃飯睡覺，與人交往，感覺都不同了。我今天主要講的，是《紅樓夢》的三維閱讀。我首先講的是解題，講這個題目中的三個關鍵字，先講「紅樓夢」，然後講「三維」，最後講「閱讀」。

一．題解

「紅樓夢」，我們先用兩個概念來說明一下，第一，《紅樓夢》是我的「文學聖經」，是 Bible；我在大陸文化大革命時，天天讀甚麼書呢：讀老三篇（《為人民服務》、《愚公移山》、《紀念白求恩》）。出國以後呢（我現在出國已二十八年），天天讀「老三經」，甚麼是老三經呢？就是《山海經》、《道德經》、《六祖壇經》。後來我又把這「三經」擴大為「六經」，就是《山海經》，《道德經》，再加上《南華經》（即莊子），再加上《六祖壇經》，還有《金剛經》，再有一個，就是我的「文學聖經」《紅樓夢》。我之所以把《紅樓夢》看作「文學聖經」，有兩個道理，第一個，是因為我們的《紅樓夢》，與西方的《聖經》，在結構上相似。即故事的同構。《聖經》有兩個原始生命，亞當與夏娃，《紅樓夢》裏面也有兩個角色，那就是神瑛侍者和絳珠仙草，也就是賈寶玉和林黛玉的前身。還有，《聖經》有創世界的上帝，《紅樓夢》裏也有補天的女媧。《聖經》的新約，有一個基督，《紅樓夢》裏，有一個「準基督」，這就是賈寶玉。所以說，這兩部作品是故事同構。而從廣義上說，《紅樓夢》是一部偉大的參照系，我們要了解文學，只要看《紅樓夢》就可以了，在這個參照系之下，甚麼是好的文學，甚麼是不好的文學，甚麼是真正的文學，甚麼不是真正的文學，就看得清清楚楚。說《紅樓夢》是「文學的聖經」，就需要天天讀。這是解題的第一個大概念，文學聖經。

我要講的第二個大概念。是「經典極品」。《紅樓夢》是文學經典，這個大家都知道，但今天我要加上兩個字，「極品」，文學的極品。我說《紅樓夢》是經典極品，不是隨便言之，經典極品一定擁有三個條件、三個標誌，第一，它一定是標誌我們人類世界，也就是我們地球上最高的精神水準。我們在這個地球上，有一些名字，有一些作品，是標誌着最高的精神水準的，例如在哲學上，柏拉圖，亞里士多德，笛卡爾，康得，休謨，黑格爾，馬克思，杜威；文學上，則有大家都公認的，荷馬史詩《伊利亞特》《奧德賽》，希臘悲劇《俄狄浦斯王》，西班牙塞萬提斯的《唐·吉珂德》，英國莎士比亞的《哈姆雷特》和《馬克白》，法國雨果的《悲慘世界》，巴爾扎克的《高老頭》，德國歌德的《浮士德》，俄國托爾斯泰的《戰爭與和平》。還有陀思妥耶夫斯基的《卡拉馬佐夫兄弟》、卡夫卡的《變形記》等。而中國呢，只有一個人，一部作品，標誌着地球上的最高精神水準，這就是曹雪芹和他的《紅樓夢》。二零零零年，我們新世紀開始的頭一年，那個時候全世界都在評二十世紀最好的英文著作和最好的中文著作，我是《亞洲週刊》評選過去一百年最好的中文小說的評委，我們評出了一百部小說，那時候我就在想，要是我們不是評一百年，而是評一千年中的兩個最優秀的作家，該評誰呢？我想，可以評西方的莎士比亞和東方的曹雪芹。這兩人真的「為天地立極」了。

極品的第二個標誌，就是它一定是超時代的作品。《紅樓夢》所有故事人物，都不是生活在時代的維度上，而是生活在時間的維度上。我們可以說《紅樓夢》是一種文化，但是更準確地說，它是一種存在。存在沒有時間的邊界，也沒有空間的邊界。存在就像星辰日月，沒有邊界。《紅樓夢》就是這種偉大的存在，永遠說不盡，一千年以後還可以再說《紅樓夢》，這是第二個標誌。

第三個標誌，是說，它一定經得起各種視角、各種評論標準的密集檢驗：從現實主義角度去看，《紅樓夢》是最好的現實主義作品；從浪漫主義角度，《紅樓夢》又是最好的浪漫主義作品，它是大浪漫，不是小浪漫；說它是象徵主義也可以。《紅樓夢》也是最好的象徵主義作品，其象徵意蘊無窮無盡。現在有些朋友，正在研究《金瓶梅》，說《金瓶梅》比紅樓夢還強，他們認為《金瓶梅》才是真正偉大的精品，這樣的說法是不太對的。我們應該承認《金瓶梅》是偉大的寫實主義作品，從這個角度上看《金瓶梅》，真的很了不得。《金瓶梅》寫實寫性，都寫到了極致，它貼近生活生命的真實，作品中不設政治法庭，不設道德法庭，只是把生活、人性原原本本地寫出來。《金瓶梅》的主角西門慶，寫得多麼真實！中國歷代發財的男人是怎樣的粗糙粗鄙，看西門慶就一望而知。他們怎麼發財，怎麼官商勾結，甚麼手段都可以使得。西門慶家中五個妻子的關係何等緊張。他們的家庭生活，外部井井有序，內部卻是非常緊張，這些我們都可以從閱讀中了解。《金瓶梅》是真正的寫實主義作品，其寫實的功夫非常之高。但是它沒有紅樓夢的形而上的層面，沒有夢世界的層面。缺了這個大層面，它就不能跟《紅樓夢》相比。《金瓶梅》是經典，但不能說是經典極品。

其次，講「三維」。「三維」有很多解釋。我講的三維，是指文、史、哲。即文學，歷史，哲學這三維，我們在座的同學如果有機會研究人文科學就會明白，文學只代表人文的廣度，歷史只代表人文的深度，哲學呢，則代表人文的高度。這三點結合起來，才可能產生那些經典極品。我講的三維，是指這三點。我們知道，文學最自由，是甚麼都可以寫。《西遊記》裏有「真假孫悟空」，兩個悟空打得天翻地覆，連唐僧和觀音都認不出孰真孰假，兩個孫悟空，相貌本領一樣，最後是如來佛祖釋迦摩尼才能判斷其真假。判斷的時候，如來佛祖講了一段話，說我們的宇宙中，有五仙，即天地人神鬼；還有五物，贏鱗毛羽昆，總共十相。[1] 這十相都是文學的對象，代表文學的廣度。《老殘遊記》的作者劉鶚在這本書的序言中說，「蓋哭泣者，靈性之現象也，有一分靈性即有一分哭泣。」他又說，「靈性生感情，感情生哭泣。」[2] 所以說，文學表達情感，而哲學和歷史就表達不出如此充分的感情。文學表現的是一種心量，心量是一種情感量；歷史一般代表一種識量和知量；哲學代表的是慧量。歷史、哲學不能像文學那樣自由地歌哭。從三個角度來閱讀《紅樓夢》，才能把握《紅樓夢》的縱深度。

最後講「閱讀」。不是看看書就叫閱讀。閱讀還要包括三個意思，即感悟、闡釋和破譯，這是立體性閱讀。我讀《紅樓夢》，有一個特別的方法，就是悟證。感悟是我們中國文化最強勁的地方。五四運動把西方的文化介紹了進來，而西方的文化是很重邏輯、重理性、重思辨的文化。而我的感悟，是直覺的，直觀的，明心見性的，這是另外一種方法。《紅樓夢》閱讀，以前是重考證重論證，我現在用悟證代替了考證論證。《紅樓夢》的閱讀，很多都要靠感悟。比如，「意淫」是甚麼意思，很難「言傳」，但可領悟，《紅樓夢》中的很多故事，很多情節，如果用論證考證的方法，是說不清楚的，要靠悟證。我很高興自己發明這種方法，用悟證來閱讀《紅樓夢》。舉一個例子，有一次賈寶玉和林黛玉在床邊玩，賈寶玉問林黛玉，林妹妹，你身上好像有一種特別的香味。寶玉以為她衣服裏是不是藏着甚麼東西啊，

1 （明）吳承恩著，黃肅秋註釋：《西遊記》第七零九頁，北京：人民文學出版社，二零零五年九月。

2 （清）劉鶚著，陳翔鶴校，戴鴻森註：《老殘遊記》第一頁，北京：人民文學出版社，二零零一年。所以，從劉鶚的觀點來看，文學就是一種哭泣：「《離騷》為屈大夫之哭泣，《莊子》為蒙叟之哭泣，《史記》為太史公之哭泣，《草堂詩集》為杜工部之哭泣；李後主以詞哭，八大山人以畫哭；王實甫寄哭泣於《西廂》，曹雪芹寄哭泣於《紅樓夢》。王之言曰：『別恨離愁，滿肺腑難陶洩。除紙筆代喉舌，我千種想思向誰說？』曹之言曰：『滿紙荒唐言，一把辛酸淚；都云作者癡，誰解其中意？』名其茶曰『千芳一窟』，名其酒曰『萬豔同杯』者：千芳一哭，萬豔同悲也」。

懷疑是一種藥香；而林黛玉卻很嚴肅地告訴他，你不要動，我實話告訴你吧，我身上真有一種特別的香味，可是連我自己也不知道是甚麼味道呢。[1]過去有研究者探討過這個問題，考證說這可能是藥香，也可能是體香，還有可能是其他的香味。但這難以說服人你要實證，可能需要去醫院裏檢查身體了，然而我用悟證，就可以大膽地說，這個香味，一定是林黛玉天才的芳香，靈魂的芳香，因為她以前是絳珠仙草，所以也可能是仙草的芳香。我這樣說呢，不可以證明，但也不可以證偽，就像上帝存在一樣，不可證明，也不可證偽。這就是悟證。還有就是要闡釋，闡釋學就產生在對《聖經》的闡釋之中，《聖經》在闡釋中意義才顯露、豐富起來。《紅樓夢》也要不斷闡釋，我今天所講的，也是一種闡釋。還有「破譯」，比如《好了歌》，到底甚麼意思？各講各的，研究者莫衷一是。而我，則把《好了歌》看作一首荒誕歌來譯解，認定它是啟蒙人們要放下權力、財富、美色的佛歌與道歌。

二・文學之維的閱讀

解完題，那就要開始講正題：《紅樓夢》的三維閱讀了，第一維，是文學之維的閱讀，用文學的維度來閱讀《紅樓夢》。怎麼閱讀呢？我在香港科技大學，講了四十講的文學常識，出了一本書叫《文學常識二十二講》，香港出了一個版本，北京的東方出版社，也出了一個版本；最近我又在香港三聯出了

1　曹雪芹，高鶚：《紅樓夢》第二六五—二六六頁，北京：人民文學出版社，二零零五年。

一本書，叫《文學慧悟十八點》，所以一共四十講。我在這兩本書裏反覆提到和講解的，是文學的三大要素。第一個要素是心靈，第二個要素是想像力，第三個要素是審美形式。大家想一想，文學能跑出這三個要素的範圍嗎？不可能的，文學創造活動，一定是在這三個要素的範圍之內進行。

首先要說的是心靈的閱讀。《紅樓夢》的心靈閱讀，首要的是對賈寶玉的閱讀。我寫的《賈寶玉論》，開掘的是賈寶玉的心靈。這是我寫的第五本關於《紅樓夢》的書。在這裏我要講述一個心靈體驗：十五年前，我在香港城市大學做過系列講座，在中國文化中心，是鄭培凱先生主持的學校重鎮。鄭教授說，我們這個中心，只講古典，只講清朝以前的，不講現代、民國以後的。我和李澤厚先生正好要返回古典，所以我就講四大名著，《紅樓夢》《西遊記》《三國演義》《水滸傳》。對《水滸傳》和《三國演義》我是批判的，我寫過《雙典批判》，強調《水滸傳》與《三國演義》對中國心靈的破壞。文學的破壞力，這兩部書是堅實的例證。但是對《紅樓夢》和《西遊記》，我比較推崇。我去年在公開大學，有一個《四大名著的精神分野》的演講，大家可以參考一下。我先說心靈體驗：我在二零零零年城市大學講解紅樓夢的心靈閱讀的時候，那天晚上備課，突然有一個大感悟、大徹悟，我自己十分激動，高度亢奮，差一點就哭出來了：因為我讀懂了《紅樓夢》中賈寶玉的心靈了。我自覺我對賈寶玉心靈的領悟，很像王陽明的「龍場徹悟」。王陽明當時去江西平亂，到龍場的時候，有個大徹悟，他就發現了一個原理：原來真理即心靈。王陽明認為，他過去崇尚朱熹等人，講「理」。而現在終於明白，心即是理，心外無物，心外無理，心外無天。此後他便講理心合一，知行合一，致良知等，發揮了陸九淵的「吾心即宇宙，宇宙即吾心」的思想。後來蔣介石先生和毛澤東先生都非常崇拜王陽明，而我呢，是出國以後才崇拜他。

以前不懂得崇拜，因為大陸說他是主觀唯心主義啊！這時才覺得了不得，心靈的狀態可以決定一切。我到海外來了，接受了這個「心學」以後，整個就變成了心靈的強者了。

那天我大徹大悟，原來《紅樓夢》最了不得的地方，就是塑造了一顆賈寶玉的偉大心靈。而曹雪芹最偉大的貢獻，就是為中國人民創造了一個永遠不落的心靈太陽。當時我高度亢奮，興奮得不得了。興奮了整整十年了，到現在還有一點興奮。我讀懂了賈寶玉的心靈。怎麼讀懂了？我在香港三聯的一本書，叫做《甚麼是人生》。其中談到了賈寶玉，我說，賈寶玉這個人是「三無」：第一，無敵，他沒有敵人；第二，無爭，他從來不爭名奪利；第三，無待，他從來不依附，不依賴，獨立做人！因為篇幅有限，我只講這三無。其實，賈寶玉的心靈至少有十個無。首先一個是無染，他處污泥而不染，生活在一個貴族家庭的大家族裏，卻永遠像個孩子，永遠守持天真天籟，永遠單純純粹；第二個，是無私，他沒有私心，總是想到別人，所以有兩個老太婆議論他，這可不是個呆子？玉釧兒拿着藥湯給他喝，不小心就潑到了賈寶玉的手上了，照說，賈寶玉應該生氣，但他反而先關心起了對方：哎呀，你有沒有被燙傷？這個事情，本來是他自己手被燙傷了，卻首先關心別人是不是被燙傷了。[1] 這就是他的無私。再有一個，是他無猜，沒有猜想和猜疑。即是他跟林黛玉兩小無猜，兩個人的情愛很單純，沒有猜疑。所以他寫的禪偈非常好，「你證我證，心證意證。是無有證，斯可云證。無可云證，是立足境。」[2] 這些都是無猜。無猜，表現出的是，他覺得世界上不僅沒有敵人，而且沒有壞人，沒有假人，任何人跟他說話他

1 曹雪芹，高鶚：《紅樓夢》第四六九—四七零頁，北京：人民文學出版社，二零零五年。
2 同上，第二九七—二九八頁。

都相信，不加猜疑。連別人編造的話他都相信。襲人告訴他，我哥哥嫂嫂要讓我回家了，就嚇他一跳。然後襲人說，如果你不讓我回去，要答應我三個條件。賈寶玉說，一百個條件都可以，你說吧。襲人就說，第一不要輕言生死，毀僧謗佛；第二，你要好好讀書，哪怕你不要好好讀書，也得裝裝樣子給你爸爸看；第三，你不要調脂弄粉，再不許吃人嘴上擦的胭脂了。賈寶玉就連聲說我答應我答應我答應，人家哄他的他都信。[1] 又比如劉姥姥哄他說，我們鄉村有一個姑娘很漂亮，雪地裏抽柴草，不過後來死掉了，人們給她修了一個廟，就把她供在裏面的。賈寶玉就很相信，第二天就和人一起去找這個廟，結果根本沒有這回事。[2] 但他也相信了，賈寶玉這個人不僅是有情，而且「情不情」。這個詞前面的「情」是動詞，後面的「不情」是名詞。「情不情」就是對不情的人和物，他也投入感情，這是他了不起的地方；同時，他不僅情不情，而且還「善不善」，也就是對那些不善的人，他也可以充滿善心地對待。還有「真不真」，對那些不真的人，他用真來對待，賈寶玉心靈是真的好，所以他沒有敵人，沒有壞人，也沒有假人。而且他無畏，他沒有甚麼好怕的，比如有人說，瀟湘館在鬧鬼，一聽王熙鳳就嚇得要命，因為她心虛，賈寶玉則不怕，他說林妹妹那邊鬧鬼，那我一定要去看。後來史湘雲說，他不是膽大，是心實，所以他不怕鬼，無忌。而且賈寶玉很奇怪，他心靈沒有我們這些世俗人的生命機能，比如說，他不會仇恨，也不會嫉妒，不會算計，也不會報復，不會排他，所以他就無恨，無怨，無計，無謀。所以我用十個「無」來概說他。賈寶玉的心靈原是這樣的一個心靈。對於賈寶玉來說，不是別人對他如何，而是我

1 曹雪芹，高鶚：《紅樓夢》第二六二—二六三頁，北京：人民文學出版社，二零零五年。
2 同上，第五二六—五二九頁。

應該對待他人怎麼樣。所以他的爸爸，把他往死裏打，冤枉他，委屈他，可他對他的父親卻一點怨言都沒有。他認為父親冤枉我，是父親的事情，可我應該敬重父親，這是我的品格，所以他始終對父親很敬重。賈寶玉平時出門的時候都有好幾個僕人跟着他，有一次他路過父親的書齋的時候，他趕緊下馬，跟隨的小夥計告訴他，今天老爺不在家，不用下馬。但賈寶玉說，不行，我們還是要下馬，於是下馬，然後對着老爺的書房輯了個躬，賈寶玉對他的父親感情很深。我覺得，其實我們對待自己的祖國，也應該像賈寶玉對待父親一樣。祖國喜歡不喜歡我，委屈不委屈我，這對我來說不重要，重要的是我必須正確地對待自己的父親和自己的祖國。祖國的山川、土地、社稷、同胞、文化，永遠要無條件地愛。所以我連「我愛祖國，祖國不愛我」的怨氣都沒有。因為我向賈寶玉學習了，他才真的是我們的楷模。曹操的哲學是，「寧教我負天下人，不使天下人負我」。而賈寶玉的哲學相反，他的是，「寧教天下人負我，我不能負天下人」。他的心靈這麼美。所以我認為，賈寶玉的心靈，是世界文學史上最純粹的心靈。賈寶玉的心靈，就像創世紀的第一個早晨沒有污染過的露珠一樣純潔。我們能在世界其他文學作品中找出心靈比寶玉更純粹的嗎？這就是我對《紅樓夢》心靈的閱讀，通過這個閱讀，我也發現了賈寶玉的心靈，讓我非常的激動，徹夜難眠。

接下來我講「想像力的閱讀」。《紅樓夢》的想像力太高，但今天時間有限，我只能用幾分鐘來概述它的想像力：《紅樓夢》是真正的天人合一的作品，也是物我合一的作品，《紅樓夢》裏有一個現實世界，還有一個神話世界。太虛幻境是神話世界，非常複雜，裏面有灌愁海，有離恨天，有癡情司、結怨司、朝啼司、夜怨司、春感司、秋悲司、薄命司，有金陵十二釵正冊、副冊、又副冊，非常複雜，有四大仙姑，有警幻仙子（即秦可卿），想像力非常豐富。[1]也可以說它有一個現實世界，又有一個想像世界（夢世界）。如果我們從想像力視角去閱讀《紅樓夢》，就會發現《紅樓夢》早已掌握魔幻現實主義，如瑪律克斯的小說一般。而我們的曹雪芹早就寫出了仙幻現實主義了。想像力這方面簡直是太多內涵可以說。

第三個要素我講的是審美形式的閱讀。關於這個我也寫過好多文章了，比如從性格真實而言（如我的《性格組合論》），便是以《紅樓夢》為坐標，正如魯迅先生所說，《紅樓夢》不把好人寫的絕對地好，也不把壞人寫的絕對地壞。打破過去中國小說的格局，寫了人性的真實。後來我又專門寫了文章，談《紅樓夢》的一對一對的「性格對照」，即不同人物不同性格的比較性存在，比如襲人和晴雯，尤二姐與尤三姐，完全是兩種不同的性格，但是她們之間恰好是一對；林黛玉和薛寶釵之間也是一對，賈雨村和甄士隱，也是一對。這次我要着重講講我們之前沒有寫過的和說過的。大家要注意一下的審美形式，也就是「兼美」，這個詞很重要。「兼美」在《紅樓夢》裏面原本是秦可卿的名字，從小說的內容直觀地看，秦可卿兼有薛寶釵和林黛玉之美，也就是說兩大類型的美她都兼有。還有王熙鳳的美，她也兼有。但《紅樓夢》的審美形式，不僅有書的兼美，還有人的兼美。就人的兼美而言，《紅樓夢》把晴雯的心靈美、性格美、精神美、外貌美等全寫出來了。晴雯就兼有質美、性美、神美、貌美，太可愛了。賈寶玉在《芙蓉女兒誄》中說她「其為質則金玉不足喻其貴，其為性則冰雪不足喻其潔，其為神則星日不足喻其精，

1 曹雪芹，高鶚：《紅樓夢》第七三—七五頁，北京：人民文學出版社，二零零五年。

其為貌則花月不足喻其色」。[1]《紅樓夢》把人的美寫絕了。還有書的兼美，《紅樓夢》把美學上的幾大範疇，兼顧起來了，優美，壯美，華美，淒美，俗美，還有悲劇美、喜劇美、荒誕美，《紅樓夢》都寫得非常好，可以說是寫到極致了。

先說優美，可以以林黛玉為例。我們可以說她優雅的情感和姿態，都抵達頂峰。她作的《葬花詞》，優而不俗，優而典雅。感覺有兩種，一種低級感覺，一種高級感覺。低級感覺是生物和生理的感覺，比如人餓了想吃飯，睏了想睡覺。我們吃了飯，睡了覺，自然就很高興。但這種快樂是較低級的。而高級感覺，則是非生理性的優美的感覺，而林黛玉的感覺，則是一種高級感覺。林黛玉的孤獨感，空寂感，空漠感，全是高級感覺。「天盡頭，何處有香丘？」——這就是高級的感覺，優美到了這樣的地步。[2]曹雪芹寫壯美（優美和壯美是對應的），也寫絕了。壯美便是崇高，我們只需要舉兩個例子，一個是尤三姐的自殺，一個是鴛鴦的自殺。尤三姐很喜歡柳湘蓮，而柳湘蓮則把自己的寶劍送給尤三姐做定情的信物。但這個柳湘蓮再次見面的時候，聽人家說，這個賈府，不管榮國府還是甯國府，這些女子都不乾淨，焦大就說了，這個賈府裏面，除了門口的兩個石獅子是乾淨的，其他的都不乾淨。柳湘蓮就中了這個毒了。所以覺得尤三姐也不乾淨。他跟賈璉說這個事情。被尤三姐聽見了，三姐知道柳湘蓮不要她了，她把劍還給柳湘蓮的時候，一下子把劍抽出來自殺而死，倒在血泊中，這時候柳湘蓮才後悔，伏在她的屍體上痛哭，說沒有想到自己的未婚妻這麼剛烈。《紅樓夢》的壯美寫的真動人。

1 曹雪芹，高鶚：《紅樓夢》第一一零九頁，北京：人民文學出版社，二零零五年。
2 同上，第三七一頁。

還有鴛鴦之死，也寫得非常好，鴛鴦就是賈母的丫鬟，後來被賈赦看上了，賈赦是世襲的一品將軍，他已經有一個妻子，兩個小妾了，但他還想要鴛鴦做他的小妾。鴛鴦這個人呢，可以說是紅樓夢裏的首席丫鬟，鴛鴦長得很漂亮，少小時賈寶玉愛吃她的胭脂。賈赦要鴛鴦這個人，而鴛鴦的哥哥嫂嫂，兩個大俗人，竟然想促成這件事，還有賈赦的妻子邢夫人，也是個大俗人，也想促成這個事情。所以鴛鴦特別生氣，於是拿着一個剪刀，宣佈我永遠不嫁人，說誰也別靠近我，然後就開始剪自己的頭髮，幸好她的頭髮很多，沒有剪完。然後她有一段講話，可以說是《紅樓夢》裏女性的宣言，講得非常好。賈赦這個人很壞，他說，鴛鴦不肯嫁給我，她一定是在想賈璉啊，想賈寶玉。鴛鴦就反駁說，我是橫了心的，當着眾人在這裏，我這一輩子莫說「寶玉」，便是「寶金」、「寶銀」、「寶天王」、「寶皇帝」，橫豎不嫁人就完了！就是老太太逼着我，我也會一刀抹死了，也不能從命！[1] 後來賈母死了以後，她就自殺吊死了。這就是《紅樓夢》所寫的壯美。很慘烈，很崇高。《紅樓夢》把鴛鴦的剛烈寫得很真實、很美、很動人。鴛鴦不畏貴族權勢，她拒絕權勢者的話，句句像閃光的寶劍，像宣言，讓人聽了精神旺盛，人格飛升。

「壯美」寫得非常好。還有「華美」，華美是指豪華之美，這種美，很容易落入浮淺、庸俗，但《紅樓夢》卻寫得別開生面。華而不奢華而有情。「華美」寫得最好的地方就是賈元春省親。元春省親簡直是豪華得不得了，建了大觀園，為了王妃來省親，上下轟動，大場面很真實。這個時候曹雪芹如何展現

1 曹雪芹，高鶚：《紅樓夢》第六二四—六二五頁，北京：人民文學出版社，二零零五年。

「華美」呢，他的筆調非常冷靜克制。他讓賈元春抱着她媽媽（賈夫人）和奶奶（賈母）哭了，還說了這麼幾句很真摯的話：「當日既送我到那不得見人的去處，好容易今日回家娘兒們一會，不說說笑笑，反倒哭起來。一會子我去了，又不知多早晚才來！」[1]這一句話「當日既送我到那不得見人的去處」，多有人性，多有人情味。曹雪芹在寫「華美」時，寫出人性來。唯有大手筆才能有這樣的創造。至於「淒美」，我認為我們當代中國作家有一位女作家——遲子建，她把「淒美」寫得最好，尤其是她的《霧月牛欄》。這之前《紅樓夢》把「淒美」寫得真好，我們可以舉出很多例子。其中之一就是晴雯被王夫人冤枉，趕出賈府，回到她的家裏。晴雯出身卑微低賤，而當時她又生着病，身體弱，處境十分淒涼。賈寶玉就去看望她。看着她瘦小手腕上戴着四個笨拙的銀手鐲，賈寶玉就替她把四個銀鐲子取下，放在她的枕頭底下。每個細節都非常淒涼。然後，晴雯讓寶玉拿來剪刀，把她自己養了好幾個月的長指甲剪下來，送給寶玉留作紀念。此時的晴雯，十分悽慘，身體憔悴，又沒有其他的東西可以送給賈寶玉。她能表明自己情愛和心意的，只有這一些指甲。後來，賈寶玉為紀念晴雯之死而寫的《芙蓉女兒誄》。晴雯兼了四個美——質美、性美、神美、貌美。在《芙蓉女兒誄》裏，賈寶玉在讚揚晴雯，也是在讚揚林黛玉。很多女子都兼有這四種美，也是把女子的美寫到了極致。另外，我還可以用另一種角度來表述。在我與劍梅合寫的《共悟紅樓》裏面講到，其中一章是談《紅樓夢》的生命極品。有儒家生命極品；有道家生命極品；有名家生命極品；有法家生命極品，它們都體現在不同的女子身上。體現儒家生命極品的

1 曹雪芹，高鶚：《紅樓夢》第二三九頁，北京：人民文學出版社，二零零五年。

是薛寶釵，她體現出儒家的文化和倫理之美，重秩序，重人倫，重教化。她的人生乃是「逍遙遊」！體現道家的生命極品是林黛玉。體現名家生命極品是史湘雲。體現法家生命極品是王熙鳳。我們讀孔夫子的書，讀孟子，墨子，莊子，這些書可能抽象一點。但看看《紅樓夢》，這些女子體現出了具體的文化體現在具體的女子身上，這麼美。所以，很多人問，薛寶釵和林黛玉哪個更美，實際上是指向儒家和道家的文化爭論。一個是重秩序，重人倫，重教化；一個是重自然，重自由，重個體。這兩方都很美。要問喜歡林黛玉還是喜歡薛寶釵，俞平伯先生引了一段話說：「爭論起來往往拳頭相向。」有些人說自己就是喜歡林黛玉，有些人說自己就是鍾愛薛寶釵，說到底就是說，你到底是喜歡儒家文化還是道家文化。

除了優美、壯美、華美、淒美之外，還有一種值得我們欣賞的是「俗美」。大家可再欣賞一下第二十八回：蔣玉菡情贈茜香羅，薛寶釵羞籠紅麝串。這一回寫了馮紫英（大將軍之子，紈絝子弟，寶玉的朋友）家裏的一次酒會，參加的人有蔣玉菡、薛蟠、妓女雲兒，都是俗人，還有一個是賈寶玉。這是一次俗人的聚會、酒會，但都是朋友，一起作作詩，唱和一番，以增酒趣。要寫好這一段不容易，弄不好就俗氣、容易落入俗筆，但曹雪芹卻寫得很有情趣，讓人也有美感，這不容易。《紅樓夢》展示這一情節時關鍵是寫得「俗而有度」，分寸掌握得很好，而且把每個人的個性、脾氣、內心，都表現得十分恰當，從而讓人感到雅俗並置。

開頭由寶玉唱了一段相思曲，他唱道：

滴不盡相思血淚拋紅豆，
開不完春柳春花滿畫樓，
睡不穩紗窗風雨黃昏後。
忘不了新愁與舊愁，
嚥不下玉粒金蓴噎滿喉，
照不見菱花鏡裏形容瘦。
展不開的眉頭，捱不明的更漏。
呀！恰便似遮不住的青山隱隱，
流不斷的綠水悠悠。[1]

這是寫得很傷感的一首情愛歌，為這次俗人聚會奠下了一首雅歌。此次酒會，還規定每人按照「女兒悲，女兒愁，女兒喜，女兒樂」，唱出一首詩。於是寶玉唱道：

女兒悲，青春已大守空閨。
女兒愁，悔教夫婿覓封侯。

1 曹雪芹，高鶚：《紅樓夢》第三八二頁，北京：人民文學出版社，二零零五年。

女兒喜，對鏡晨妝顏色美。
女兒樂，秋千架上春衫薄。[1]

雲兒則唱道：

女兒悲，將來終身指靠誰？
女兒愁，媽媽打罵何時休！
女兒喜，情郎不捨還家裏。
女兒樂，住了簫管弄弦索。[2]

最有趣的是薛蟠，他的詩雖粗俗卻有趣，他唱道：

女兒悲，嫁了個男人是烏龜；
女兒愁，繡房鑽出個大馬猴。[3]

---

1 曹雪芹，高鶚：《紅樓夢》第三八二頁，北京：人民文學出版社，二零零五年。
2 同上，第三八三—三八四頁。
3 同上，第三八四頁。

我們聽了這幾個人的唱和，反而覺得賈寶玉的「世情」（社會情懷）很寬廣，與誰都可為友，唱給俗人的曲子也不失雅致。我們更會覺得，賈寶玉這個人五毒不傷，心地絕對純正，即使與妓女為伍，也自有一身貴族公子的高貴情調。

講此書的「兼美」，還應該補充說，《紅樓夢》整部小說除了表現悲劇美之外，還可見到喜劇美、荒誕美等。關於悲劇美，王國維在《紅樓夢評論》中早已指出，說《紅樓夢》是悲劇中的悲劇。他說，小說書寫林黛玉之死，不是死於幾個「蛇蠍之人」，而是「由於劇中之人物之位置及關係而不得不然者，非必有蛇蠍之性質與意外之變故」。即不是幾個壞蛋壞人造成的結果，而就是「共同犯罪」的結果。就連賈母和賈寶玉這些最愛林黛玉的人也有一份責任。這一見解極為深刻。我們還應注意到，《紅樓夢》之展示悲劇的同時，很擅長於加入喜劇性。比如晴雯被逐出賈府後，病倒於其姑舅哥哥家中，寶玉偷偷走出後角門去看望她，這兒是很讓人悲傷的時刻，可偏偏這個時候，出現了晴雯的嫂子燈姑娘，她是個風流放蕩的女子，見了寶玉這個奢貴的美少年，便有意思調戲他，她把寶玉抱入懷裏，真是讓人哭笑不得。[1] 這種喜劇片段中更加增添了晴雯的淒涼與孤獨。這樣的嫂子怎能理解與照顧晴雯？真不幸啊！在喜劇片段中，我們更是感受到晴雯的不幸。這種悲劇和喜劇的和諧互參，這也是一種兼美，而把荒誕帶入人間，更是了不得的兼美手筆。我們從《紅樓夢》中感受到大悲劇，但是《好了歌》又是荒誕歌。它告訴我們的正是人生的荒誕，「世人都曉神仙好，唯有功名忘不了，古今將相在何方，荒塚一堆草沒了。

1 曹雪芹，高鶚：《紅樓夢》第一零八四—一零八七頁，北京：人民文學出版社，二零零五年。

世人都曉神仙好，只有金銀忘不了。終朝只恨聚無多，及到多時眼閉了……」世人何等荒誕啊！但又不自知，不僅不自知，還樂於接受命運的嘲笑和打擊。而那些企圖擺脱荒誕的人（如寶玉），卻又是「女媧煉石已荒唐，又向荒唐演大荒。」[1]

三．歷史之維的閱讀

接下來，我要談談從歷史閱讀的角度來看《紅樓夢》。歷史之維的閱讀我分為兩個方面：第一個是史表閱讀，第二個是史裏閱讀，即表層和深層的閱讀。史表閱讀是讀《紅樓夢》寫的三個歷史：（1）賈府（原型曹氏）家族興衰史；（2）個體命運滄桑史；（3）中國社會變遷史。《紅樓夢》寫的是賈氏家族的興衰史，最後講到了抄家。「抄家」是自然事件還是政治事件？這是關鍵處。「紅學」中的考證必須把「真事隱」（甄士隱）之處講清楚。即把「歷史真實」講清楚。周汝昌先生把曹家的「真事」考出來了。很了不起！胡適先生第一個發現《紅樓夢》的作者是曹雪芹，在這一點上，他的貢獻很大。但是他對賈府興衰的解釋是不準確的。他將賈家從興盛到衰的過程歸結為「樹倒猢猻散」，「坐吃山空」的自然趨勢和結果。後來胡適的承繼者周汝昌先生通過認真的考證，發現不是自然結果，而是人為結果。這是很大的發現。周先生是真正的紅樓夢研究專家，本身又是一個「賈寶玉」，即一個把自己的

1　曹雪芹，高鶚：《紅樓夢》第一一九頁，北京：人民文學出版社，二零零五年。

一生獻給《紅樓夢》的癡情人。（周先生的弟子梁歸智教授的描述。）周先生那兩大本《紅樓夢新證》針對賈府興衰，所論述的不是胡適所說「自然結果」，而是人為政治的結果——宮廷鬥爭波及的結果。此後，《紅樓夢》的考證主要分歧就在這裏。周汝昌先生的這個考證是很有貢獻，影響也很大。八十年代的《紅樓夢》電視劇，拍得非常好，無論是音樂，演員，導演，劇本改編都非常成功，可是，最後的結局有點中了周先生的「毒」。最後的結尾太形而下了，吸收了周先生一些考證的成果。高鶚所續述的後四十回，他的高明之處就是形而上的結局。寫寶玉出家就可以了，不需要寫那麼具體，例如劉姥姥這個貧下中農起了很大作用。這些都是受了當時社會氛圍的影響。其實周汝昌先生是很了不得的，我比較相信他的話。周先生對我也非常好，在他臨終之前，他讓他的女兒把我的文章唸給他聽。他對我的鼓勵真的很深，到現在我都還記得。周先生把一生都獻給《紅樓夢》，他的考證主要是說，貴族曹—賈的興衰史主要是政治歷史原因。第二個是個人命運的歷史。這一點《紅樓夢》寫得是十分精彩的，小說中的每個角色都有他／她自己的命運。《紅樓夢》的第五回——《遊幻境指迷十二釵　飲仙醪曲演紅樓夢》，這一回非常重要。每一首詩對每一個女子的命運都有預告。比如寫妙玉：「欲潔何曾潔，云空未必空。可憐金玉質，終陷淖泥中。」[1]寫香菱則是「根並荷花一莖香，平生遭際實堪傷。自從兩地生孤木，致使香魂返故鄉」。[2]《紅樓夢》這部小說就是描寫她們的命運史，每一個人都有自己的滄桑。《紅樓夢》還展示了社會變遷史。我前面談到，歷史代表人文的深度，這是在一般意義上說的。但偉大的文學經典

1 曹雪芹，高鶚：《紅樓夢》第七七頁，北京：人民文學出版社，二零零五年。
2 同上，第七六頁。

極品也有歷史的深度，甚至比史書更有深度。西方的《伊利亞特》和東方的《紅樓夢》，就有超史書的歷史深度。應該說，《紅樓夢》的境界不是歷史的境界，這一點王國維早已讀破。王國維把《紅樓夢》和《桃花扇》相比，他說《桃花扇》是歷史的，政治的，國家的。而《紅樓夢》是審美的，宇宙的，文學的。[1] 王國維真是一個天才，他說得非常準確。《紅樓夢》的境界不是歷史的境界，但它有歷史的深度。關於社會變遷史，我們只要看它兩個方面：一方面，我們可以看出清朝的雍正乾隆時代，科舉制和世襲制已經相互交替了。賈府只能世襲兩個貴族職位，一個是榮國府的一品將軍，由長子賈赦繼承；另一個是寧國府的威烈三品將軍，由賈敬繼承。但賈敬熱衷於道教，好煉丹，所以由他的兒子賈珍繼承了三品爵位。當時不僅有貴族世襲制，還有科舉制，這意味着時代內涵已經發生轉變。雖然後來科舉制變成了壞的東西，阻礙中國進步。但在當時，跟世襲制相比，它還是較為好的。賈政為甚麼生氣？賈寶玉老是瞧不起科舉，老不爭氣，不好好去讀聖賢書。這就不能「榮宗耀祖」。此外，《紅樓夢》還寫了中國已從古典的鄉村社會進入近代的城市社會了。農業社會與商業社會已經發生交替了。一方面，我們可以看到賈府真的是一個大地主啊。劉姥姥說得很好，賈府的人聽了很高興，她說你老拔根寒毛比我們的腰還粗呢。[2] 當時的社會主幹還是農業社會，賈府是大地主。他們屬下還有小地主，那個小地主的名字叫做烏進孝。烏進孝每年都要送地租和許多農產品給賈府，他管九個村，年終獻給賈府的單子，唸出來都要讓人嚇一跳：

1 王國維著，謝維揚，房鑫亮主編：《紅樓夢評論》，收入《王國維全集・第一卷》第六五頁，杭州：浙江教育出版社，二零零九年。

2 曹雪芹，高鶚：《紅樓夢》第九二頁，北京：人民文學出版社，二零零五年。

大鹿三十隻，獐子五十隻，麅子五十隻，暹豬二十個，湯豬二十個，龍豬二十個，野豬二十個，家臘豬二十個，野羊二十個，青羊二十個，家湯羊二十個，家風羊二十個，鱘鰉魚二個，各色雜魚二百斤，活雞、鴨、鵝各二百隻，風雞、鴨、鵝二百隻，野雞、兔子各二百對，熊掌二十對，鹿筋二十斤，海參五十斤，鹿舌五十條，牛舌五十條，蟶乾二十斤，榛、松、桃、杏穰各二口袋，大對蝦五十對，乾蝦二百斤，銀霜炭上等選用一千斤、中等二千斤，柴炭三萬斤，御田胭脂米二石，碧糯五十斛，白糯五十斛，粉粳五十斛，雜色粱穀各五十斛，下用常米一千石，各色乾菜一車，外賣粱穀、牲口各項之銀共折銀二千五百兩。外門下孝敬哥兒姐兒頑意：活鹿兩對，活白兔四對，黑兔四對，活錦雞兩對，西洋鴨兩對。[1]

農民供養小地主，小地主供養大地主。這是當時中國的歷史狀況。賈珍看到這麼多東西，還嫌太少，說了一句：「我算定了你至少也有五千兩銀子來，這夠作甚麼的！如今你們一共只剩了八九個莊子，今年倒有兩處報了旱澇，你們又打擂台，真真是又教別過年了。」烏進孝解釋道：「爺的這地方還算好呢！我兄弟離我那裏只一百多里，誰知竟大差了。他現管着那府裏八處莊地，比爺這邊多着幾倍，今年也只這些東西，不過多二三千兩銀子，也是有饑荒打呢。」[2] 由此可見，農業和地主制在當時還是佔了

1 曹雪芹，高鶚：《紅樓夢》第七二零—七二一頁，北京：人民文學出版社，二零零五年。
2 同上，第七二一—七二二頁。

很大的比例。與此同時，商業也已發展起來了。例如薛蟠，生意做得很大，也賺了很多錢。總之，《紅樓夢》展示了最真實的社會變遷史！在清朝，便是科舉制與世襲制並舉，商業社會與農業社會並舉的歷史現狀。

還有另一方面，這便是歷史閱讀。說到歷史閱讀，我必須提到曾任《炎黃春秋》的一個總編輯名叫吳思，他在做歷史研究的時候發現了「潛規則」。他說我們讀歷史，要注意藏匿於歷史深處的潛規則。中國歷史中有很多潛規則，真正起決定性作用的就是這些潛規則。所謂的潛規則，就是那些無法拿到檯面上卻真正左右歷史走向的規則。也就是政府雖沒有明文規定，但在私下卻四處橫行的規則。《紅樓夢》把潛規則寫得非常好，我講三個例子：

第一個是「錢能通神」。例如王熙鳳到鐵檻寺的時候，一位老尼姑要請她幫忙。老尼姑見王熙鳳回到淨室休息之際，便趁機向鳳姐請求幫忙。鳳姐因問何事。原來，老尼姑有一個張施主，是一個大財主。他有個女兒名叫金哥，已經與長安守備的公子定下婚約（守備類似於警衛團團長營長的職務）。可是最近發生一個事，長安知府太太的弟弟李衙內看上了金哥，便派人來求親。知府的官職比守備大，自然是得讓給知府親屬。可是守備偏偏不同意，說我們已經送了聘禮，堅決不退婚。此時三家處於膠着狀態，十分麻煩。老尼姑說，我們聽說賈府老爺與長安節度雲老爺是老朋友，能否可以幫他們通融一下，讓守備退婚，讓金哥嫁給李衙內。王熙鳳怎麼說呢。鳳姐說這是小事一樁，不過你得給我三千兩銀子。而這三千兩銀子，也不過是打發給小夥計作路費用的。她自己可是有錢的，別說三千兩，三萬兩都拿得出來。這把王熙鳳會講大話的性格也展現出來。這老尼姑聽了就很高興，說三千兩銀子沒問題，請奶奶打理妥當。王熙鳳還説我這個人是不怕甚麼地獄陰司報應的，我回去就辦。這就是為甚麼王熙鳳在瀟湘館鬧鬼的時候十分害怕，就是因為她做了許多壞事，心虛。三千両銀子能讓鬼推磨，這是當時的現實。

第二個是「護官符」決定一切。在《紅樓夢》前幾回中，賈雨村曾是林黛玉的老師，所以賈政走了後門，給了他當一個應天府知府的烏紗帽。俗話説新官上任三把火。賈雨村上台時也想做點好事，可是他剛一上任，就遇到了一件人命官司——薛蟠打死了想娶香菱的馮淵。賈雨村聽後，頗為生氣，人命關天，豈是兒戲?!他決定立刻抓捕薛蟠。這個時候，他身邊一個門子給他使了個眼色兒，讓他不要抓人。賈雨村不甚理解，問他，你剛才給我使眼色甚麼意思。門子問，老爺您不知道「護官符」嗎？在我們這個地方當官，要懂得「護官符」。你若是不懂「護官符」，丟烏紗帽事小，連性命都難保。説罷，門子就拿出了一張抄寫好的「護官符」給賈雨村過目，告訴他萬萬不可得罪這四大家族：

賈不假，白玉為堂金作馬。
阿房宮，三百里，住不下金陵一個史。
東海缺少白玉床，龍王來請金陵王。
豐年好大「雪」，珍珠如土金如鐵。[1]

1 曹雪芹，高鶚：《紅樓夢》第五八—五九頁，北京：人民文學出版社，二零零五年。

門子的「護官符」一下子提醒了賈雨村，賈雨村馬上把事情化小，拿了一些錢給馮淵家，草草了結此案。然後，他又把這個門子充軍到遠方邊疆。從此，此事無人知曉。這就是中國官場的黑暗，吏治的黑暗，歷史的黑暗！到現在仍舊可以看到潛規則左右一切。這是蘊藏在中國歷史深層的東西，十分真實，也十分可怕。

第三個是「得人得天下」。西方人重視制度的好壞，但是中國講究的是得人，得到一個接班人，「後繼有人」最重要。一個皇帝最憂慮的就是「斷後」，沒有後人繼承。在《紅樓夢》中，榮國府本有一個賈珠——賈寶玉的哥哥，但他夭折了。所以全家人都指望着賈寶玉。可是寶玉偏偏不是這個「料」，這就讓賈政「揪心」死了。賈政看到寶玉就不順眼，罵他是「孽障」。賈政的強烈反應恰好反映出了這麼一個規律，一個貴族家族是否可以興盛下去，關鍵在於「得人」——是否有一個好的接班人。賈寶玉不爭氣，不好好讀聖賢書，科舉無望。賈政就恨死他了，把他往死裏打。中國的王朝，最後都因皇帝年紀太小，當不了「接班人」，所以王朝就衰落了。《紅樓夢》也反映了這一歷史的真實。

雖然《紅樓夢》在歷史維度上的筆墨不是很多，但是都十分深刻。

四・哲學之維的閱讀

最後談一下從哲學維度閱讀《紅樓夢》。哲學維度的閱讀我講過好幾次。在六七年前，我的母校廈門大學請我去演講。那時候我的演講題目是《紅樓夢的哲學意義》，我專門談哲學，講《紅樓夢》哲學意義的五個要點，即「大觀視角論」、「心靈本體論」、「中道智慧論」、「靈魂悖論」及「澄明境界論」。我在閱讀之初只注意認識論，好處是把認識論分為深層認識論和表層認識論。用深層認識論閱讀《紅樓夢》非常重要。《紅樓夢》中深層和表層很不同。我們可以看到曹雪芹對表層的儒家、表層的道家、表層的佛家／釋家都非常討厭。表層的儒家就是科舉等規章制度和意識形態。表層的道家則是賈敬，整天煉丹，最後走火入魔，吞丹而死。表層的佛家／釋家，曹雪芹也「不喜歡」。因為寶玉對表層儒、道、釋有許微詞，所以襲人要求賈寶玉不要「毀僧謗道」。可見寶玉是非常討厭佛家外在形式的。而且，《紅樓夢》中許多人都是對佛家有不敬之語，包括薛寶釵。她曾經打趣說到，現在的如來佛比誰都要忙啊。但是，《紅樓夢》對儒家的深層，道家的深層以及佛家的深層，卻非常尊重，也寫得非常好。儒家的深層就是李澤厚先生所說的「情本體」，例如對父母很敬重。這一點，在賈寶玉身上體現得十分具體。他表層是一個逆子，深層卻是一個孝子，而他的本質是一個赤子。道家的深層則是老莊的思想。林黛玉正是道家深層文化的生命極品。賈寶玉和林黛玉一個修的是愛的法門，一個修的是智慧的法門。賈寶玉在愛的方面他總是比林黛玉強。林黛玉只重「情愛」，而賈寶玉不光講「戀愛」，他還講「友情」，講「親情」，講「世情」。他的愛比較廣泛，是個博愛主義者。但是在智慧的方面，賈寶玉總是不如林黛玉。寫詩不如林黛玉，悟禪也是比林黛玉差一點。所以，賈寶玉的禪偈是：「你證我證，心證意證。是無有證，斯可云證。無可云證，是立足境。」[1] 林黛玉看了覺得他的境界不夠，馬上增添了八個字：「無立

1 曹雪芹，高鶚：《紅樓夢》第二九七—二九八頁，北京：人民文學出版社，二零零五年。

足境，是方乾淨」，一下子把他的智慧境界提高了。[1]「無立足境」，說的是你不要追求立足境，即不要有所依賴。莊子《逍遙遊》說，我的境界比列子的境界要高一籌。列子逆風而行，可是他還要依附風。但是莊子不需要依附之物，他像大鵬一樣，扶搖直上九萬里，這是「無待境界」。可以說，賈寶玉這個人是在林黛玉的眼淚洗禮下不斷成長的，最後達到「無待境界」。小時候，賈寶玉喜歡吃女子的胭脂，以後再也不會有了。年少時，他還有肉慾，看到薛寶釵姐姐雪白的膀子，長得很豐滿。想着這些肉能長在林妹妹身上那該多好。到後來，這些慾念全沒有了。所以，從這角度來說，林黛玉可謂是引導賈寶玉往前走的引道之永恆女神。這是《紅樓夢》對深層道家的尊重。此外，還有佛家的深層，禪宗的深層，講「破我執」、「破法執」。賈寶玉正是破世俗對權力、財富、功名的崇拜。

接下來，我還要講兩個點。我認為這是我個人心得，別人似乎沒有說過。那就是從存在論和現象學的視角來閱讀《紅樓夢》。首先從海德格爾、薩特的存在主義視角來讀紅樓。我在多年前應邀到上海圖書館做一次演講，講的題目就是《對〈紅樓夢〉的存在論閱讀》。即用存在論來看《紅樓夢》。我對存在論有一個基本認識，甚麼是存在論，自己如何成為自己。在我看來，存在主義正是講述自己成為自己的可能性的哲學。即「自己如何可能」。薩特說，存在先於本質，作為人，任何時候都有選擇的自由。所以我跟李澤厚開玩笑說，你把康德的總命題——認識如何可能，改成了另一個命題——人類如何可能，人類如何理性化，自然如何人性化，理性化。所以他把人看作是歷史的存在。通過歷史實踐和積澱，使

1 曹雪芹，高鶚：《紅樓夢》第二九九頁，北京：人民文學出版社，二零零五年。

人類理性化。我說，我現在要步你們的後塵，講第三個命題，那就是自己如何可能，自己如何成為自己。《紅樓夢》就是這麼一部充滿存在論的書，它不是一部哲學形態的書，但處處充滿着哲學。所以我今天特意帶了這本書——《賈寶玉論》，談到《紅樓夢》的核心：「自己成為自己」，或「自己不成為自己」的幾類人。第一種類型是「意識到自己，又敢於成為自己」，但到最後還是不能成為自己，如賈寶玉，林黛玉，妙玉等。他們意識到了自己，卻無法成為自己，最終還是無法實現自己。賈寶玉在週歲抓鬮的時候，憑藉天性就去抓了釵環水粉。他的父親賈政氣死了，罵道「好色之徒也」。賈政不讓寶玉成為自己。其實釵環水粉只是一種象徵物，象徵着他到地球來一回，追求的是自由與美的東西，符合天性的東西，除了賈政，寶釵，襲人等都在阻礙寶玉成為自己，甚至連史湘雲，秦鐘，北靜王，甄寶玉都在勸他不要這樣或那樣，要走正路。第二種是「意識到自己」，但刻意撲滅自己。薛寶釵就是這樣的人。薛寶釵其實是意識到自己的，但是她不敢成為自己，所以她吃冷香丸，撲滅青春的火焰。賈寶玉、林黛玉是不能成為自己的悲劇，薛寶釵是不敢成為自己的悲劇。二者都是悲劇。第三種類型是想成為自己但被社會所撲滅。這不是自我撲滅，而是被他者所撲滅。像鴛鴦、晴雯、尤三姐等。還有一種是從根本上不能意識到自己，例如襲人。還有一種是本想成為自己，但被社會所不容。大家有興趣可以看看《賈寶玉論》這本書。最後我要講一點現象學。現象學是德國胡塞爾所提出的。現象學是啟發人如何擁抱事物的真相。我們要擁抱事物的真相就得懸擱那些世俗的概念、經驗和思維定式、思維慣性。《紅樓夢》的兩個主角都很厲害。林黛玉一到賈府，聽到賈寶玉要來了，王夫人告訴她，我這個兒子是「混世魔王」，你要小心。但林黛玉放下「混世魔王」這個概念來看賈寶玉，她懸擱王夫人的偏見，自己來認識賈寶玉。

因此，在林黛玉的眼中，賈寶玉一直是個單純的美少年，讓她一直深愛着。還有，賈寶玉也是天生一個自發的現象論者。這一點曹雪芹很了不起。寶玉從來不按照世俗的定義看人。鴛鴦、晴雯這些女子，世人都說她們是「丫鬟」，「奴婢」，「下人」，但在寶玉心裏，晴雯就是晴雯，鴛鴦就是鴛鴦。她們都是非常美的生命。寶玉寫《芙蓉女兒誄》的時候，就把晴雯，一個世俗人眼中的「狐狸精」，下人，女奴，當做天使來歌頌，這種境界比《離騷》還要高。這就是所謂的現象學。抒發的是自身的純粹意識，決不落入他人的概念之中。當然，《紅樓夢》中也舉出了反例。例如柳湘蓮他就錯了。他按照思維定式——賈府裏面沒有乾淨的女子，所以產生對尤三姐誤解。知道尤三姐為自己而死之後，柳湘蓮痛哭流涕，剃髮為僧。從現象學的角度來看《紅樓夢》，柳湘蓮沒有走出人們的思維定式（「你們東府裏除了那兩個石頭獅子乾淨，只怕連貓兒狗兒都不乾淨」）。[1]《紅樓夢》真是一部偉大的處處具有原創性的作品。這與《紅樓夢》具有哲學高度有關。

1 曹雪芹，高鶚：《紅樓夢》第九二二頁，北京：人民文學出版社，二零零五年。

白先勇與劉再復對談《紅樓夢》

喬敏 整理

一、介紹

劉再復：我們今天在座的四百位[1]《紅樓夢》愛好者，共同面對、討論《紅樓夢》評論史上的一個大現象：有一個人，細細地閱讀、講述、教授《紅樓夢》整整三十年[2]，從太平洋的西岸講到太平洋東岸，創造出閱讀《紅樓夢》的時間紀錄與空間紀錄。

這個人就是白先勇。

白先勇是誰？昨天我太太陳菲亞看到我的發言提綱上有這個問題。她說，這還要講嗎？誰不知道白先勇是著名作家和著名崑曲《牡丹亭》青春版的製作者。我原本也是這樣認識白先勇，但現在則有三點新的認知：

1、白先勇先生不僅是當代華文文學的一流作家，寫過一流小說《紐約客》、《台北人》與《孽子》，一流散文《驀然回首》、《明星咖啡館》、《第六隻手指》、《樹猶如此》，還有一流戲劇、

1 當日對談還有三百人在網上觀看直播視頻。

2 白先勇在加州大學聖塔芭芭拉分校講授了二十九年《紅樓夢》，之後又在台大講授了一年半。

電影劇本《遊園驚夢》、《金大班的最後一夜》、《玉卿嫂》、《孤戀花》、《最後的貴族》等影響巨大的作品；而且他還是一流的文學鑒賞家，《白先勇細說紅樓夢》便是明證。此書鑒賞《紅樓夢》如何寫人，如何寫神，如何寫天，如何寫地，每篇都非常精彩。鑒賞寫人時，他說，《紅樓夢》寫人充分個性化，鶯兒說的和平兒說的，金釧說的和玉釧說的，絕對不一樣。至於寫天、寫神，那是《紅樓夢》的兩面。除了寫實，它寫神話的部份，也寫得很傳神、很逼真。而寫地，如寫大觀園，先是展示林黛玉眼裏的大觀園，接着又寫賈政、一群清客及寶玉眼裏的大觀園，最後又寫到劉姥姥眼裏的大觀園。

2、白先勇不僅是李漁[1]一般的大才子，而且是接近曹雪芹的大才子。李漁很有才能，他帶着一個戲班子到處漂泊，寫了許多優秀的戲劇劇本和散文，他日子過得很不錯，文章也寫得漂亮。我原以為白先勇像李漁，也是大才子，日子也過得不錯，帶着崑劇劇團走南闖北。現在才明白，他更像曹雪芹。他有續寫《紅樓夢》的才華，可惜後四十回有人捷足先登，已經在白先勇之前完成了。他只能在解說上展示其才華了。

3、白先勇不僅是白崇禧將軍的兒子，而且是中華文化的赤子。他不管走到哪個天涯海角，都念念不忘中國文化。他寫小說，製作崑曲，解讀《紅樓夢》，無一不是對中國文化的思戀與緬懷。他不能容忍台灣一部份人「去中國化」的觀點。不錯，台灣如果真的去中國化了，那麼它還

1　李漁，李笠翁，明清時期劇作家、批評家，著有《凰求鳳》、《玉搔頭》等劇本，及戲曲批評理論《閒情偶寄》等。

剩下些甚麼呢？文化不僅在圖書館裏，而且在活人身上。他走到哪裏，就把中國文化傳播到哪裏。中國文化的總指向，正如張載所言：「為天地立心，為生民立命，為往聖繼絕學，為萬世開太平。」白先生給我的第一封信，說我的散文可用「興滅繼絕」四個字概說。二零零五年，我在台灣中央大學「客座」時，他應邀給學生講述《牡丹亭》，在課堂上，他一見到我，就請我對青春版《牡丹亭》作了評價。我到課堂上對人說，白教授所做的事正是「興滅繼絕」，我要把他評價我的話奉還給他，他真的是一片中國文化情懷。在評《紅樓夢》中，白先勇還特別解說了一點，即《紅樓夢》不僅是一部小說，而且是中華文化的結晶。他說，《紅樓夢》真「了不得」。中國文化中的儒、道、釋，它都包括在內。儒學宜於年青時代，道學宜於中年時代，佛學宜用於晚年時期。他還說，《紅樓夢》中甚麼都有，士、農、僧、商，衣、食、住、行，琴、棋、書、畫，文、史、哲、經，樣樣都涉及，連風箏怎麼放，都可在《紅樓夢》中學到。

今天我所以感到榮幸，除了遇到一個百年不遇的「大現象」之外，還遇到一個相對自由的「大環境」。這就是香港科技大學人文學部的自由講壇。本來，二零一六年時報出版公司剛推出《白先勇細說紅樓夢》之後，香港誠品書店就邀請我和白先勇進行對話。但我當時身在美國落基山下，大洋阻隔，難以抽身作萬里之行，而白先勇也忙於教學，終於作罷。此次能相逢，乃是天時、地利、人和的緣份的結果，是「大現象」與「大環境」相結合的結果。我們要感謝史維校長，感謝科大人文學部與高等研究院。

我還為自己感到榮幸。在二零一八年因為拔牙而受感染，兩種細菌入侵，得了下頜骨骨髓炎。當時不僅住院，而且注射了六星期的抗生素，病情嚴重，可謂死裏逃生，今天能與先勇兄在此對話，也得益於上蒼放我一馬，所以也感到榮幸。

現在我想請教白先勇先生，請您談談您在美國講《紅樓夢》的情況。

白先勇：謝謝劉再復先生對我的介紹，我與劉先生神交已久。劉再復先生寫於上世紀八十年代的《性格組合論》，可稱得上是「暮鼓晨鐘」。當時的文學作品多數是臉譜化的，非黑即白，劉先生提出性格組合論，對小說創作極其重要。人不可能是全黑或全白的，一定是黑白混在一起，有的深灰，有的淺灰，所以「性格組合論」的提出很有意義。自 Freud（弗洛伊德）研究人的潛意識的理論提出後，對現代人物的研究都是去臉譜化的。所以說，劉先生的理論在當時非常先進，「敲醒」世人，但同時也飽受爭議，畢竟近現代中國文學很大程度上是政治化、臉譜化的。

之後我讀了更多劉再復先生的文學理論。他雖然從八十年代末之後長期居住在海外，但他對中國文化、中國文學極其關心，也很憂國憂民。劉先生寫了很多關於中國古典四大名著的文章。他認為《水滸傳》和《三國演義》是中國藝術水準很高的小說，但不喜歡這兩部作品。他認為《三國演義》的主題都是關於「權謀」、「心機」、「鬥爭」，藝術價值雖很高，但是影響不好。《水滸傳》的一百零八將，每個都栩栩如生，裏面的三個「淫婦」潘金蓮、閻婆惜、潘巧雲也刻劃得極好。但劉先生提出這部作品描摹的是一個「野蠻世界」，殺人如麻，武松對婦孺小孩也不放過，裏面的人甚至還要開「人肉包子店」，劉先生認為這部作品對暴力、殺戮沒有批判態度。劉再復先生的個人經歷、歷史認知讓他對這兩部作品有這樣的評價。

我想，劉再復先生之所以熱愛《紅樓夢》，一個重要的原因是這部作品寫出了最可貴的「人性的慈悲」。曹雪芹以大慈大悲之心來看芸芸眾生，以「天眼」俯瞰紅塵，這是作者的大心胸。我的一位朋友奚淞在甘肅張掖的一個古廟看到一副楹聯，寫得很動人，我在講《紅樓夢》的結尾時引用了：「天地同流，眼底群生皆赤子；千古一夢，人間幾度續黃粱。」曹雪芹筆下的人物，善與惡是混雜在一起的。像是趙姨娘，在賈府地位非常卑微，自己的兒子賈環也不受重視，她心術不端，總是嫉妒寶玉，而且時常想要害他，這是一個很難讓人同情的角色。但《紅樓夢》寫到她的死亡時，她的屍首被棄置在破廟裏無人理會，可就在此時此刻，另一個人物出現了——一個大家很少注意到的人物：周姨娘。周姨娘也是賈政的妾，很少露面，也很少講話。周姨娘去看趙姨娘的屍身，倒抽一口冷氣，她想到做妾的下場也不過如此，何況趙姨娘還有兒子，自己可能會比趙姨娘的結局更悲慘。就是這樣一個細節，讓人突然意識到趙姨娘、周姨娘這些人物的可憐，所以說《紅樓夢》的悲憫心、同情心是無限的。

劉再復先生將《紅樓夢》與其他世界名著相提並論，稱讚為「中國文學史上最偉大的小說」，我也這樣認為。我在加州大學聖塔芭芭拉分校教了近三十年書，講明清小說課的時候，一直選用《紅樓夢》作為範本。課堂上的學生分作兩組，一組是美國學生，沒有中文功底，只好用翻譯文本，講一講故事大綱和人物分析，但是也有效果。例如，有個美國學生對我說：「白老師，我就是賈寶玉。」因為他當時正在追中國的女孩子，交過幾個中國女朋友，就把自己看成是賈寶玉。另一組是中國學生，來自大陸和台灣的孩子，教得更深入一點。一九九四年，我提早退休，覺得人生應該換個「跑道」，做一些別的事情。

直到二零一四年，趨勢科技文化捐助台灣大學文學院設立「白先勇文學講座」，請了很多海內外的專家、學者來開講座。到第五年的時候，我受邀去講課，但是我躊躇應該講甚麼呢？我的一位教授朋友說，現在很多年輕人不再閱讀大部頭的經典著作，甚至大學生也不再看《紅樓夢》了。那怎麼可以？於是我想那就講《紅樓夢》吧，至少在我的課堂上，學生必須仔仔細細跟着我閱讀一遍《紅樓夢》，還要接受我的考試和「刁難」。

當時計劃講一個學期，每週講兩個小時，但是一個學期結束只講了四十回，於是到了第二個學期，每週加一個小時課程繼續講，端午節還補課，結果第二個學期也只講到第八十回。最後又講了一個學期，一百個小時之後又加了一個小時，終於把一百二十回的《紅樓夢》講完了。所以，我的《細說紅樓夢》其實是帶着學生細讀文本。Close Reading（細讀），是我們上世紀六十年代在學校學習的美國「新批評」派的文學理論，在當時的耶魯大學最為興盛，從文本的細讀中發掘意在言外的思想及小說各種的構成。夏濟安先生、夏志清先生都在這個傳統裏，我也受到這個傳統影響。如今紅學、曹學等各種研究如此興盛，但我覺得正本清源、萬流歸宗，對《紅樓夢》這部偉大的小說做文本細讀，是我的解讀方法。

但在耄耋之年重新細讀和講授《紅樓夢》，我越發覺得這是一部真正的「天書」——有說不盡的玄機，說不盡的密碼，需要看一輩子。我看到晚年，可能才看懂了七八分，所以，我想大膽地宣稱：《紅樓夢》是「天下第一書」！

西方也有很多經典文學作品，像托爾斯泰的《戰爭與和平》、陀思妥耶夫斯基的《卡拉馬佐夫兄弟》

等，尤其是到了十九、二十世紀，西方湧現了很多經典文學作品，像Random House（蘭登書屋）選出了一百本偉大的作品，排名第一的是詹姆斯·喬伊斯的《尤利西斯》。我在課堂上也唸過《尤利西斯》，不停地揣摩文本，正襟危坐，看得非常吃力。相比之下，《紅樓夢》非常好看，隨便翻開一章，就會追下去。

二、白先勇、劉再復對話的基礎

劉再復：我和白先勇先生，對於《紅樓夢》有幾點相同的認識，這是我們對話的基礎。共同的認識有三個：

1、我們都認為《紅樓夢》是中國文學無可置疑的高峰。我們都認為《紅樓夢》好得不得了，也都愛得不得了，好得無以復加，愛得無以復加。用理性語言表達，先勇兄說，《紅樓夢》是中國文學中最偉大的作品。請注意，他用了「最」字，不是「一般偉大」，而是「最偉大」。我則說，《紅樓夢》是中國文學的「經典極品」，它標誌着人類最高的精神水準。人類有史以來創造了柏拉圖、亞里士多德，以至康德、黑格爾等哲學，也創造了荷馬史詩、莎士比亞戲劇和塞萬提斯、巴爾扎克、雨果、歌德、托爾斯泰與陀思妥耶夫斯基的長篇文學巨著，這些都是人類最高智慧水準與精神水準的坐標。中國只有一部長篇小說，堪稱最高水準，這就是《紅樓夢》。人類自有文明史以來，創造了三座文化巔峰：一是西方哲學；二是大乘智慧；三是中國人文經典。後者的偉大結晶與呈現者就是曹雪芹的《紅樓夢》。總之，我們對《紅樓夢》都驚嘆，都給予最高禮讚，都感到讚美的詞窮句盡，語言不夠用。有人認為，《金瓶梅》比《紅樓夢》更偉大，這種論點恐怕難以成立。《金瓶梅》確實是中國偉大的寫實主義作品，中國男人何等粗糙粗鄙，看西門慶就明白；中國富裕舊家庭妻妾之間的關係如何緊張，看《金瓶梅》也能明白。《金瓶梅》的寫實，不設政治法庭與道德法庭，這很了不起。但與《紅樓夢》相比，《金瓶梅》缺少一個形而上層面，一個神話世界層面，一個非寫實層面，這是很大的缺憾。

2、張愛玲說她人生三大恨事，一是鰣魚多刺；二是海棠無香；三是《紅樓夢》未完。[1] 我和先勇兄則認為，《紅樓夢》有兩種形態，一是「未完」，一是「已完」。前八十回抄本《脂硯齋重評石頭記》可以說「未完」，而一百二十回本（程甲、乙本）即《紅樓夢》印刷本則「已完」。正如巴黎盧浮宮的兩大經典藝術品，一是斷臂維納斯，一是完整的蒙娜麗莎。後者已完成，不必遺憾！我們鑒賞的正是已完的《紅樓夢》，我們人生的樂事正是欣賞已完成「紅樓之樂」，這不是一般的「樂」，而是其樂無窮。白先勇說：「我一生中最幸運的事之一，就是能夠讀到程偉元與高鶚整理出來的一百二十回全本《紅樓夢》，這部震古爍今的文學經典巨作。」[2]

3、對於後四十回，我們都認為寫得好！重要的不是「真」與「偽」，而是「好」或「壞」。或者說，重要的不是作者（出自誰的手筆），而是「文本」、「文心」能否站得住。我們倆都重欣賞，

1 張愛玲：《紅樓夢魘》，台北：皇冠出版社，一九八九年。
2 白先勇：《白先勇細說紅樓夢》第二零頁，台北：時報文化出版企業股份有限公司，二零一六年。

重鑒賞，即重審美。我們都認為程乙本即一百二十回本站得住腳，是完整的好作品。順便說一下，不同於張愛玲的「三恨」，白先勇晚年有三樂：一是喜為父親立傳；二是喜帶崑劇團周遊列國；三是重講《紅樓夢》。白先勇屬於少年得志還是晚成大器，尚可討論。也就是說，今天如果在場的是張愛玲，那我們會吵架。但今天在場的是白先勇，我們就有平心對話的可能與基礎了。

我們充分肯定後四十回，不是簡單的事，因為許多「紅學」學者都批評了後四十回，發現後四十回諸如「蘭桂齊芳」等敗筆。最困難的是，我們必須面對兩位紅學研究的天才，一個是兩百多年來，考證最有成就的周汝昌先生；一個是文學創作天才張愛玲（儘管我稱她為「夭折的天才」）。他們兩人都不滿後四十回，張愛玲在給宋淇、鄺文美夫婦的信中甚至說：「高鶚續書——死有餘辜。」周先生也認為，高鶚續寫《紅樓夢》失敗了，不僅「無功」，而且有罪。

我和白先勇充分敬重這兩位天才，但抱着「吾愛吾師，但更愛真理」的態度表示，我們完全肯定後四十回。

白先勇不是一般地肯定，甚至認為後四十回好到他不得不懷疑那是否可能出自另一個人的手筆，整篇小說，前後呼應，人物命運、作品思想一以貫之，不可能是另一個人的創作，所以稱高鶚續書，可懷疑。他認為，對於後四十回，高鶚最多只能稱作整理者，不能算作者。這後四十回肯定有大量的曹雪芹遺稿。他還認為，後四十回的兩大支柱，即黛玉之死與寶玉出家都寫得極好。有這兩大支柱在，後四十回就成功了。

我雖不如此描述，但對於一個死亡（黛玉），一個逃亡（寶玉），卻講兩個字：一是歸於「心」，一是歸於「空」，都屬於形而上，很高明，很精彩。歸於「心」，是一百一十七回書寫寶玉再次丟掉胸前玉石，他要把「玉」還給癩頭和尚，結果惹得寶釵與襲人驚慌護玉，此時此刻，賈寶玉講了兩句「一句頂一萬句」的話。一句是：「我已經有了心了，要那玉何用？」另一句是「你們這些人，原來都是重物不重人哪！」襲人等只知道那塊玉是賈寶玉的命根子，不知道他的心才是他的命根子，生命本體，重中之重。寶玉這麼說，在哲學中點了題，把《紅樓夢》的心學之核點出來了。台灣第一哲學家牟宗三先生大讚這一節描寫。它真的是抓到「文心」與「文眼」，所謂「文心雕龍」，這正是。「心」便是《紅樓夢》這部偉大小說的「龍」。「龍」沒了，空了。寶玉出家，一切歸「空」，不僅寶玉出走，而是整個賈府倒塌，衰敗，斷後，「忽喇喇似大廈傾，昏慘慘似燈將盡」，整個世界「落了片白茫茫大地真乾淨」。人也空，府也空，人皆散，府皆散，這個結局正是《紅樓夢》開端預示的結局，《好了歌》的結局，全「散」，全「了」，全「空」，非常精彩。在中國歷史上，一個朝廷，一個家族，關鍵是「接班人」，一旦「斷後」，就走向崩潰。整部《紅樓夢》以寶玉出家為結局，就是以大悲劇為結局。賈府從此「斷後」，沒有後人。一百二十回的小說完整了，故事完整了。

出家為「空」，這是釋迦牟尼走出帝王家的結局，精彩的形而上。相比一九八七年《紅樓夢》電視劇結束於形而下就高明得多。八七年版的這部電視劇，從演出到音樂樣樣成功，唯獨劇本「形而下」是大敗筆。寶玉不是出家，而是下獄；史湘雲不是下嫁，而是被逼當了妓女；王熙鳳不是被休，而是死無葬身之地。唯有她與賈璉的女兒巧姐，得救於「貧下中農」劉姥姥，整個結尾太實，太不給讀者留下審美想像空間。

下面請白先生先談談您對《紅樓夢》後四十回的理解。張愛玲完全否定後四十回，甚至在給宋琪、鄺文美夫妻的信中說：「高鶚續書——死有餘辜」。您怎麼看這一點？

白先勇：我談談我為何對《紅樓夢》的後四十回如此看重。張愛玲不喜歡《紅樓夢》的後四十回，她的影響太大了，以至很多人因為她而不願意讀下去。但我想張愛玲可能沒看懂後四十回，甚至可以說沒有讀懂《紅樓夢》。程高本一百二十回前後連貫，血脈相通，前八十回的許多伏筆，在後四十回都作了回應、回答，不是大手筆不可能如此完成。《紅樓夢》的前八十回講賈府之盛，文字當然要濃艷、華麗，後四十回講賈府之衰，文字當然會變得蕭疏。第八十回之後寫的是賈寶玉心境的變化，自晴雯去世後，賈寶玉的心境轉向了蒼涼，所以《紅樓夢》的第八十一回會寫到曹操的《短歌行》，一代梟雄也會感悟到「對酒當歌，人生幾何。譬如朝露，去日苦多」的「無常」，而「無常」這兩個字正是《紅樓夢》的主題。賈寶玉在後四十回裏也感受到了賈府的興衰、人世的無常。第八十一回，賈寶玉想到了去世很久的秦鐘，忽然意識到沒有知交、沒有可講話的人，所以他裝作看書，但心中實在難過。這就是寶玉的心境，一種很要緊的轉折。

後四十回還有很多亮點，黛玉之死和寶玉出家是全書的高峰，是兩大支柱。黛玉之死的段落，寫到寶玉送黛玉那兩塊手帕，那是寶玉的貼身之物，也是寶、黛二人的定情之物，是「情絲」的牽絆；黛玉燒掉手帕，等於是焚掉他們的愛情。寶玉出家的一回也寫得好，是極難得的。胡適用薄弱的證據說明《紅樓夢》後四十回是高鶚所「補」，但「補」可能是「修補」，可能是「續補」，不能作定論。我認為，後四十回原稿也是曹雪芹寫的，但是有殘缺，高鶚和程偉元是在原稿基礎上續寫或者說是整理的。而且我作為小說創作者，深知有些細節不會有另外的人能想到。簡言之，《紅樓夢》的後四十回，絕對不輸於前八十回。

劉再復：白先勇先生，您對後四十回的充分肯定，對我也深有啟發。中國文化很重「衰落」，中國文學常有的敗筆是不願意正視「悲劇」，而愛寫大團圓，即所謂「曲終奏雅」或「曲終奏凱」。但《紅樓夢》的後四十回卻寫寶玉出家，寫的是「曲終人散」，也是「曲終家落」，很深刻，很有力量。對後四十回，我也覺得它「大處站得住腳，小處可諒解」。不過，您不是發現前八十回也有許多誤筆、敗筆嗎？

白先勇：一個大作家，寫作出經典，其中有些敗筆、俗筆，很難避免。這也是「金無足赤，人無完人」的道理。後四十回的「蘭桂齊芳」等敗筆是多數人認定的，但為甚麼產生這些敗筆，則可研究。總的說來，後四十回是成功的。

劉再復：那您對我剛才提到的我們的共同點，還有甚麼補充與修正嗎？

白先勇：我想補充一點我們對賈寶玉這個主人公的共同的看法。例如，我也認為，賈寶玉是最純粹、最慈悲的心靈，他實際上是個基督，釋迦牟尼，渾身全是佛性。他的心靈確實是佛心、童心。他從不傷害到人，任何一個人他都尊重。哪怕對趙姨娘，他也從不報復，從不說她的壞話，儘管趙姨娘常要加害他。

三、白先勇與劉再復的閱讀特點與閱讀貢獻

劉再復：我想用三個詞組，十二個字來概說白先勇兄的閱讀特點與傑出貢獻：這就是「文本細讀」、「版本較讀」、「善本品讀」。我說的三個「讀」，也可以用一個「文本細說」來概說。細讀，本是日本學人的研究特點。日本人真是認真、仔細，後來美國人也學成了。從白先勇到余國藩，他們講解《紅樓夢》都用細讀的方式。白先勇的法門與胡適的法門不同。胡適的法門是「大膽假設，小心求證」。白先勇的法門是「不作假設，小心讀證」。白先生無論是寫小說還是解說《紅樓夢》都不作任何政治預設與道德預設，不同於「索隱派」，也不同於「考證派」的四大家族興衰史之論。他只管閱讀、細讀、較讀、品讀。

1、文本細讀

白先勇的《紅樓夢》閱讀與研究，最大的特點是「文本細讀」。他在美國加州大學聖塔芭芭拉分校

講述《紅樓夢》二十九年，創下了講述《紅樓夢》的時間紀錄。他的方法是一回一回地給學生講課，從基本情節、人物塑造、對話藝術等多個角度進行講述，這種細讀給我們提供一種尊重原著的典範。這固然是課堂方式的逼迫，但也必須有個人韌性的堅持。沒有對《紅樓夢》的真正熱愛，撐不了二十九年、三十年。余國藩先生在芝加哥大學也用這種方法，也是一回一回地講述。但他也沒講這麼長（時間），這麼細。

2、版本較讀

在文本細讀的前提下，白先勇又作了版本較讀。他把程乙本作為最成功的一百二十回，把脂批的庚辰本作為最成功的八十回本，二者加以細細比較後，他發現庚辰本的一系列錯誤。人們都在指責後四十回的錯誤，他卻發現前八十回的錯誤。他說，他把里仁版的庚辰本與桂冠版的程乙本「從頭到尾仔細比較了一次」[1]，發覺庚辰本其實也隱藏不少問題，有幾處還相當嚴重。我則完全從小說在藝術、美學觀點來比較兩個版本。這種細緻較讀，使他發現：

（1）對秦鐘描寫最後部份實屬「畫蛇添足」。白先勇說，人物塑造是《紅樓夢》小說藝術最成功的地方，無論主要、次要人物，無一不個性鮮明，舉止言談，莫不恰如其分。例如秦鐘，這是一

1　白先勇：《白先勇細說紅樓夢》第一一頁，台北：時報文化出版企業股份有限公司，二零一六年。

個次要角色，出場甚短，但對寶玉意義非凡。寶玉認為「男人是泥作的骨肉」，「臭氣逼人」，他尤其厭惡一心講究文章經濟、追求功名利祿的男人，如賈雨村之流，連與他形貌相似而心性不同的甄寶玉，他也斥之為「祿蠹」。但秦鐘是《紅樓夢》中極少數受寶玉珍惜的男性角色，兩人氣味相投，惺惺相惜，同進同出，關係親密。白先生特別舉了一個例子，他說，秦鐘夭折，寶玉奔往探視，「庚辰本」中秦鐘臨終竟留給寶玉這一段話：

> 以前你我見識自為高過世人，我今日才知誤了。以後還該立志功名，以榮耀顯達為是。（「庚辰本」第十六回）

這段臨終懺悔，完全不符秦鐘這個人物的個性口吻，破壞了人物的統一性。秦鐘這番老氣橫秋、立志功名的話，恰恰是寶玉最憎惡的。如果秦鐘真有這番利祿之心，寶玉一定會把他歸為「祿蠹」，不可能對秦鐘還思念不已。再深一層，秦鐘這個人物在《紅樓夢》中又具有象徵意義，秦鐘與「情種」諧音，第五回賈寶玉遊太虛幻境，聽警幻仙姑《紅樓夢》曲子第一支（紅樓夢引子）：開闢鴻蒙，誰為情種？「情種」便成為《紅樓夢》的關鍵詞，秦鐘與姐姐秦可卿其實是啟發賈寶玉對男女動情的象徵人物，兩人是「情」的一體兩面。「情」是《紅樓夢》的核心。秦鐘這個人物象徵意義的重要性不言而喻。「庚辰本」中秦鐘臨終那幾句「勵志」遺言，把秦鐘變成了一個庸俗「祿蠹」，對《紅樓夢》有主題性的傷害。「程乙本」沒有了這段，秦鐘並未醒轉留言。「脂本」多為手抄本，抄書的人不一定都有很好的學識見解，「庚辰本」那幾句話很可能是抄書者自己加進去的。作者曹雪芹不可能製造這種矛盾。[1]

（2）白先勇還發現：八十回本對尤三姐的描寫錯誤。他說：

比較嚴重的是尤三姐一案。《紅樓夢》次要人物榜上，尤三姐獨樹一幟，最為突出，可以說是曹雪芹在人物刻劃上一大異彩。在描述過十二金釵、眾丫鬟等人後，小說中段，尤氏姐妹二姐、三姐登場，這兩個人物橫空而出，從第六十四回至六十九回，六回間二尤的故事多姿多彩，把《紅樓夢》的劇情又推往另一個高潮。尤二姐柔順，尤三姐剛烈，這是作者有意設計出來一對強烈對比的人物。二姐與姐夫賈珍有染，後被賈璉收為二房。三姐「風流標緻」，賈珍亦有垂涎之意，但不似二姐隨和，因而不敢造次。第六十五回，賈珍欲勾引三姐，賈璉在一旁慫恿，未料卻被三姐將兩人指斥痛罵一場。這是《紅樓夢》寫得最精彩、最富戲劇性的片段之一，三姐聲容並茂，活躍於紙上。但「庚辰本」這一回卻把尤三姐寫成了一個水性淫蕩之人，早已失足於賈珍，這完全誤解了作者有意把三姐塑造成貞烈女子的企圖。「庚辰本」如此描寫：

1 白先勇：《白先勇細說紅樓夢》第一二—一三頁，台北：時報文化出版企業股份有限公司，二零一六年。

當下四人一處吃酒。尤二姐知局，便邀他母親説：「我怪怕的，媽同我到那邊走走來。」尤老也會意，便真個同他出來，只剩小丫頭們。賈珍便和三姐挨肩擦臉，百般輕薄起來。小丫頭子們看不過，也都躲了出去，憑他兩個自在取樂，不知作些甚麼勾當。（「庚辰本」第六十五回）

這裏尤二姐支開母親尤老娘，母女二人好像故意設局讓賈珍得逞，與三姐狎暱。而剛烈如尤三姐竟然隨賈珍「百般輕薄」、「挨肩擦臉」，連小丫頭們都看不過，躲了出去。這一段把三姐糟蹋得夠嗆，而且文字拙劣，態度輕浮，全然不像出自原作者曹雪芹之筆。「程乙本」這一段這樣寫：

當下四人一處吃酒。二姐兒此時恐怕賈璉一時走來，彼此不雅，吃了兩鍾酒便推故往那邊去了。賈珍此時也無可奈何，只得看着二姐兒自去。剩下尤老娘和三姐兒相陪。那三姐兒雖向來也和賈珍偶有戲言，但不似他姐姐那樣隨和兒，所以賈珍雖有垂涎之意，卻也不肯造次了，致討沒趣。況且尤老娘在旁邊陪着，賈珍也不好意思太露輕薄。（「程乙本」第六十五回）

尤二姐離桌是有理由的，怕賈璉闖來看見她陪賈珍飲酒，有些尷尬，因為二姐與賈珍有過一段私情。這一段「程乙本」寫得合情合理，三姐與賈珍之間，並無勾當。如果按照「庚辰本」，賈珍百般輕薄，三姐並不在意，而且還有所逢迎，那麼下一段賈璉勸酒，企圖拉攏三姐與賈珍，三姐就沒有理由，也沒有立場，暴怒起身，痛斥二人。《紅樓夢》這一幕最精彩的場景也就站不住腳了。後來柳湘蓮因懷疑尤三姐不貞，索回聘禮鴛鴦劍，三姐羞憤用鴛鴦劍刎頸自殺。如果三姐本來就是水性婦人，與姐夫賈珍早有私情，那麼柳湘蓮懷疑她乃「淫奔無恥之流」並不冤枉，三姐就更沒有自殺以示貞節的理由了。那麼尤三姐與柳湘蓮的愛情悲劇也就無法自圓其說。尤三姐是烈女，不是淫婦，她的慘死才博得讀者的同情。「庚辰本」把尤三姐這個人物寫岔了，這絕不是曹雪芹的本意，我懷疑恐怕是抄書的人動了手腳。[1]

尤氏兩姐妹的描寫本是《紅樓夢》的精彩之筆。尤二姐柔順，尤三姐剛烈。這裏不僅是成功的性格對照，而且是感人的真實性格，因此兩姐妹所形成的慘痛悲劇便十分感人。尤三姐後來的自殺，柳湘蓮的悔恨，都是令人感嘆的情節。整部小說中，一個尤三姐，還有一個鴛鴦，兩個女子的錚錚傲骨都感動天地。但《石頭記》庚辰本把尤三姐寫成「水性楊花」，顯然也是敗筆，而且是嚴重的敗筆。這也是文本細讀、較讀後的發現。

1　白先勇：《白先勇細説紅樓夢》第一三—一四頁，台北：時報文化出版企業股份有限公司，二零一六年。

（3）白先勇還發現，前八十回本暗貶了晴雯。他說：

第七十七回「俏丫鬟抱屈夭風流」寫晴雯之死，是《紅樓夢》全書最動人的章節之一。晴雯與寶玉的關係非比一般，她在寶玉的心中地位可與襲人分庭抗禮，在第三十一回「撕扇子作千金一笑」、第五十二回「勇晴雯病補雀金裘」中，兩人的感情有細膩的描寫。晴雯貌美自負，「水蛇腰，削肩膀兒」，眉眼像「林妹妹」，可是「心比天高，身為下賤，風流靈巧招人怨」，後來遭讒被逐出大觀園，含冤而死。臨終前寶玉到晴雯姑舅哥哥家探望她，晴雯睡在蘆席土炕上：

幸而衾褥還是舊日鋪的，心內不知自己怎麼才好，因上來含淚伸手輕輕拉他，悄喚兩聲。當下晴雯又因着了風，又受了他哥嫂的歹話，病上加病，嗽了一日，才朦朧睡了。忽聞有人喚他，強展星眸，一見是寶玉，又驚又喜，又悲又痛，忙一把死攥住他的手，哽咽了半日，方說出半句話來：「我只當不得見你了！」接着便嗽個不住。寶玉也只有哽咽之分。晴雯道：「阿彌陀佛！你來得好，且把那茶倒半碗我喝。渴了這半日，叫半個人也叫不着。」寶玉聽說，忙拭淚問：「茶在那裏？」晴雯道：「那爐台就是。」寶玉看時，雖有個黑沙吊子，卻不像個茶壺。只得桌上去拿了一個碗，也甚大甚粗，不像個茶碗，未到手內，先就聞得油羶之氣。寶玉只得拿了來，先拿些水，洗了兩次，復用自己的絹子拭了，聞了聞，還有些氣味，沒奈何，提起壺來斟了半碗，看時，絳紅的，也太不成茶。晴雯扶枕道：「快給我喝一口罷！這就是茶了。那裏比得咱們的茶！」寶玉聽說，先自己嘗了一嘗，並無清香，且無茶味，只一味苦澀，略有茶意而已。嘗畢，方遞與晴雯。只見晴雯如得了甘露一般，一氣都灌下去了。（第七十七回）

這一段寶玉目睹晴雯悲慘處境，心生無限憐惜，寫得細緻纏綿，語調哀惋，可是「庚辰本」下面突然接上這麼一段：

寶玉心下暗道：「往常那樣好茶，他尚有不如意之處；今日這樣。看來，可知古人說的『飽飫烹宰，飢饜糟糠』，又道是『飯飽弄粥』，可見都不錯了。」（「庚辰本」第七十七回）

這段有暗貶晴雯之意，語調十分突兀。此時寶玉心中只有疼憐晴雯，哪裏還捨得暗暗批評她，這幾句話，破壞了整節的氣氛，根本不像寶玉的想法，看來倒像手抄本脂硯齋等人的評語，被抄書的人把這些眉批、夾批抄入正文中去了。「程乙本」沒有這一段，只接到下一段：

寶玉看着，眼中淚直流下來，連自己的身子都不知為何物了……[1]

1 白先勇：《白先勇細說紅樓夢》第一五一一一六頁，台北：時報文化出版企業股份有限公司，二零一六年。

（4）白先勇第四個發現，是發現前八十回抄本，對關鍵性情節——繡春囊事件的描寫有錯：

繡春囊事件引發了抄檢大觀園，鳳姐率眾抄到迎春處，在迎春的丫鬟司棋箱中查出一個「字帖兒」，上面寫道：

上月你來家後，父母已察覺你我之意。但姑娘未出閣，尚不能完你我之心願。若園內可以相見，你可以托張媽給一信息。若得在園內一見，倒比來家得說話，千萬，千萬。再所賜香袋二個，今已查收外，特寄香珠一串，略表我心。千萬收好。表弟潘又安拜具。（「庚辰本」第七十四回）

司棋與潘又安是姑表姐弟，兩人青梅竹馬，長大後二人互相已心有所屬，第七十一回「鴛鴦女無意遇鴛鴦」，司棋與潘又安果然如帖上所説夜間到大觀園中幽會被鴛鴦撞見。繡春囊本是潘又安贈給司棋的定情物，「庚辰本」的字帖上寫反了，寫成是司棋贈潘又安的，而且變成二個。司棋不可能弄個繡有「妖精打架」春宮圖的香囊給潘又安，必定是潘又安從外面坊間買來贈司棋的。程乙本的帖上如此寫道：

再所賜香珠二串，今已查收。外特寄香袋一個，略表我心。（「程乙本」第七十四回）

繡春囊是潘又安給司棋的，司棋贈給潘又安則是兩串香珠。繡春囊事件是整本小說的重大關鍵，引發了抄查大觀園，大觀園由是衰頹崩壞，預示了賈府最後被抄家的命運。像繡春囊如此重要的物件，其來龍去脈，絕對不可以發生錯誤。

「庚辰本」作為研究材料，是非常珍貴重要的版本，因為其時間早，前八十回回數多，而且有「脂評」，但作為普及本，有許多問題，須先解決，以免誤導。[1]

白先勇所指出抄本（八十回）的若干嚴重錯誤，並非「吹毛求疵」，而且科學地說明，任何文學巨著，都不可能完美無缺，《紅樓夢》後四十回有些敗筆也是可以理解的，不能用這些「敗筆」否認後四十回的成功和一百二十回本已完成小說的整體價值。所以我說：「後四十回大處站得住腳，小處可以原諒。」白先勇在指出前八十回的錯誤之後也說：

有的言論走向極端，把後四十回數落得一無是處，高鶚續書成了千古罪人。我對後四十回一向不是這樣看法。我還是完全以小說創作、小說藝術的觀點來評論後四十回。首先我一直認為後四十回不可能是另一位作者的續作，世界經典小說，還沒有一本是由兩位或兩位以上作者合寫而成的例子。《紅樓夢》人物情節發展千頭萬緒，後四十回如果換一個作者，怎麼可能把

1　白先勇：《白先勇細說紅樓夢》第一六－一七頁，台北：時報文化出版企業股份有限公司，二零一六年。

這些無數根長長短短的線索一一理清接榫，前後成為一體。例如人物性格語調的統一就是一個大難題。賈母在前八十回和後四十回中絕對是同一個人，她的舉止言行前後並無矛盾。第一百零六回：「賈太君禱天消禍患」，把賈府大家長的風範發揮到極致，老太君跪地求天的一幕，令人動容。後四十回只有拉高賈母的形象，並沒有降低她。《紅樓夢》是曹雪芹帶有自傳性的小說，是他的《追憶似水年華》，全書充滿了對過去繁華的追念，尤其後半部寫到賈府的衰落，可以感受到作者哀憫之情，躍然紙上，不能自已。高鶚與曹雪芹的家世大不相同，個人遭遇亦迥異，似乎很難由他寫出如此真摯個人的情感來。近年來紅學界已經有越來越多的學者相信高鶚不是後四十回的續書者，後四十回本來就是曹雪芹的原稿，只是經過高鶚與程偉元整理過罷了。其實在「程甲本」程偉元序及「程乙本」程偉元與高鶚引言中早已說得清楚明白，後四十回的稿子是程偉元蒐集得來，與高鶚「細加釐剔，截長補短」修輯而成，引言又說「至其原文，未敢臆改」。在其他鐵證還沒有出現以前，我們就姑且相信程偉元、高鶚說的是真話吧。

至於不少人認為後四十回文字功夫、藝術成就遠不如前八十回，這點我絕不敢苟同。後四十回的文字風采、藝術價值絕對不輸前八十回，有幾處可能還有過之。《紅樓夢》前大半部是寫賈府之盛，文字當然應該華麗，後四十回是寫賈府之衰，文字自然比較蕭疏，這是應情節的需要，而非功力不逮。其實後四十回寫得精彩異常的場景真還不少，試舉一兩個例子：寶玉出家、黛玉之死，這兩場是全書的主要關鍵，可以說是《紅樓夢》的兩根柱子，把整本書像一座大廈牢牢撐住。如果兩根柱子折斷，《紅樓夢》就會像座大廈轟然傾頹。

第一百二十回最後寶玉出家，那幾個片段的描寫是中國文學中的一座峨峨高峰。寶玉光頭赤足，身披大紅斗篷，在雪地裏向父親賈政辭別，合十四拜，然後隨着一僧一道飄然而去，一聲禪唱，歸彼大荒，落了片白茫茫大地真乾淨。《紅樓夢》這個畫龍點睛式的結尾，恰恰將整本小說撐了起來，其意境之高、其意象之美，是中國抒情文字的極致。我們似乎聽到禪唱聲充滿了整個宇宙，天地為之久低昂。寶玉出家，並不好寫，而後四十回中的寶玉出家，必然出自大家手筆。

第九十七回「林黛玉焚稿斷癡情」，第九十八回「苦絳珠魂歸離恨天」，這兩回寫黛玉之死又是另一座高峰，是作者精心設計、仔細描寫的一幕摧人心肝的悲劇。黛玉夭壽、淚盡人亡的命運，作者明示暗示，早有鋪排，可是真正寫到苦絳珠臨終一刻，作者須煞費苦心，將前面鋪排累積的能量一古腦兒全部釋放出來，達到震撼人心的效果。作者十分聰明的用黛玉焚稿比喻自焚，林黛玉本來就是「詩魂」，焚詩稿等於毀滅自我，尤其黛玉將寶玉所贈的手帕上面題有黛玉的情詩一併擲入火中，手帕是寶玉用過的舊物，是寶玉的一部份，手帕上斑斑點點還有黛玉的淚痕，這是兩個人最親密的結合，兩人愛情的信物，如今黛玉如此決絕將手帕扔進火裏，霎時間，弱不禁風的林黛玉形象突然暴脹成為一個剛烈如火的殉情女子。手帕的再度出現，是曹雪芹善用草蛇灰線，伏筆千里的高妙手法。

後四十回其實還有其他許多亮點：第八十二回「病瀟湘癡魂驚惡夢」、第八十七回「感秋深撫琴悲往事」，妙玉聽琴；第一百零八回「死纏綿瀟湘聞鬼哭」，寶玉淚灑瀟湘館；第一百一十三回，「釋舊憾情婢感癡郎」，寶玉向紫鵑告白。

> 張愛玲極不喜歡後四十回，她曾說一生中最感遺憾的事就是曹雪芹寫《紅樓夢》只寫到八十回沒有寫完。而我感到我這一生中最幸運的事情之一，就是能夠讀到程偉元和高鶚整理出來的一百二十回全本《紅樓夢》，這部震古爍今的文學經典巨作。[1]

白先勇：謝謝劉再復先生細緻的閱讀和完整的總結。

《紅樓夢》不僅是一本了不起的文學經典，也是一部文化的百科全書。《紅樓夢》到底偉大在哪裏？首先，它的架構非常偉大，塑造了二元世界。一個是現實世界，寫到了極致，把乾隆時代的貴族之家的點點滴滴刻劃得淋漓盡致。我把曹雪芹的《紅樓夢》比作張擇端的《清明上河圖》，以類似工筆畫的筆致拓印了賈府的現實世界。另一個是神話世界，脫離了現實這一層面，如劉先生所言，比《金瓶梅》的形而下世界多出了一個形而上的世界。它的第一回就由女媧補天來起頭。《紅樓夢》其實是個「女兒國」，把女性的地位提到最高。其實按照人類學的研究，我們的原始社會是母系社會，之後被父系社會壓倒，母系社會實則滲透到了民間。《紅樓夢》裏最高一級的是賈母，接下來是一層一層有 hierarchy（等級）的女孩子們。所以《紅樓夢》由女媧煉石開始，也就是由女神開始，有很大的象徵意義。女媧用了三萬六千五百塊石頭補天，剩下的一塊置於青埂峰下，變成靈石，也就是賈寶玉。這塊石頭因為沒有被女媧

1 白先勇：《白先勇細說紅樓夢》第一七—二零頁，台北：時報文化出版企業股份有限公司，二零一六年。

用來補天，自怨自艾，但原來它被女媧賦予了更大的任務，就是用來補「情天」。所以這部小說一開始又叫做《情僧錄》，是常被大家忽略的名字。《紅樓夢》之前的別名有《石頭記》、《金陵十二釵》、《風月寶鑒》，還有很重要的一個名字，就是《情僧錄》。《紅樓夢》開始時講「空空道人」，因空見色，最後變成「情僧」，但是請大家不要被曹雪芹瞞過，「情僧」指的當然就是賈寶玉。所以寶玉愛所有的女孩子，希望她們的眼淚流成一條河，把他的屍首漂起來。曹雪芹提出了「情僧」的觀念，賈寶玉的宗教信仰可以說就是一個「情」字。劉再復先生剛才引用了第五回的曲子「開辟鴻蒙，誰為情種」，賈寶玉就是《紅樓夢》裏的第一個「情種」。賈寶玉最後的出家，其實不只是因為林黛玉之死，而且寶玉出家時，不是穿黑色袈裟，而是在雪地裏披了大紅色的斗篷。在「白茫茫大地真乾淨」的空間裏，獨獨寶玉有一抹鮮艷的紅色，「紅」實際代表了人世間的「情」，寶玉是帶着人世間的「情殤」而走，他擔負了人間所有為情所傷的重荷。王國維在《人間詞話》裏稱李後主的詞是「以血書者」[1]，李後主亡國後的詞是以己之悲道出詩人之痛，因此境界廓大，儼然如釋迦和基督，擔負了人類的罪惡。我想王國維的這個形容，用在賈寶玉身上更加合適。曹雪芹在創作賈寶玉這個形象的時候，有意地把他寫成了像釋迦一樣的人物。悉達多太子曾享盡富貴榮華、嬌妻美色，後來他出四門，見到生老病死、體會種種人生之苦，出家成佛，為世人尋找痛苦的解脫法門，在這一點上，賈寶玉到最後也是像釋迦一樣。而他的大紅斗篷，正像基督擔負了「情殤」的十字架。

1 王國維：《人間詞話》第八頁，北京：樸社，一九二六年。

第二，《紅樓夢》必須產生在乾隆盛世，這是一個國勢和中華文明都由最高處雪崩式坍塌的轉捩點，而《紅樓夢》的偉大在於把這個盛極的氣勢寫出來了。但藝術家的感性也至關重要，曹雪芹對時代又有一種超前的感觸、感覺。他寫的是賈府興衰，但他可能已經感受到文明的興衰，他唱出一曲對從唐詩到宋詞到元曲的這個大傳統的輓歌。所以曹雪芹不僅寫實寫到極點，同時《紅樓夢》的象徵性也極大。

正如劉先生提到的，《紅樓夢》寫到了儒、釋、道三家的哲學。不僅如此，《紅樓夢》是用最動人的故事、最鮮活的人物把這三種哲學具體地寫出來了。舉例來說，賈政和賈寶玉父子水火不容，賈寶玉一週歲「抓鬮」的時候抓的是胭脂水粉，令賈政非常氣惱，認為他長大了一定是個好色之徒，其實他們代表的是兩種哲學。賈政代表了儒家系統裏「經世濟民」、「修身、齊家、治國、平天下」的入世哲學，而寶玉代表了佛家和道家哲學中「鏡花水月」、「浮生若夢」的出世哲學。「大觀園」剛剛建好的時候，賈政帶了一批清客遊覽，走到「稻香村」的時候，認為能在這個有雞鴨、稻田的地方讀書便很好，但是寶玉的道家思想就在此時流露出來，他覺得這是人造的、不自然的，令賈政極為生氣，道家重歸返自然，儒家重社會秩序。所以說，《紅樓夢》將中國人的宗教、不同的處世方式，以文學的、小說的形式表現了出來。

四、劉再復和白先勇的閱讀區別

劉再復：最後我講一下與白先勇讀《紅樓夢》的區別。我和白先生有共同點，也有相異點。從大的方面說，我們的異在於：文本與文心，文學與哲學，微觀與宏觀。

以閱讀方式而言，我和白先勇的區別在於，白先勇所講述的一切，均以閱讀文本為基本點。而我則是「文心感悟」。如果說，先勇兄是「文本雕龍」，我則是「文心雕龍」。無論重「文本」或重「文心」，當然都以「人」為依據。但「文本細讀」側重於文學欣賞，而「文心感悟」側重於哲學把握。前者更微觀，後者更宏觀。我一再說，文學少不了三大要素，即心靈，想像力和審美形式。先勇兄更重於審美形式，我更重於心靈。因為我側重於「文心」，所以我多年閱讀、寫作《紅樓夢》心得，便是側重於文心的發現。首先我發現《紅樓夢》全書的核心，如同太陽系中的太陽，是主人公賈寶玉的心靈。

我閱讀《紅樓夢》曾有一次類似王陽明「龍場徹悟」，這便是發現寶玉的心靈價值無量，這顆心靈美好無量！寶玉想的是我應當如何如何對待他人，而不是他人如何如何對待我。父親冤枉他，把他打得半死，他沒有一句怨言，照樣尊重敬愛父親，盡為子之義，路過書房記得下馬鞠躬。這使我聯想起對待祖國，也應如同賈寶玉對待父親。父親冤枉他，那是父親的問題，而我如何對待父親，那是我的責任，我的人格（做人準則）。

這顆「心」是《紅樓夢》的主旨，《紅樓夢》的「核心」，所謂明心見性，讀《紅樓夢》最主要的是明這顆心。這顆心是童心，是佛心，是赤子之心，是菩薩之心，是釋迦牟尼之心，是基督之心。這顆心是人類文學史上最純粹、最美麗、最了不起的心靈，也是最偉大的心靈。

二零零零年我在香港城市大學備課時，感悟到《紅樓夢》的文心，即寶玉之心，興奮得徹底不眠，如阮籍所云：「夜中不能寐，起坐彈鳴琴。薄帷鑒明月，清風吹我襟。孤鴻號外野，翔鳥鳴北林。徘徊將何見，憂思獨傷心。」這種文心感悟不僅使我更理解《紅樓夢》的偉大，而且影響了我的人生，我的基本抉擇，即影響我如何「做人」。賈寶玉的心靈，我概說了八個「無」：無敵，無爭（不爭名聲），無私，無我（處處想別人），無猜（沒有假人），無恨，無懼，無別——

1、無敵

他沒有敵人，沒有仇人，從不攻擊他人，貶低他人，傷害他人。他尊重每一個人，連賈環、薛蟠也尊重。薛姨媽認定自己的兒子薛蟠是「廢人」，薛蟠也確實屢屢犯罪，但寶玉仍然認他為友，口口聲聲稱他為「薛大哥」。

2、「無爭」

中國文化的不爭之德，寶玉呈現得最為徹底。他不爭權力，不爭財富，不爭功名，不爭賈府的「接班人」，只當「富貴閒人」。「閒」為「無事於心，無心於事」。爭名逐利是世俗人普遍的弱點，但他沒有。辦詩社，他很積極，但不計較名次，他嫂嫂當詩裁判，判定他（怡紅公子）為最後一名（壓尾），他不僅沒意見，還拍手稱讚嫂子評得好。名字放在眾女子之後，他也心甘情願。他寫詩沒有任何功利目的，真為寫詩而寫詩。寫了詩就高興，就快樂。

在學校裏，薛蟠等爭風吃醋，他從不沾此惡習。他本可以當「接班人」而榮華富貴，但他不屑於爭奪這種榮耀，寧可孤獨，寂寞。

3、無猜

在他心目中，不僅沒有敵人，沒有壞人，也沒有假人，無論甚麼人哄他，編故事騙他，他都相信。對於世界上還有人會説謊話，他沒想到。劉姥姥胡謅一個鄉村漂亮姑娘被凍死的故事，他信以為真，第二天就去廟裏尋找。襲人為了教訓他，哄他説哥哥嫂嫂要她回家，他也立即相信，並答應襲人提出不走的條件。

4、無恨

寶玉沒有世俗人的生命技能，例如仇恨、嫉妒、報復、算計等。趙姨娘母子（賈環）要加害他，賈環甚至把油火推向他的眼睛，想燒毀他的雙眼。結果他的眼睛沒毀掉，但燒傷了臉，王夫人為此非常生氣，要向賈母告狀，但賈寶玉立即阻止母親，説這是自己燒傷的。一個企圖燒毀自己眼睛的人都可以原諒，那還有甚麼人不可原諒，不可寬恕呢？

寶玉之所以沒有世俗人的這些生命機能，乃是因為他「無私，無我」。

他心中沒有自己，只有他人。他處處着想的是他人，而不是自己。他被父親毒打之後，玉釧端着湯給他喝，不小心把湯潑了，此時，寶玉關心的是玉釧的手是否被湯燙傷，而自己被燙了反而不在意。下雨了，他在雨中被淋，卻關心那些雨中人，所以被老嬤嬤嘲笑説他是呆子傻子。他的呆傻，就是不懂得為自己着想，不懂得為自己撈取利益。

寶玉因為他無敵、無爭、無猜、無私、無我，所以「心實」，這又形成他的「無懼」性格。他甚麼都不怕，甚麼都很坦然。黛玉死後，傳說瀟湘館鬧鬼，王熙鳳嚇得魂飛魄散，但寶玉一點也不怕，而且想去瀟湘館看看。人們都說他「膽大」，唯有史湘雲說他是「心實」。心無任何罣礙，不怕鬼怪敲門。這是「無懼」。

5、無別

最後我還要講一下賈寶玉的心靈乃是佛心，佛心最重要的特徵，是無分別心。他是貴族子弟，但平等待人，無貴賤之別，無上下之別，無尊卑之別。人們把晴雯等視為「下人」，但在寶玉心中，沒有「下人」這種概念，也沒有「丫環」、「奴婢」、「奴隸」等概念，晴雯就是晴雯，鴛鴦就是鴛鴦，他看薛寶釵、史湘雲等貴族小姐，和看丫環、奴婢並無差別。所以祭奠晴雯的《芙蓉女兒誄》，才把晴雯這個丫環當作天使來歌頌，稱讚她：「其為質則金玉不足喻其貴，其為性則冰雪不足喻其潔，其為神則星日不足喻其精，其為貌則花月不足喻其色。」境界之高，無與倫比。賈寶玉不知現象學，卻天然地、自發地使用現象學，懸擱世俗世界的多種說法，直接擁抱對象，認識晴雯，真了不起。

寶玉之心，是人類文學所塑造的心靈中最純粹、最完美的心靈，這顆心靈光芒萬丈，如同太陽；這顆心靈價值無量，如同滄海。我的龍場徹悟，僅是感悟到這顆心靈的無量、無價內涵。我曾把這顆心比作創世紀第一個早晨的露珠。晶瑩剔透，未被世俗塵埃污染。

感悟賈寶玉的心靈內涵，這是我的文心悟證第一點。

我與白先勇先生的第二點區別是他重視對二十三回的解說，並發現了《西廂記》、《牡丹亭》、《紅樓夢》乃是中國浪漫文學三大高峰，一峰比一峰高，三者構成中國一大脈中國文學史。此回他不僅發現了文本，而且發現文學史不可遺漏湯顯祖。受白先勇影響，我帶到月球上的作家、作品名單將改為：①《詩經》，②屈原，③陶淵明，④李白，⑤杜甫，⑥蘇東坡，⑦湯顯祖，⑧《西遊記》，⑨《金瓶梅》，⑩《紅樓夢》。

與白先勇不同，我重在二十二回，那是哲學回，我認為這是全書的文眼。林黛玉看出賈寶玉禪偈之弱點，在寶玉的「你證我證，心證意證，是無有證，斯可云證，無可云證，是立足境」二十四字禪偈之後再加「無立足境，是方乾淨」八個字，極為重要。可惜先勇兄卻未論此一情節。我在此回中發現了莊子，發現「無立足境，是方乾淨」的重大哲學意義。這八個字，把莊子與列子都分別寫出來了，也把「有待」境界與「無待」境界的重大區別分清楚了。這也包含了林黛玉與賈寶玉的區別。寶玉以「是立足境」為至高點，其實，這還是有依賴、有依附的境界，即列子的境界。莊子在《逍遙遊》中針對列子而提出「無待」境界，這就是林黛玉捕捉到的「無立足境，是方乾淨」的至高境界。寶玉修的是「愛」的法門，所以泛愛，博愛，兼愛。而黛玉修的是「智慧」的法門，在智慧層面上，黛玉是引導寶玉前行的女神，她不僅詩寫得比寶玉好，禪悟也比寶玉高出一籌。

第三點區別，是白先生文本細讀後發現了八十回本的重大錯誤，而我在「文心感悟」中則發現《紅樓夢》的五大哲學要點：

一為「**大觀視角**」

《紅樓夢》中有個大觀園，卻無人從《紅樓夢》中抽象出一個「大觀視角」、哲學視角。大觀視角，便不是用肉眼、俗眼看世界，而是用天眼、佛眼、法眼、慧眼看世界，於是既可看出大悲劇，也可看出荒誕劇。《好了歌》就是大觀視角下的荒誕歌，賈府崩潰、諸芳流散也是天眼下的衰敗故事。

二為「**心靈本體**」

本體即根本、源頭、最後的實在。《紅樓夢》以心靈為本體，所以才寫出賈寶玉的純粹心靈，也才寫出五百人物的區別。我在《〈紅樓夢〉的存在論閱讀》中把紅樓人物分成兩大類，一類是「擁有自己」或「意識到自己」者；另一類是「沒有自己」或「從未意識到自己」者。人與人的差別，全是心靈境界的差別。我在上面這篇文章中寫道，把《紅樓夢》人物作兩大類劃分之後，還可以更具體化一些，以作更細的分類，至少可以歸納出下列重要的類別：

（1）意識到自己又敢於成為自己，但最後還是不能實現自己，如賈寶玉、林黛玉、妙玉。

（2）意識到自己卻不敢成為自己，以至撲滅了自己，如薛寶釵。

（3）想成為自己卻被社會所撲滅（不是自我撲滅，而是被他者所撲滅），如晴雯、鴛鴦、香菱等。鴛鴦、尤三姐雖是自殺，其實也是被社會所撲滅。

（4）完全未意識到自己，如襲人等。

（5）本想成為自己，卻在面對社會時立即撲滅自己，（社會與自我對自己的雙重撲滅）如賈雨村。

（6）被道統本質化而喪失自己，也從未擁有自己，如賈政。

（7）被社會所物化而變質為人類與自我的「異己」，如薛蟠、賈赦、賈璉、賈蓉等。

（8）本有自己，卻被他者同化而喪失了自己，如王夫人等。

（9）本可成為自己但因過份膨脹自己，最後消滅了自己，如王熙鳳。

（10）被社會剝奪了自己仍爭取成為自己，但最後也消滅了自己，如秦可卿。

三為「靈魂悖論」

所謂悖論，便是矛盾，二律背反，即兩個相反的命題都符合充分理由律。《紅樓夢》中的賈政、薛寶釵等重倫理、重教化、重秩序；寶玉、黛玉等重個體、重自然、重自由。薛寶釵與林黛玉的對立，不是新舊對立，也不是封建主義與民主主義的對立，而是儒與莊禪的對立，是曹雪芹的靈魂悖論。

四為「中道智慧」

貫穿於《紅樓夢》的是中道智慧。《紅樓夢》的開端借賈雨村之口講述作者不把人劃分為「大仁」與「大惡」，即在思維方法上不落入「非黑即白」的舊套，《紅樓夢》全書寫的正是中間地帶的人物，從主人公賈寶玉到他父母，都生活在第三空間，即不是全黑也不是全白。用魯迅的話說，《紅樓夢》不把好人寫得絕對好，也不把壞人寫得絕對壞。它寫的是「第三種活人」，打破傳統格局。

五是「澄明境界」

澄明境界是海德格哲學中的重要概念。它講的是「豁然開朗」、突然明瞭、「山重水複疑無路，柳暗花明又一村」的質變瞬間。佛教宣講從「不明」到「有明」到「澄明」，也是講突然飛升解脫的境界。寶玉出家，進入澄明，正是這種境界。其實黛玉之死，她把手帕製作的詩稿扔進火裏，也是由此進入澄明，再無罣礙。晴雯死亡之時也是進入了澄明之時。《紅樓夢》中有許多這種哲學片刻。秦可卿、鴛鴦死亡而進入太虛幻境的瞬間，都是澄明境界的瞬間。一個人如果活得渾渾噩噩、無所事事，不知思想可以飛躍，人生可以飛升，那他（她）就永遠無法了解澄明之境。因此，嚴格地說，唯有精神解脫，才能了解甚麼是澄明境界。

附：劉再復答公開大學問

（一）《紅樓夢》可以用一個「情」字概括。請問讀者應該以哪個角度去欣賞書中不同的「情」？

答：「情」字難以概括《紅樓夢》的一切。可以說，「情」可以概說《紅樓夢》的大部，但不能概說《紅樓夢》的全部。

說「情」可以概說《紅樓夢》的大部，是因為《紅樓夢》確實是一部「情」的百科全書，它也確實是中國抒情文學的巔峰。《紅樓夢》包含情的各類，它不僅有戀情（愛情），而且有「親情」，有「友情」，有「世情」。曾有人說，《紅樓夢》是一部愛情小說，不對，它還有親情、友情、世情的精彩呈現。主人公賈寶玉與林黛玉、薛寶釵、晴雯等的戀愛寫得好，且不說賈寶玉與賈母、父親、母親的「親情」也寫得很動人；與秦鐘、柳湘蓮、薛蟠、馮紫英等的友情也寫得精彩，還有與北靜王、賈雨村、甄士隱等的世情也寫得很準確，很合適。《紅樓夢》還寫了悲情、喜情、哀情，以及情慾、情傷、情毒、情竅、情幻等多種奇異之情和同性戀（如賈寶玉與蔣玉菡）、天國之戀（賈寶玉與林黛玉）、寺廟之戀（秦鐘與智能兒）、壯美之戀（如尤三姐）、淒美之戀等其他小說少見的情感故事。

但「情」並非《紅樓夢》的一切。《紅樓夢》還有情之外重要的一切，這就是《紅樓夢》對世界、歷史、人生、人性的認知，《好了歌》就是對世人的一種認知。《紅樓夢》中甚麼都有，士、農、僧、商；

衣、食、住、行；琴、棋、書、畫；文、史、哲、經。這一切與其說是「情」，還不如說是「識」，是「知識」，是見識，是認知。書寫薛寶釵是個「通人」，甚麼都懂，尤其是畫畫，她擁有豐富的繪畫知識，這是知，不是情。如果硬要我一個字來概述《紅樓夢》，與其用「情」字，還不如用「心」字。「心」中有情，但也有學、膽、識。後者不可用「情」概說。例如，我說賈寶玉之心靈，無爭，無猜，無恨，無嫉，無懼，無別。這是有品格、精神、思想，不完全是「情」。脂硯齋透露，《紅樓夢》本有一份「情榜」，主角林黛玉為「情情」，賈寶玉為「情不情」。情不情，即對不情物與不情人也愛，寶黛之區別，表面上都是情的區別，更深處又是處世待人的區別。

我和白先勇先生的區別之一，是我閱讀《紅樓夢》更多地使用「心」視角，而白先生更多地使用「藝」視角、「情」視角。二者相加，對《紅樓夢》的認識就比較完整。

（二）「假作真時真亦假，無為有處有還無」。我們應該怎樣理解《紅樓夢》裏「真」與「假」的穿插？

答：從純哲學而言，有與無，真與假，實際上是有有無無，真真假假。世上許多事物，從這一層面看，是有、是真，從另一個層面看，則是無、是假。所以莊子說：「此亦一是非，彼亦一是非。」這不是無是非觀，而是不同層次具有不同的是非觀。我們所見到的「無」實際上是「潛在的有」。慧能說「本來無一物，何處惹塵埃？」其本來的「無」，也是「潛在之有」。而從純文學上講，文學作品所書寫的「有」，即「實際」，此所謂「非虛構」作品。而書寫「無」，則所謂「真際」，表面上「假」，但擊中了生活生命的靈魂，又是很真。現實主義文學立足於真，浪漫主義立足於假，但二者皆符合文學的真實原則。機械「反映論」的錯誤在於它只講反映生活「實際」，未講反映生活「真際」。

《紅樓夢》更為特別，因為它是曹家滄桑故事的小說演義，二者關係極為密切。周汝昌先生的《紅樓新證》以空前的認真態度考察了曹家的興衰史，更證實《紅樓夢》是賈寶玉的自敘史，曹雪芹的人格史與魂魄史。《紅樓夢》小說的兩個名字，賈雨村與甄士隱，乃是說，整部小說是「假語存」，即屬於虛構。作為《紅樓夢》生活原型的曹家，則有許多「真事隱」（「甄士隱」）。然而，「假作真時真亦假」，小說中的「賈」氏們真真假假，有現實原型，也有藝術虛構，變幻無窮。賈寶玉與甄寶玉，兩個人物長得很像，但形相似，心靈方向則相反，這兩個寶玉，原型可能是兩代人，也可能是一代人。但從靈魂上說，賈寶玉更真實，甄寶玉反而很虛假。

《紅樓夢》中有兩個世界，一個大觀園，那是真世界，實有世界；一個是太虛幻境，那是假世界，虛無世界。但二而為一，二者相通，相互映照，這也是「假作真時真亦假，無為有處有還無」。最後二者都歸於「空」。

《紅樓夢》中有一個重大概念，叫做「夢中人」。賈寶玉是作者的「夢中人」，林黛玉、晴雯、秦可卿等等，則是寶玉的「夢中人」。夢中人即非現實世界中人。現實世界中，要真有賈寶玉、林黛玉這種人就好了，可惜沒有，他們只是想像中人，理想中人，按生活原型而加工出來的人，這也是「無為有處有還無」。《紅樓夢》有現實世界，有超現實世界；有寫實部份，有夢幻部份；有大寫實，也有大浪漫，虛實並筆，有無同存，相互轉換，比《金瓶梅》那種純粹寫實的作品，高出一籌。

劉再復著作出版書表（整理：葉鴻基）

序	類別	書名	出版社	出版年份	備註
1	文學理論與批評	《性格組合論》	上海文藝出版社（上海）	一九八六	
2	文學理論與批評	《性格組合論》	新地出版社（台灣）	一九八八	
3	文學理論與批評	《性格組合論》	安徽文藝出版社（安徽）	一九九九	
4	文學理論與批評	《性格組合論》	中國人民大學出版社（北京）	二零零九	
5	文學理論與批評	《文學的反思》	人民文學出版社（北京）	一九八六	
6	文學理論與批評	《文學的反思》	福建教育出版社（福建）	二零一零	
7	文學理論與批評	《放逐諸神》	天地圖書有限公司（香港）	一九九四	
8	文學理論與批評	《放逐諸神》	風雲時代出版公司（台灣）	一九九五	
9	文學理論與批評	《罪與文學》	牛津大學出版社（香港）	二零零二	與林崗合著
10	文學理論與批評	《罪與文學》	中信出版社（北京）	二零一一	與林崗合著
11	中國古代文化與古代文學	《傳統與中國人》	三聯書店（北京）	一九八八	與林崗合著
12	中國古代文化與古代文學	《傳統與中國人》	三聯書店（香港）	一九八九	與林崗合著
13	中國古代文化與古代文學	《傳統與中國人》	人間出版社（台灣）	一九八八	與林崗合著
14	中國古代文化與古代文學	《傳統與中國人》	安徽文藝出版社（安徽）	一九九九	與林崗合著
15	中國古代文化與古代文學	《傳統與中國人》	牛津大學出版社（香港）	二零零二	與林崗合著
16	中國古代文化與古代文學	《傳統與中國人》	中信出版社（北京）	二零一零	與林崗合著
17	中國古代文化與古代文學	《論中國文化對人的設計》	湖南人民出版社（湖南）	一九八八	與林崗合著
18	中國古代文化與古代文學	《雙典批判》	三聯書店（北京）	二零一零	

19	中國古代文化與古代文學	《賈寶玉論》	三聯書店（北京）	二零一四	
20	中國古代文化與古代文學	《〈西遊記〉悟語 300 則》	中國藝文出版社（澳門）	二零一九	
21	中國古代文化與古代文學	《西遊記悟語》	湖南文藝出版社（湖南）	二零二零	
22	中國古代文化與古代文學	《紅樓夢悟讀系列》（六種）	三聯書店（上海）	二零二零	
23	中國古代文化與古代文學	《白先勇、劉再復紅樓夢對話錄》	中華書局（香港）	二零二零	與白先勇合著
24	中國古代文化與古代文學	紅樓四書：《紅樓夢悟》	三聯書店（香港）	二零零六	
25	中國古代文化與古代文學	紅樓四書：《紅樓夢悟》	三聯書店（北京）	二零零六	
26	中國古代文化與古代文學	紅樓四書：《紅樓夢悟》	三聯書店（香港）	二零零八	增訂版
27	中國古代文化與古代文學	紅樓四書：《紅樓夢悟》	三聯書店（北京）	二零零九	
28	中國古代文化與古代文學	紅樓四書：《共悟紅樓》	三聯書店（香港）	二零零八	與劉劍梅合著
29	中國古代文化與古代文學	紅樓四書：《共悟紅樓》	三聯書店（北京）	二零零九	與劉劍梅合著
30	中國古代文化與古代文學	紅樓四書：《紅樓人三十種解讀》	三聯書店（北京）	二零零九	
31	中國古代文化與古代文學	紅樓四書：《紅樓人三十種解讀》	三聯書店（香港）	二零零九	
32	中國古代文化與古代文學	紅樓四書：《紅樓哲學筆記》	三聯書店（北京）	二零零九	
33	中國古代文化與古代文學	紅樓四書：《紅樓哲學筆記》	三聯書店（香港）	二零零九	
34	中國現當代文學	《魯迅與自然科學》	科學出版社（北京）	一九七六	與金秋鵬、汪子春合著
35	中國現當代文學	《魯迅與自然科學》	爾雅出版社（台灣）	一九八零	與金秋鵬、汪子春合著
36	中國現當代文學	《魯迅美學思想論稿》	中國社會科學出版社（北京）	一九八一	
37	中國現當代文學	《魯迅美學思想論稿》	中國社會科學出版社（北京）	一九八一	
38	中國現當代文學	《魯迅傳》	人民日報出版社（北京）	二零一零	與林非合著
39	中國現當代文學	《魯迅傳》	福建教育出版社（福建）	二零一零	與林非合著

40	中國現當代文學	《論中國文學》	中國作家出版社（北京）	一九九八	
41		《論高行健狀態》	明報出版社（香港）	二零零零	
42		《書園思緒》	天地圖書有限公司（香港）	二零零二	楊春時 編
43		《高行健論》	聯經出版事業公司（台灣）	二零零四	
44		《現代文學諸子論》	牛津大學出版社（香港）	二零零四	
45		《李澤厚美學概論》	三聯書店（北京）	二零零九	
46	思想與思想史	《橫眉集》	天津人民出版社（天津）	一九七八	與楊志杰合著
47		《告別革命》	天地圖書有限公司（香港）（共印八版）	一九九五—二零一五	與李澤厚合著
48			麥田出版社（台灣）	一九九九	
49		《思想者十八題》	明報出版社（香港）	二零零七	
50			中信出版社（北京）	二零一零	劉劍梅 編
51		《共鑒「五四」》	三聯書店（香港）	二零零九	
52			福建教育出版社（福建）	二零一零	
53		《教育論語》	福建教育出版社（福建）	二零一二	
54	散文與散文詩：散文	《人論二十五種》	牛津大學出版社（香港）	一九九二	
55			中信出版社（北京）	二零一零	
56		《漂流手記》	天地圖書有限公司（香港）	一九九三	漂流手記（1）
57			風雲時代出版公司（台灣）	一九九五	
58		《遠遊歲月》	天地圖書有限公司（香港）	一九九四	漂流手記（2）
59		《西尋故鄉》	天地圖書有限公司（香港）	一九九七	漂流手記（3）

序號	類別	分類	書名	出版社	年份	備註
60	散文與散文詩	散文	《獨語天涯》	天地圖書有限公司（香港）	一九九九	漂流手記（4）
61				上海文藝出版社（上海）	二零零一	
62			《漫步高原》	天地圖書有限公司（香港）	二零零零	漂流手記（5）
63			《共悟人間》	天地圖書有限公司（香港）	二零零零	漂流手記（6）與劉劍梅合著
64				上海文藝出版社（上海）	二零零一	
65				九歌出版社（台灣）	二零零四	
66			《閱讀美國》	明報出版社（香港）	二零零二	漂流手記（7）
67				福建教育出版社（福建）	二零零九	
68			《滄桑百感》	天地圖書有限公司（香港）	二零零四	漂流手記（8）
69			《面壁沉思錄》	天地圖書有限公司（香港）	二零零四	漂流手記（9）
70			《大觀心得》	天地圖書有限公司（香港）	二零一零	漂流手記（10）
71			《隨心集》	三聯書店（北京）	二零一二	
72			《我的心靈史》	三聯書店（香港）	二零一九	
73			《我的思想史》	三聯書店（香港）	二零二零	
74			《我的錯誤史》	三聯書店（香港）	二零二零	
75		散文詩	《雨絲集》	上海文藝出版社（上海）	一九七九	
76			《深海的追尋》	湖南人民出版社（湖南）	一九八三	
77				新地出版社（台灣）	一九八八	
78				廣東旅遊出版社（廣東）	二零一三	

79	散文與散文詩	散文詩	《告別》	福建人民出版社（福建）	一九八三	
80			《太陽・土地・人》	百花文藝出版社（天津）	一九八四	
81				新地出版社（台灣）	一九八八	
82				廣東旅遊出版社（廣東）	二零一三	
83			《潔白的燈心草》	天地圖書有限公司（香港）	一九八五	
84			《人間・慈母・愛》	人民文學出版社（北京）	一九八八	
85				廣東旅遊出版社（廣東）	二零一三	
86			《尋找的悲歌》	天地圖書有限公司（香港）	一九八八	
87				廣東旅遊出版社（廣東）	二零一三	
88			《讀滄海》	安徽文藝出版社（安徽）	一九九九	
89				福建教育出版社（福建）	二零零九	
90		散文選本	《劉再復散文詩合集》	華夏出版社（北京）	一九八八	
91			《生命精神與文學道路》	風雲時代出版公司（台灣）	一九八九	陳曉林 編
92			《尋找與呼喚》	風雲時代出版公司（台灣）	一九八九	陳曉林 編
93			《劉再復精選集》	九歌出版社（台灣）	二零零二	
94			《我對命運這樣説》	三聯書店（香港）	二零零三	舒非 編
95			《漂泊傳》（海外散文選）	青年書局（新加坡）、明報月刊出版社（香港）聯合出版	二零零九	
96			《遠遊歲月——劉再復海外散文選》	花城出版社（廣東）	二零零九	
97			《師友紀事》（散文精編1）	三聯書店（北京）	二零一零	白燁、葉鴻基 編

98	散文選本	《人性諸相》（散文精編2）	三聯書店（北京）	二零一零	白燁、葉鴻基編
99		《讀海文存》	遼寧人民出版社（遼寧）	二零一二	
100		《歲月幾縷絲》	海天出版社（深圳）	二零一二	
101		《世界遊思》（散文精編3）	三聯書店（北京）	二零一二	白燁、葉鴻基編
102		《檻外評說》（散文精編4）	三聯書店（北京）	二零一二	白燁、葉鴻基編
103		《漂泊心緒》（散文精編5）	三聯書店（北京）	二零一二	白燁、葉鴻基編
104		《八方序跋》（散文精編6）	三聯書店（北京）	二零一三	白燁、葉鴻基編
105		《兩地書寫》（散文精編7）	三聯書店（北京）	二零一三	白燁、葉鴻基編
106		《天涯悟語》（散文精編8）	三聯書店（北京）	二零一三	白燁、葉鴻基編
107		《莫言了不起》	中和出版有限公司（香港）	二零一三	
108			東方出版社（北京）	二零一三	
109		《散文詩華》（散文精編9）	三聯書店（北京）	二零一三	白燁、葉鴻基編
110		《審美筆記》（散文精編10）	三聯書店（北京）	二零一三	白燁、葉鴻基編
111		《又讀滄海》	廣東旅遊出版社（廣東）	二零一三	
112		《天岸書寫》	廈門大學出版社（福建）	二零一四	
113		《四海行吟》	中華書局（香港）	二零一四	
114			中國人民大學出版社（北京）	二零一五	
115		《童心百說》	灕江出版社（廣西）	二零一四	
116		《吾師吾友》	三聯書店（香港）	二零一五	

學術選本

117	《劉再復論文集》	天地圖書有限公司（香港）	一九八六	
118	《劉再復集》	黑龍江教育出版社（黑龍江）	一九八八	
119	《劉再復——二〇〇〇年文庫》	明報出版社（香港）	一九九九	
120	《劉再復文論精選》上、下	新地出版社（台灣）	二零一零	
121	《人文十三步》	中信出版社（北京）	二零一零	林崗 編
122	《走向人生深處》	中信出版社（北京）	二零一零	吳小攀 訪談
123	《魯迅論》	中信出版社（北京）	二零一零	劉劍梅 編
124	《文學十八題》	中信出版社（北京）	二零一一	沈志佳 編
125	《感悟中國，感悟我的人間》	人民日報出版社（北京）	二零一一	對話集
126	《回歸古典，回歸我的六經》	人民日報出版社（北京）	二零一一	講演集
127	《高行健引論》	大山文化（香港）	二零一一	
128	《甚麼是文學》	三聯書店（香港）	二零一五	
129	《文學常識二十二講》	東方出版社（北京）	二零一六	
130	《我的寫作史》	三聯書店（香港）	二零一七	
131	《甚麼是人生》	三聯書店（香港）	二零一七	
132	《怎樣讀文學》	三聯書店（香港）	二零一八	
133	《讀書十日談》	商務印書館（北京）	二零一八	
134	《文學慧悟十八點》	商務印書館（北京）	二零一八	
135	《劉再復片段寫作選集》（四種）	香港城市大學出版社（香港）	二零二零	

136	劉再復文集	文學理論部	①《性格組合論》	天地圖書有限公司（香港）	二零二一	
137			②《罪與文學》	天地圖書有限公司（香港）	二零二一	與林崗合著
138			③《文學四十講》	天地圖書有限公司（香港）	二零二一	
139			④《文學主體論》	天地圖書有限公司（香港）	二零二一	
140		人文思想部	⑤《告別革命》	天地圖書有限公司（香港）	二零二一	與李澤厚合著
141			⑥《傳統與中國人》	天地圖書有限公司（香港）	二零二一	與林崗合著
142			⑦《教育論語》	天地圖書有限公司（香港）	二零二一	與劉劍梅合著
143			⑧《思想者十八題》	天地圖書有限公司（香港）	二零二一	
144			⑨《人論二十五種》	天地圖書有限公司（香港）	二零二一	
145		古典文學批評部	⑩《紅樓夢悟》	天地圖書有限公司（香港）	二零二二	與劉劍梅合著
146			⑪《紅樓人三十種解讀》	天地圖書有限公司（香港）	二零二二	
147			⑫《賈寶玉論》	天地圖書有限公司（香港）	二零二二	
148			⑬《雙典批判》	天地圖書有限公司（香港）	二零二二	
149		現當代文學批評部	⑭《高行健論》	天地圖書有限公司（香港）	二零二二	
150			⑮《魯迅論》	天地圖書有限公司（香港）	二零二二	

（不包括外文版）

劉再復簡介

一九四一年農曆九月初七生於福建省南安縣劉林鄉。一九六三年畢業於廈門大學中文系，被分配到中國科學院《新建設》編輯部。一九七八年轉入中國社會科學院文學研究所，先後擔任該所的助理研究員、研究員、所長。一九八九年移居美國，先後在美國芝加哥大學、科羅拉多大學，瑞典斯德哥爾摩大學，加拿大卑詩大學，香港城市大學、科技大學，台灣中央大學、東海大學等高等院校裏擔任客座教授、訪問學者和講座教授。現任香港科技大學人文學部客座教授。著作甚豐，已出版的中文論著和散文集有《讀滄海》、《性格組合論》等六十多部，一百三十多種（包括不同版本）。中文譯為英文出版的有《雙典批判》、《紅樓夢悟》。韓文出版的有《師友紀事》、《人性諸相》、《告別革命》、《傳統與中國人》、《面壁沉思錄》、《雙典批判》等七種。還有許多文章被譯為日、法、德、瑞典、意大利等國文字。由於劉再復的廣泛影響，冰心稱讚他是「我們八閩的一個才子」；錢鍾書稱讚他的文章「有目共賞」；金庸則宣稱與劉「志同道合」。

「劉再復文集」

⑧《思想者十八題》劉再復

⑨《人論二十五種》劉再復

⑩《紅樓夢悟》劉再復、劉劍梅

⑪《紅樓人三十種解讀》劉再復

⑫《賈寶玉論》劉再復

⑬《雙典批判》劉再復

⑭《高行健論》劉再復

⑮《魯迅論》劉再復

www.cosmosbooks.com.hk

書　　名　賈寶玉論（「劉再復文集」⑫）
作　　者　劉再復
責任編輯　陳幹持
封面題字　屠新時
美術編輯　郭志民
出　　版　天地圖書有限公司
香港黃竹坑道46號
新興工業大廈11樓（總寫字樓）
電話：2528 3671　傳真：2865 2609
香港灣仔莊士敦道30號地庫（門市部）
電話：2865 0708　傳真：2861 1541
印　　刷　亨泰印刷有限公司
柴灣利眾街德景工業大廈10字樓
電話：2896 3687　傳真：2558 1902
發　　行　聯合新零售（香港）有限公司
香港新界荃灣德士古道220-248號荃灣工業中心16樓
電話：2150 2100　傳真：2407 3062
出版日期　2022年12月／初版

ISBN：978-988-8550-18-0